Lee Sung-U

Das verborgene Leben der Pflanzen

Roman

Aus dem Koreanischen von Ki-Hyang Lee

Unionsverlag

Die Originalausgabe erschien 2000
im Verlag Munhakdongne, Seoul.
Deutsche Erstausgabe

Der Verlag dankt der Daesan Foundation für die
Unterstützung der Übersetzung und Herausgabe dieses Bandes.

Im Internet
Aktuelle Informationen, Dokumente, Materialien
zu Lee Sung-U und diesem Buch
www.unionsverlag.com

Rieterstrasse 18, CH-8027 Zürich
Telefon +41 44 283 20 00, Fax +41 44 283 20 01
mail@unionsverlag.ch

Umschlaggestaltung: Martina Heuer, Zürich
Umschlagbild: Rachel Bellinsky
Druck und Bindung: CPI – Clausen & Bosse, Leck
ISBN 978-3-293-00471-9

I

»Warum lachen Sie?«

Als sie mir mit großen, kugelrunden Augen diese Frage stellte, war ich mit meinen Gedanken ganz woanders. Silbrig glänzende Lippen, eng anliegende Shorts, doch das Straßenmädchen schien nicht sonderlich gut gelaunt zu sein. Ihr Gesicht ließ keinen Zweifel daran, dass sie mich für einen schwierigen Kunden hielt. Allerdings kümmerte mich ihre Laune herzlich wenig. Ich fand nur im ersten Moment die Farbe der Lippen etwas ungewöhnlich. Nichts weiter.

Ich saß am Steuer meines Wagens, die Scheibe halb heruntergelassen, sie steckte ihren Kopf zum Fenster herein. Die Kniekehlen durchgestreckt, reckte sie den Po so weit nach hinten, dass ich mir kein genaues Bild ihrer Beckenpartie machen konnte. Der Ausschnitt ihres weiten T-Shirts bot mir hingegen einen tiefen Einblick auf ihre ausgeprägten Rundungen. Ich hielt es nicht für nötig, meinen Blick davon abzuwenden. Daher führte ich unser Gespräch fort, ohne meine Augen von ihren Brüsten zu nehmen. Zudem wäre es in Anbetracht des offensichtlichen Stolzes, mit dem sie ihre Ausstattung präsentierte, geradezu taktlos gewesen wegzusehen. Ich fragte sie nach ihrer Größe, ihrem Alter, bat sie, sich zu drehen und ein paar Schritte zu gehen, und erkundigte mich zu guter Letzt, ob sie bereit wäre, sich abzuschminken. Sie antwortete mir, sie sei einen Meter und sechzig groß, zweiundzwanzig Jahre alt und sie sehe nicht ein, warum sie sich abschminken solle. Im Bett würde das keine Probleme machen, versicherte sie mir mit einem lasziven Lächeln. Aber anstatt sich wie aufgefordert ein paar Schritte zu bewegen, meinte sie schnippisch: »Aber mein Herr, braucht die Stute, für die Sie hierhergekommen sind, etwa ein gebärfähiges Becken?« Stimme und Gesichtsausdruck verrieten eine gewisse Ungeduld, als sie mich kurz und knapp vor die Wahl stellte: »Also, ja oder nein?«

Aus irgendeinem Grund erinnerte mich das an eine Filmszene. Und ich hatte gelacht. Nicht wirklich gelacht. Es war eher die Andeutung eines Lächelns, das sofort wieder verflog.

Wo hatte ich bloß diesen Film gesehen? Bestimmt in einem der Vorortkinos von Seoul. Dort hatte ich in den Jahren, da ich mich fern von zu Hause herumtrieb, mangels anderer Möglichkeiten ab und zu die Nacht verbracht. Es war der Film eines ganz bekannten iranischen Regisseurs gewesen. Seinen Namen, Abbas Kiarostami, hatte ich erst später erfahren. Da ich ja nicht gezielt einen ganz bestimmten Film hatte ansehen wollen, war die Handlung nicht so entscheidend für mich gewesen. Man hatte mir den Film als niveauvoll empfohlen, was nicht zwangsläufig bedeutete, dass er nur intellektuelles Publikum anzog. Immerhin befand sich auch jemand meines Schlages unter den Zuschauern. Ehrlich gestanden, verstehe ich nicht recht, was an diesem Film so gut gewesen sein soll. Ich hatte ursprünglich sogar vorgehabt, mich im Dunkeln auszustrecken und einzuschlafen. Aber an manchen Abenden stürmen einfach tausend Gedanken auf einen ein. Ich glaube, das war damals der Fall. Es gelang mir einfach nicht, einzudösen, weshalb ich eine ganze Weile die Bilder auf der Leinwand verfolgte, ohne allerdings ganz bei der Sache zu sein.

Der Film bot keine spektakulären Szenen und war in meinen Augen weder spannend noch witzig. Trotzdem kann er kaum so nichtssagend gewesen sein, da er in meinem Gedächtnis haften geblieben ist. Und jetzt kam also einer der Ausschnitte, die irgendwo in meinem Unterbewusstsein vergraben waren, aus dem Nichts wieder zum Vorschein.

Der Protagonist in einem alten Auto, auf der Suche nach jemandem, der bereit wäre, ihn bei lebendigem Leibe zu begraben, mit einem Blick, der äußerste Entschlossenheit und Leidenschaft zum Ausdruck brachte. Als mich das Mädchen durch das Seitenfenster unverblümt gefragt hatte, *Also, ja oder nein*?, war mir durch den Kopf geschossen, dass ich mich in nahezu derselben Situation befand wie der Held des Films. Dies war der Grund, weshalb mir ein spöttisches Lächeln entschlüpft war. Wie er saß ich am Steuer, bewegte mich im Schritttempo durch die Gegend, vermittelte wohl den Eindruck, ziellos spazieren zu fahren. Und wie er war ich auf der Suche nach jemandem, der bereit war, mir einen Gefallen zu tun. Für den Hauptdarsteller des Films indessen hatte sich die Suche den ganzen Tag hingezogen, vielleicht sogar mehrere Tage. Das war bei mir anders. Ich hatte das Haus vor zwei Stunden bei Sonnenuntergang verlassen. Ungefähr vor vierzig Minuten war ich in dieser Straße angekommen, in der ich seither gemächlich dahinrollend herumlungerte, das Fenster auf meiner Seite heruntergelassen, um die Mädchen, die an mir vorübergingen oder an den Straßenlaternen lehnten, besser begutachten und gelegentlich eine davon anquatschen zu können.

Warum hatte eigentlich der Mann in dem Film auf mich nicht verzweifelt gewirkt? Er war dermaßen ruhig und gelassen gewesen, so gewissenhaft wie ein Angestellter bei der Arbeit, ganz seinem Unternehmen verpflichtet und nicht wie ein Typ, der entschlossen war, diese Welt zu verlassen. Vermittelte ich etwa den gleichen Eindruck? Erschien ich wie jemand, der getreulich einen Auftrag erledigt, den man ihm anvertraut hat?

Mein Lachen, oder eher mein Grinsen, war meine Erwiderung gewesen. Ich antwortete weder mit Ja noch mit Nein. Dieses Mädchen hatte zwar keinen Schimmer, was in meinem Kopf vorging, aber es schien mir weder erforderlich noch zweckdienlich, sie darüber aufzuklären.

»Was suche ich denn, deiner Meinung nach?«, fragte ich sie, ohne das Grinsen zu lassen. Sie sah mich irritiert von oben her an, und kurz schien es, als versuchte sie die Antwort auf meine Frage zu erraten, doch dann wandelte sich ihre Neugier in Verärgerung.

»Also, ja oder nein?«, stieß sie zum dritten Mal hervor. Ihr ging es einzig darum, ob meine Wahl auf sie fiel oder nicht. Ihre Frage schloss jede andere Möglichkeit aus und sorgte dafür, dass ich mich auf eine von zwei Alternativen festlegen musste. Womöglich lief für die Mehrheit der Menschen auf unserem Planeten – abgesehen von Sophisten, die die Komplexität der Dinge verehren – alles auf diese simple Frage hinaus. Die Rolle des Hamlet, aus der man immer wieder als Quell sprühender Gedanken zitiert, hat das Leben meisterlich auf die Frage »Sein oder nicht sein« reduziert. Ist das allein der ausschlaggebende Punkt? Kann es so einfach sein?

Der Geschmack der Kirsche lautete der Titel des Films, den ich gesehen hatte. Ich fragte mich, wie entschlossen der Protagonist des Films den Freitod gesucht hatte. Sterben oder nicht sterben? Vielleicht hatte er auch ganz einfach nur jemanden gebraucht, der ihm die Entscheidung abnahm. War nicht das der eigentliche Grund, warum er sich nach einem Handlanger für sein Unterfangen umgetan hatte? Es ging nicht um eine simple Schaufelei, sondern darum, einen Menschen zu finden, dem er sein Schicksal anvertrauen konnte. Deshalb war er so sorgfältig zu Werke gegangen. So betrachtet, ergab das alles einen Sinn. Er hatte einen Richter über das Leben gesucht, keinen Totengräber.

Wenn einer sich bereit erklärte, ihn einzugraben, müsste er sterben, andernfalls würde er weiterleben. Für den Helden standen die Chancen auf den Tod also fünfzig zu fünfzig, vielleicht sogar schlechter, doch gerade dadurch überwand er seine Hoffnungslosigkeit. Womöglich wollte der Regisseur andeuten, dass nicht vorherbestimmt ist, wer seinen Vorsatz zum Selbstmord tatsächlich in die Tat umsetzt.

Ich aber hatte keinen Grund zur Hoffnungslosigkeit, denn ich war ja nicht auf der Suche nach jemandem, der über mein Dasein entscheidet. Mir ging es um die Befriedigung fleischlicher Begierden, allerdings nicht einmal um meine eigenen. »Steig ein!«, sagte ich zu dem Mädchen und wies mit dem Kinn in Richtung Beifahrersitz, mit bedächtiger Miene, als hätte ich soeben eine schwerwiegende Entscheidung gefällt. Sie kam der Aufforderung nach, nicht ohne mit einem koketten Lächeln kundzutun: »Ich wusste gleich, dass es darauf hinausläuft.« Diese Selbstgefälligkeit war mir zuwider. Aber ich erkannte darin den Ausdruck eines gewissen Stolzes, eine unterschwellig empfundene Berufsehre, die zu verletzen unhöflich gewesen wäre. Ich schloss das Fenster und fuhr ohne weiteren Kommentar los. Die Lichter der Läden zu beiden Seiten der Straße flogen vorbei wie Sternschnuppen.

Als die belebten Straßen aus unserem Blickfeld verschwunden waren, fing sie plötzlich an zu schwadronieren: »Männer sind wirklich albern. Warum machen sie solche Umstände, wenn sie doch genau wissen, wo sie landen wollen?« Sie hatte die Beine übereinandergeschlagen. Ihre Shorts waren etwas nach oben gerutscht und entblößten kräftige Oberschenkel. Mit ihren hohen, erdverkrusteten Absätzen würde sie mir mein Auto schmutzig machen, aber ich beschloss, darüber hinwegzusehen. Sie fuhr mürrisch fort: »Wenn sie hierherkommen, dann weil sie auch Lust darauf haben. Also, warum stellen sie sich so an? Wozu reden sie um den heißen Brei herum? Die Männer sind fast alle wie Sie, zumindest acht von zehn. Und sie tun so, als ob wir diejenigen wären, die sie aufgabeln würden. Lächerlich! Ob sie meinen, dass sie dann weniger wie ein wildes Tier wirken? … Und was heißt da eigentlich ›wirken‹!« Sie unterbrach ihren Redefluss und warf mir einen Blick zu. Demonstrativ wartete sie darauf, dass ich ihr zustimmte, aber ich zuckte nicht mit der Wimper. »Was macht das schon aus, ob sie wie ein Tier wirken? Menschen sind doch Tiere, oder?«, teilte sie ihr Resümee mit.

»Hör auf, so einen Stuss zu reden!«, knurrte ich, »und wisch dir die Kriegsbemalung weg.« Warum ich so harsch reagierte, weiß ich nicht recht. Vermutlich, weil sie von »wildem Tier« gesprochen hatte und mich das ärgerte. Erschrocken taxierte sie mich einen Moment aus den Augenwinkeln. Um mir zu zeigen, dass sie keineswegs beeindruckt war, fragte sie dann schmollend: »Warum sind Sie so scharf darauf, dass ich meine Schminke abmache?« Ihre Fragerei ging mir auf die Nerven. »Tus einfach, wenn ich es dir sage! Fang gleich mit diesen billigen Ohrringen an!«

An meinem barschen Ton erkannte sie, dass ich verärgert war. Sie entgegnete: »Das ist doch albern! Halten Sie mich für Ihre Geliebte?« Ich erwiderte, dass ich nicht im Mindesten die Absicht hätte, sie zu meiner Geliebten zu machen, da könne sie ganz beruhigt sein. »Also, warum verlangen Sie dann all diese Sachen?«, fragte sie spitz, während sie mit ihrem Unterschenkel wippte. Nun ja, warum verlangte ich eigentlich all das?

Es gab eine Frau, die in meinem Kopf herumgespukt hatte. Als ich in diese Straße eingebogen war, nein, seitdem ich daran gedacht hatte, dorthin zu fahren, waren meine Gedanken um sie gekreist und hatten eine Unruhe in mir ausgelöst. Das Mädchen neben mir konnte davon nichts wissen, dennoch geriet ich in Verlegenheit.

»Wenn ich eine Stunde lang mit dem Auto die Straße auf und ab fahre, mache ich das natürlich, um ein Mädchen zu finden! Daran fehlt es nebenbei gesagt auch nicht. Glaub aber nicht, dass es nicht schönere als dich gibt. Aber warum habe ich wohl dich ausgewählt?« Meine Frage war natürlich ein bisschen scheinheilig, aber zum Glück oder Unglück schien es ihr nichts auszumachen. »Weil ich Ihnen gefallen habe. Oder ist es wegen meiner Titten?« Während sie mir ihre Brüste entgegenstreckte, kicherte sie dümmlich. Ich lachte nicht, drehte noch nicht mal den Kopf. Da war vielleicht etwas Wahres dran. Sie hatte tolle Brüste, einen sexy Körper. Aber es war nicht mein eigener Geschmack, der mich geleitet hatte. Ob ich große Brüste liebte oder nicht, stand hier gar nicht zur Debatte.

Ich warf ihr einen Umschlag zu, den ich die ganze Zeit in der Jackentasche aufbewahrt hatte. Mit mürrischer Miene nahm sie das Kuvert entgegen und inspizierte seinen Inhalt. Ihre Stimme verriet einen Anflug von freudiger Überraschung, als sie fragte: »Ist das alles für mich?« Erneut drängte ich sie, sich abzuschminken und ihre Ohrringe abzustreifen. Ich erinnerte sie daran, dass ich sie gekauft hatte, und fügte hinzu, dass sie doch wissen müsse, wozu sie das verpflichtete. »Schon kapiert, ist ja auch nicht schwer.« Sie verstaute ihre Ohrringe zusammen mit dem Umschlag in ihrer Tasche. Dann machte sie sich daran, ihr Gesicht mit einem Feuchttuch abzureiben. Während ich über die Macht des Geldes nachdachte, warf ich dem Mädchen, das sich nach und nach von einer dicken Schicht weißen Make-ups befreite, hin und wieder verstohlene Blicke zu.

Sie war noch nicht fertig, als wir unser Ziel erreichten. Wir hatten noch nicht einmal fünfundzwanzig Minuten gebraucht. Ohne die bunte Beleuchtung der Geschäfte aus der Innenstadt war die Straße dunkel und wie ausgestorben. Die Autos fuhren zügig vorbei und Fußgänger waren rar. Schon bevor man ausgestiegen war, konnte man das Gras in der Luft riechen. In weniger als einer halben Stunde hatten wir die Stadt hinter uns gelassen.

An einem Gebäude stand das Wort »Eden«. Daneben schwebte die Leuchtanzeige für eine öffentliche Sauna, aus Wellen aufsteigender Wasserdampf, gleichsam im nächtlichen Himmel. Die ganze schaurige Erscheinung erinnerte an ein Spukschloss aus einem Horrorfilm. Die Prostituierte schien diese Gedankenverbindung zum Glück nicht herzustellen. »Du bist bezaubernd«, hatte sie mir gerade mädchenhaft säuselnd zugeflüstert, während sie sich bei mir unterhakte. Ich machte mich aus ihrer Umklammerung frei und ging auf das Gebäude zu, das weißen Dunst ausdampfte. Mir dicht auf den Fersen folgend, dachte sie wohl, ich hätte ihren Arm aus Schamhaftigkeit zurückgewiesen. Ihr albernes Gekicher ließ mich zu diesem Schluss kommen. Sie irrte sich. Und ich hütete mich, sie aufzuklären.

An der Rezeption gab man mir den Schlüssel.

2

Sie war fuchsteufelswild. Dennoch empfand ich keinerlei Schuldgefühle. Sie warf mir vor, ich hätte sie hereingelegt, was jedoch nicht stimmte. Zu keiner Zeit hatte ich behauptet, mit ihr schlafen zu wollen. Zwar hatte ich sie aufgegabelt, aber das bedeutete noch lange nicht, dass ich vorhatte, mit ihr Sex zu haben. Auch hatte sie nicht das Recht, mich als Betrüger hinzustellen. Außer, ich hätte sie nicht bezahlt. Aber ich hatte ihr ja bereits im Voraus eine großzügige Summe in die Hand gedrückt. Sie aber machte ein Theater, als sei sie ungerecht behandelt, ja geradezu hintergangen worden.

Kein Wunder, dass ich sie bei den Haaren gepackt und ihr eine Ohrfeige verpasst hatte, als sie zeternd aus dem Zimmer gestürzt war. Na gut, vielleicht war es etwas grob gewesen, aber schließlich lag der Fehler ja nicht bei mir. Wieder aus dem Zimmer zu stürmen, kaum dass sie eingetreten war! Wenn sich jemand nicht an die Abmachungen gehalten hatte, dann doch wohl sie. Sie hatte vermutlich nicht damit gerechnet, dass ich vor der Tür Wache hielt und ihr gehörig eins draufgeben würde. Sie wusste nicht, was tun, und mein scharfer Blick schüchterte sie ein. Schließlich schien sie sich der Gefahr bewusst zu werden, in der sie schwebte – allein mit einem wildfremden Mann in einem Stundenhotel in einem menschenleeren Vorort, den sie nicht einmal kannte.

»So war das nicht ausgemacht«, stöhnte sie mit schwacher Stimme, während sie sich die Wange rieb. Sie setzte ganz offensichtlich auf Mitleid statt auf Gegenwehr. Mich konnte sie damit nicht beeindrucken. »Auf welche Abmachung beziehst du dich?«, fragte ich und zog ihr an den Haaren den Kopf nach hinten, während sie am Boden lag. Den Tränen nahe antwortete sie mir: »Du hast mir nicht gesagt, dass es für einen anderen ist …« Ich lachte höhnisch. »Habe ich je behauptet, dass ich es sein würde, der dich vögelt? Denk nach, ja oder nein?« Angsterfüllt verlor sie den letzten Widerstandswillen. »Stimmt, du hast das nie gesagt, aber …«, stammelte sie mit beinah flehendem Gesicht.

»Hör auf zu maulen und geh wieder rein, wenn du dich nicht selbst als Krüppel wiederfinden willst!« Sie verstand, dass ich nicht scherzte. Ich wiederum zweifelte nicht an der Wirkung meiner Drohung. Sie war ebenso einfältig wie naiv, mindestens so ängstlich wie einfältig und naiv, und genauso folgsam wie alles drei zusammen. Sie warf einen furchtsamen Blick auf meine immer noch geballten Fäuste und betrat Unverständliches vor sich hin murrend das Zimmer.

Es war fünf Jahre her, dass mein Bruder seine beiden Beine verloren hatte. Ich war nicht zu Hause gewesen, als es passiert war. In der Vorstellung, dass es überall besser sei als daheim, hatte ich mich herumgetrieben und meinem Elternhaus schließlich endgültig den Rücken gekehrt. Den beinlosen Körper meines Bruders sah ich vor gerade einem Jahr zum ersten Mal. Als ich damals zu Besuch kam, hatte ich nicht die Absicht, länger zu bleiben. Es war die Zeit von Chuseok, dem Vollmondfest am 15. Tag im achten Monat des Mondkalenders. Ich hatte vor mich hin sinnend im menschenleeren Büro gesessen, als mich plötzlich das Heimweh übermannte, so sehr, dass ich mich in mein altes Viertel begab. Der Gedanke, der sich in meinem Kopf eingenistet hatte, brachte all die verdrängten Erinnerungen zurück in mein Bewusstsein, bis ich es nicht mehr aushielt. Da überkam mich das Verlangen, meine Familie, diese brüchige Gemeinschaft, wiederzusehen. Womöglich wäre ich dennoch nie nach Hause gegangen, wenn ich nicht an der Ecke unseres Wohnblocks den Pastor der Kirche getroffen hätte, in die meine Mutter zu gehen pflegte, und wenn dieser mich nicht über den Zustand meines Bruders ins Bild gesetzt hätte. Hätte ich nicht mit eigenen Augen die beiden Beinstümpfe gesehen und wäre durch diese Verstümmelung nicht die Erinnerung an vergangene Demütigungen wiedergekehrt und hätte ich überdies diesen Traum nicht gehabt, in dem seine Beine auftauchten und mein großer Bruder mich fragte, ob es die meinen seien – ich wäre nicht geblieben.

Dieser Traum suchte mich in der dritten Nacht nach meiner

Rückkehr zu den Eltern heim. Ich lief durch totale Finsternis, in der sich kein Umriss abzeichnete. Bei jedem Schritt schienen mir die Beine ins Bodenlose wegzusacken. Die undefinierbare Dunkelheit wurde, je weiter ich ging, immer undurchdringlicher und zäher. Anfänglich war es nur eine Art Nebel, doch dann kam ich auf schlammigen Grund und versank schließlich in einem Sumpf. Am Ende schien ich wie in Leim festzustecken. Kaum hatte ich mühsam einen Fuß befreit, klebte der andere wie festgewachsen am Boden. Ich sah hinter mich, in der Hoffnung, einen Weg zurück zu finden, doch da war nichts. Ich hatte nur Dunkelheit vor Augen, schwarz und teerig. Verzweifelt rief ich: »Ist da wer?« Keine Antwort. Was dann geschah, vergrößerte mein Entsetzen. Als ich im Finstern mit äußerster Kraftanstrengung einen Fuß aus der zähen Masse zog, war es mir plötzlich, als fehlte etwas unterhalb des Oberschenkels. Ein Schauer lief mir über den Rücken. Mein Bein war verschwunden! Ich sah hastig nach dem anderen. Auch weg! Von Panik ergriffen, schrie ich laut auf. Ich brüllte dermaßen, dass die Stimme den Traum zu verlassen und in der Wirklichkeit widerzuhallen schien. Augenblicke später tauchte unvermittelt eine Gestalt auf, deren Gesicht in der Nachtschwärze nicht auszumachen war, und sprach mich an: »Sind das deine Beine?« Auch diese Person schien von außerhalb der Traumwelt zu stammen. Sie hielt zwei Beine in den Händen. Muskulös, nicht zu viele Haare, wohlproportioniert und stramm. Ich weiß nicht, wie ich auf die Idee kam, es seien die unteren Gliedmaßen meines Bruders. Im nächsten Augenblick gewann ich die Überzeugung, dass der gesichtslose Mann, der die Beine hielt, er selbst war. Wie zum Beweis tauchten meines Bruders Konturen vor mir auf. Im selben Moment verschwanden seine Beine aus meinem Gesichtsfeld. Erneut schrie ich auf. Der Schrei schwoll an und durchbrach die Grenze der Traumwelt. Ich erwachte.

Mein erster Griff galt meinen Beinen, dann ging ich hinüber in das Zimmer meines Bruders und legte mich neben den Schlafenden. Da ahnte ich, dass ich nicht mehr von ihm weggehen würde.

3

Ich hatte jedoch keineswegs die Absicht, ihm den Rest meines Lebens zu opfern. Das entspricht nicht meiner Veranlagung. Ich sage das weder aus Eitelkeit noch weil ich mich dafür schäme. Wenn ich geblieben bin, dann wegen dieser Erinnerung an die Verletzungen von damals, die mir Schuldgefühle bereiteten, und aus Mitleid mit den Eltern, die nichts mehr von ihren Kindern erwarteten: Meine Mutter verbrachte die Tage außer Haus, mein Vater redete selten ein Wort. Seine einzige Beschäftigung bestand darin, die Pflanzen und Blumen, von denen unser Garten überquoll, zu gießen. Ich kann mich kaum erinnern, ihn je sprechen gehört zu haben. Meine Mutter hatte einmal geklagt, dass Vater seit dem Unfall meines Bruders die Sprache verloren habe und wohl an Aphasie leide. Meine Entscheidung bedeutete nicht, dass ich glaubte, so viel leisten zu können wie mein Bruder oder ein guter Ersatz für ihn zu sein. Ein plötzlicher Schwindel hatte mich erfasst und zu Boden gedrückt, und der Zustand der Kraftlosigkeit dauerte fort und hinderte mich daran aufzustehen. Das war alles.

Insbesondere hatte ich nicht vorgehabt, den Helfershelfer zur Befriedigung seiner Geilheit zu spielen, eine gleichermaßen erbärmliche wie widerwärtige Rolle. Dieses Verlangen war ihm trotz Behinderung erhalten geblieben und hatte wie die damit verbundene Besessenheit etwas Abstoßendes. So bestürzend wie der Anblick einer Mutter, die aus Liebe ihren Sohn auf den Buckel nimmt, um ihn ins Bordell zu tragen. Ich konnte nicht ignorieren, wie sehr mich das anekelte und zugleich zutiefst betrübte, und mich packte eine immense Wut, ohne dass ich genau wusste, warum. Ich schrie meinen Bruder an, dass es doch besser wäre zu sterben, als so zu leben. Daraufhin klammerte ich mich an Mutter und heulte.

Es war eines Abends nach dem Essen. Ich saß müßig vor dem Fernseher, als Mutter meinen Bruder auf dem Rücken tragend aus dem Zimmer trat. Mein Vater hatte sich zurückgezogen und spielte allein eine Partie Go. Wenn ich lauschte, konnte ich bis ins Wohnzimmer hören, wie er die Steine setzte. Zuweilen vernahm ich es auch, wenn ich nicht darauf achtgab. Denn mittlerweile reagierten meine Ohren automatisch auf das Geräusch der Spielsteine.

»Nein, lass mich!«, protestierte mein Bruder ärgerlich hinter ihrem Rücken. Als er sah, wie ich vom Sofa aus zu ihm hinstarrte, wandte er den Kopf ab. Dann wurde er still, allem Anschein nach resignierend, und verbarg sein Gesicht zwischen den Schultern meiner Mutter. Seine Hosenbeine baumelten ins Leere.

»Wo geht ihr hin?«, fragte ich beiläufig. Weder Bruder noch Mutter antworteten auf meine Frage. Von beiden ging eine Bestimmtheit aus, die eine Antwort nicht erwarten ließ, und so unterließ ich es nachzubohren. Mutter setzte meinen Bruder auf dem Rücksitz unseres Wagens ab und schob sich hinter das Lenkrad. Mir kam in den Sinn, dass sie normalerweise mich darum bat zu fahren. Irgendetwas entging mir da, so viel war klar. Heimlich sprang ich hinter ihnen in ein Taxi, um ihnen zu folgen.

Ich hatte nicht die leiseste Ahnung, wohin sie fuhren und was sie vorhatten. Als ich sah, wie das Auto meiner Mutter auf dem Markt der Lotusblüten anhielt, traute ich meinen Augen nicht. Das Freudenviertel wird seit ewigen Zeiten so genannt, aber ich weiß nicht, woher der Name stammt. Vor den mit roten Laternen dekorierten niedrigen Bretterverschlägen machten halb nackte Mädchen die Vorbeigehenden an. Manche wippten mit einem Bein, andere kauten ziemlich vulgär Kaugummi, so als gehörte es für eine Prostituierte dazu. Was wollte meine Mutter hier, vor allem mit meinem Bruder?

Sie schleppte ihn, und er vergrub sein Gesicht zwischen ihren Schulterblättern. So steuerte sie auf eines der eng nebeneinanderstehenden Häuser zu und verschwand darin. Er wirkte jämmerlich, so hinter ihr versteckt, aber Mutters zielstrebiger und selbstbewusster Gang belegte, dass sie nicht zum ersten Mal dorthin kam. Auch die Kaugummi kauenden und Beine schwingenden Huren ließen sie kommentarlos passieren, wobei ihre wissenden Blicke verrieten, dass der Anblick ihnen nicht neu war.

Ich war der Einzige, den das Ganze wirklich befremdete, und ich fühlte mich wie ein Schauspieler wider Willen, den man ohne eine einzige Probe auf die Bühne gestellt hatte. Mein Blick huschte verschämt über die lange Reihe von Gesichtern der Mädchen. Nicht weil ich ihre Gedanken zu erraten suchte, sondern um herauszufinden, ob sie mich musterten. Die Mischung aus Mitleid und Abscheu in ihren Zügen löste in mir ein Gefühl von tiefer Traurigkeit und Hoffnungslosigkeit aus.

Ich war innerlich aufgewühlt und wollte die Gegend eilig verlassen, da ich nicht wusste, wie damit umgehen. Da näherte sich mir ein Mädchen und zog mich am Arm: »Komm mit. Ich werde nett zu dir sein.«

Mir gelang es, meinen Ärmel aus ihrem Griff zu befreien,

und ich erkundigte mich leise: »Wer ist die Dame, die gerade dort hineinging?«

»Du meinst die mit ihrem Sohn auf dem Rücken?«, fragte sie zurück. Anscheinend kannte sie die beiden. »Dieser Anblick ist ein Jammer, nicht wahr? Aber es gibt sicher einen Grund dafür. Ach, lass uns aufhören, darüber zu reden. Komm, amüsier dich lieber mit mir!«

Erneut zupfte sie an meinem Arm. Sie hatte offenbar wenig Interesse, das Gespräch weiterzuführen. Ich bat sie, mir alles zu erzählen, was sie wisse. Sie schaute verständnislos und erwiderte: »Du hast doch selbst gesehen, was los ist. Was gibt es da noch zu erzählen?«

Ob die beiden öfter kämen, fragte ich. Das Mädchen antwortete, dass sie nur gelegentlich da wären. Dann fügte sie melancholisch, mehr zu sich selbst gewandt, hinzu: »Wirklich eine traurige Geschichte. Der muss wohl einiges auf dem Kasten gehabt haben. Während seines Militärdienstes hat es ihn dann erwischt. Ich habe keine Ahnung, wie es dazu kam. Jetzt kümmert sich seine Mutter um ihn. So eine Frau gibt es kein zweites Mal, meinst du nicht?«

Ich riss mich los und ging über den Markt der Lotusblüten. Mir war zum Erbrechen übel. Nein, es gab keine zweite Mutter wie sie, schrie es in mir drin. Nein, keine zweite konnte so etwas tun! Und diese Stimme tief in meinem Innersten wollte mir das Herz zerreißen.

Ich lief eine Weile umher. An einem Straßenausschank machte ich halt und trank Soju, einen aus Getreide und Süßkartoffeln gebrannten Schnaps, ohne mich lange zu besinnen. Ich hoffte, der Soju würde mir sofort zu Kopf steigen, aber mein Verstand wurde zunehmend klarer und meine Sinne schärften sich. Ich spürte den Alkohol kaum. Ohne festes Ziel kehrte ich zum Markt der Lotusblüten zurück. Meine Mutter wartete vor dem Haus.

Wie sie so dastand, an die Glastür des Gebäudes gelehnt, in dem ihr Sohn verschwunden war, erinnerte mich ihre Erscheinung an etwas. Am Tag meiner Aufnahmeprüfung hatte sie genauso vor dem eisernen Tor am Eingang der Universität gestanden und gebetet, ich möge bestehen. In ihrem Leben hatte sie zweimal für mich beten müssen. Wer weiß, vielleicht hätte sie sich gerne öfter in dieser Pose gezeigt. Doch ich habe ihr keine weiteren Gelegenheiten dazu geboten. Denn ich hatte mich über die Mauer des Instituts davongemacht, in dem ich die Wiederholungsprüfung für die Aufnahme an der Universität hätte vorbereiten müssen. In einem abgelegenen Bauerndorf im Norden von Gyeonggi hatte man ein Betongebäude errichtet, eine sogenannte Militärakademie, die damit warb, eine völlig neuartige, bahnbrechende Lehrmethode erfunden zu haben. Dort wandte man die Zucht des Militärs und die Strenge einer Haftanstalt auf Privatleben wie Schlafen, Essen und Ausgehen ebenso an wie auf das Lernen, wodurch absolute Kontrolle ausgeübt wurde. Die Zeit dort war für mich die Hölle gewesen, und ich hatte irgendwann dieses Eingesperrtsein nicht mehr ertragen können. Das war meine erste Flucht gewesen.

Was mochte sie gebetet haben, an die Tür gelehnt, während ihr verunstalteter Erstgeborener seine Sinneslust befriedigte? Welche Art von Gebet gestattete ihr Gott wohl in dieser Situation? Nach meinem Dafürhalten gab es keinen Gott, der solch ein Gebet gutheißen würde, und daher war es in meinen Augen heuchlerisch. Mit einem Mal kam mir meine Mutter verabscheuungswürdig vor. Ich näherte mich ihr, bis mein Kinn ihre Schulter streifte.

»Mutter!« Meine Stimme kam mir vor wie das Brüllen eines wilden Tieres. Den Ablauf ihrer Bewegung, wie sie ihre Augen aufschlug, den gesenkten Kopf hob und ihren Rumpf in Richtung meiner Stimme drehte, nahm ich wahr wie einen Film in

Zeitlupe. Nie werde ich das Entsetzen in ihrer Miene vergessen. Es war der Gesichtsausdruck eines Menschen, der eine verbotene Szene beobachtet hatte. Dabei war ich derjenige, der etwas Unerlaubtes gesehen hatte. Doch meine Mutter behielt ihre Gefühle unter Kontrolle, was ganz ihrer geistesgegenwärtigen Art entsprach. Wer meine Familie kennt, wird bestätigen, dass wir nur dank ihres Geschicks durchs Leben gekommen sind. Auch innerhalb der Familie sind wir uns darüber einig.

»Ah, da bist du ja!«, erwiderte sie so selbstverständlich, als hätten wir uns dort verabredet gehabt. Ihr Tonfall war so beiläufig, dass ich mich fragte, ob das Treffen nicht tatsächlich ausgemacht gewesen war und ich es nur vergessen hatte. »Aber du wärst besser nicht gekommen«, fügte sie hinzu, während sie ihren Blick in die Ferne richtete. Ihre Worte klangen sehr bestimmt, als sie mich aufforderte, unverzüglich heimzukehren, da mein Bruder bald fertig sein würde. In ihrer Stimme schwang eine Strenge mit, wie sie meine Mutter schon lange nicht mehr an den Tag gelegt hatte.

»Mutter!«

Ich wollte mir nicht anmerken lassen, wie nahe ich den Tränen war, und keinesfalls durfte ich die Kontrolle über mich verlieren, doch als ich sprach, brach meine Stimme.

»Ich habe keine Ahnung, wie du hierhergekommen bist, aber ich kann es nicht gutheißen. Und wenn du nicht augenblicklich verschwindest, machst du alles nur noch schlimmer. Geh jetzt!« Damit wandte Mutter mir den Rücken zu.

In diesem Moment wurde die Glastür einen Spaltbreit geöffnet, und das Gesicht einer jungen Frau erschien. Die Frau erklärte, es sei vorbei, und verschwand wieder hinter der Scheibe. Mutter öffnete die Augen und schaute mich an. Ihr Blick war eindringlich: »Los, beeil dich!«, scheuchte sie mich weg. Ihre Miene machte deutlich, dass ich nicht mehr da sein sollte, wenn mein Bruder das Gebäude verließ. Meine erste Reaktion war, ihrem Wunsch nachzugeben. Nur so würde ich beiden später wieder gegenübertreten können. Aber der Dämon in mir gehorchte nicht. Die Vernunft ist dem Affekt untergeordnet, und Letzterer reagiert schneller. Zum Beweis schnellte mein Körper auch schon vor. Ich stieß meine Mutter zur Seite, öffnete die Glastür und schlüpfte hinein, bevor sie Zeit hatte, mich aufzuhalten. Drinnen erblickte ich drei oder vier schlampig gezimmerte Sperrholztüren. Ich riss die erste davon auf und fand eine enge Kammer vor, in der kaum das Bett Platz hatte, auf dem, zusammengekauert wie eine Raupe, mit dem Gesicht zur Wand, ein kleiner Mann lag. Ich stürzte auf ihn los, richtete seinen Körper auf, sodass er gezwungen war, mich geradewegs anzusehen, und fasste ihn an den Schultern. Ich war völlig außer mir, keuchte und brüllte wie ein wildes Tier. Ihm standen Tränen in den Augen, und er wurde aschfahl im Gesicht, aber das kümmerte mich nicht. Ich hielt ihn an den Oberarmen gepackt und schüttelte ihn, während ich wie von Sinnen tobte. In meiner Wut brachte ich nur unzusammenhängende Worte heraus, Satzfetzen. Ich stieß Verwünschungen aus und rief, er solle sich doch einmal anschauen, seinen eigenen widerlichen Körper anschauen. Ich war verletzend und schrie schließlich, am besten wäre es, er stürbe. Bald ging mein Stammeln in Heulen über.

Wenn Mutter nicht hereingestürmt und zwischen uns gegangen wäre, ich weiß nicht, was noch passiert wäre. Sie gab mir eine schallende Ohrfeige, in die sie all ihre Kraft legte. Sie schien zu wissen, dass nur dies solch einen animalischen Wutanfall bändigen konnte. Ich fiel schluchzend in ihre Arme. Sie stieß mich nicht von sich, aber sie streichelte mir auch nicht den Rücken. Weinte sie auch? Ich war außerstande, den Kopf zu heben.

4

Genau genommen war es gar kein Zufall, dass ich die Szene auf dem Markt der Lotusblüten beobachtet hatte. Ich war dort hingegangen wegen eines Auftrags, den mir ein Mann erteilt hatte. Hatte man mir einen Streich spielen wollen? Oder handelte es sich um ein Spiel? Mir lief ein Frösteln über den Rücken bei dem Gedanken, denn auf jeden Fall war der Mann kein einfacher Gegenspieler.

Ich hatte also meiner Mutter nachspioniert. Das mag überraschen, aber so ist es gewesen. Seit geraumer Zeit war es meine Aufgabe, sie zu beschatten. Es hatten mich nicht bloße Neugier oder eine Obsession an den Ort des Geschehens getrieben, sondern ich war im Auftrag unterwegs.

Mein anonymer Auftraggeber verlangte genaue Berichte über den Tagesablauf der Zielperson. Das war wahrlich absurd. Ich hätte ihn beinahe gefragt, ob er wusste, dass es sich dabei um meine eigene Mutter handelte. Aber nicht nur deswegen war die ganze Angelegenheit seltsam. Zunächst nahm ich an, dass mich ein Bekannter aus Spaß angerufen hatte, und hatte versucht, irgendwelche Besonderheiten in seiner Stimme zu erkennen. Als er seinen Redefluss unterbrach, hatte ich ihn gefragt, woher er unser Büro kannte. Ich hatte »unser« Büro gesagt, aber tatsächlich gab es weder Büroräume noch andere Mitarbeiter außer mir. Etwa fünf Monate zuvor hatte ich ein Geschäft gegründet, nachdem ich eine Telefonleitung in mein Zimmer hatte legen lassen und Handzettel verteilt hatte. Denn als mir klar wurde, dass ich nicht einfach faul herumsitzen konnte, war die einzige Arbeit, die mir einfiel, eine Agentur für Dienstleistungen aller Art zu eröffnen. Während der Zeit, als ich von zu Hause weg war, hatte ich für eine Weile Zuflucht in einer kleinen Firma gefunden, die sich Die Laufburschen nannte. Dort war ich im Prinzip mit nichts anderem beschäftigt, als beständig zwischen Kreisverwaltung, Einwohnermeldeamt oder Hauptbahnhof hin und her zu laufen. Solche Gelegenheitsarbeiten waren für einen Tunichtgut wie mich, der es gewohnt war, in den Tag hinein zu leben, genau das Richtige. Diese Art Arbeit hat den Vorteil, dass der Kontakt zum Kunden meist über das Telefon erfolgt, weshalb man sich nicht extra ein Büro einrichten muss, was mich wiederum ermutigte, mich selbstständig zu machen. Nicht zu vergessen die Erfahrung, die ich darin hatte. Also ließ ich mir Telefon legen, gab mir den Firmennamen Bienen und Ameisen, von dem ich selbst ganz begeistert war, und legte mir seriös wirkende Visitenkarten zu.

Anstelle einer Feier zur Geschäftseröffnung verteilte ich die Visitenkarten in meiner Verwandtschaft. Meine Mutter zweifelte zwar daran, dass ich davon würde leben können, aber sie schien sehr erfreut darüber, dass ihr Sohn sein Brot selbst verdienen wollte. Meinen Bruder verdross es, dass ich ausgerechnet solch einen Job gewählt hatte, und meinen Vater interessierte die Angelegenheit wie üblich gar nicht. Es hätte ihn vermutlich auch nicht gekümmert, wenn ich beabsichtigt hätte, eine Frau von zweifelhafter Herkunft mit drei Töchtern zu heiraten.

Zu Beginn liefen die Geschäfte so schlecht, dass ich nicht wählerisch sein konnte, selbst wenn es darum ging, meine eigene Mutter zu beschatten. Was sich daraus entwickeln sollte, konnte ich ja nicht ahnen. Zudem fand ich die ganze Angelegenheit äußerst ungewöhnlich, und es interessierte mich brennend, wer in Gottes Namen dieser Kerl war und woher er von der Existenz meines Büros wusste.

Auf meine argwöhnische Frage hin schwieg er eine Weile und erwiderte dann, er hätte es in der *Taube* gelesen. Die *Taube* war eine von vielen Lokalzeitungen, die im Umkreis der Hauptstadt kostenlos verteilt wurden. Tatsächlich hatte ich dort eine Anzeige geschaltet. Anfangs hatte ich lediglich Informationsblätter an Treppenaufgängen von Geschäften, an Strommasten und in öffentlichen Toiletten oder anderen leicht zugänglichen und stark frequentierten Orten aufgehängt, doch die Aufträge kamen spärlich. Daher hatte ich mir ein Inserat in der Lokalzeitung geleistet, obwohl das Büro Die Laufburschen mit einer ähnlichen Anzeige nicht viel Wirkung erzielt hatte. Ich setzte meine Erwartungen also nicht allzu hoch. Nie hätte ich von einem Auftrag zu träumen gewagt, bei dem ich jemanden zu beschatten hatte. Wenn es sich dabei nicht um meine Mutter gehandelt hätte, wäre es eine ziemlich interessante Aufgabe gewesen.

»In welchem Verhältnis stehen Sie zu der Zielperson?« Mit dieser Frage hoffte ich die Identität des Auftraggebers herauszufinden. Ob er mir das wirklich mitteilen müsse, wollte er wissen. Ich konnte schlecht behaupten, dass diese Frage zum Standardprozedere gehörte. Umso mehr als bei einer Personenüberwachung Diskretion ja oberstes Gebot ist. Menschen, die anderer Leute Geheimnisse ergründen wollen, wünschen sich ganz besonders, dass ihre eigenen im Verborgenen bleiben. Das verstand ich sehr wohl, also bohrte ich bezüglich seiner Identität nicht weiter nach. Ich wollte ja nicht riskieren, dass er das Gespräch abbrach und ich nie mehr von ihm hörte. Erstens hätte ich keine Möglichkeit mehr gehabt herauszufinden, wer der Mann war. Und zweitens wäre mir ein Honorar entgangen, von dessen Höhe ich mir einiges erhoffte. Also versuchte ich es auf einem anderen Weg.

Ich erwiderte, seine Auskunft würde die Arbeit erleichtern, wäre aber nicht zwingend notwendig. Am anderen Ende der Leitung blieb es still. Nun gut. Jetzt wollte ich von ihm wissen, wann und wo wir uns treffen könnten und in welcher Art und Weise ich Bericht erstatten sollte. Der Auftraggeber meinte, er würde mich ab und zu anrufen, um die gewonnenen Erkenntnisse zu erfahren. Ich klärte ihn über mein Honorar auf, gab ihm meine Bankverbindung bekannt und fügte noch hinzu, die Summe sei so hoch, weil sie eine Gefahrenzulage enthalte, was er mit Schweigen quittierte. Ich bot ihm noch eine wöchentliche Ratenzahlung an, die er akzeptierte. »Sobald ich die erste Anzahlung erhalten habe, trete ich in Aktion«, sagte ich geschäftsmäßig und legte den Hörer auf.

Bald darauf überwies der Mann den vereinbarten Betrag auf mein Konto und war fortan mein Kunde. Es war dieser Unbekannte, der mich auf den Markt der Lotusblüten hatte gehen lassen, wodurch ich Zeuge der unvorstellbaren Szene geworden war. Mir ging es miserabel. Ich fühlte mich als undankbarer Versager, und als der Mann am Abend anrief, bombardierte ich ihn aufgebracht mit Fragen.

»Wer sind Sie? Warum lassen Sie mich so etwas tun? Welchen Zweck verfolgen Sie damit überhaupt?«

Der Mann erwiderte nichts. Ich wurde noch zorniger und erklärte schließlich, dass ich nicht weiter an diesem Fall arbeiten würde. Ich hatte das Gefühl, dass der Mann sich über mich amüsierte. Ruhig, aber bestimmt wies er mich darauf hin, dass ich den Vertrag nicht einseitig kündigen könne. »Sie haben das Geld erhalten. Sie müssen Ihren Job erledigen.« Das wars. Nun verlor ich komplett die Beherrschung und brüllte los, aber die Leitung war bereits tot.

5

Nach den Vorkommnissen auf dem Markt der Lotusblüten herrschte eine Woche lang Ruhe in unserem Haus. Ja, es war so still, dass man fast erstickte. Wir vermieden es sogar, einander in die Augen zu sehen. Meine Mutter verließ das Haus wie immer früh am Morgen, während ich jeden Tag bis in die Puppen schlief. Wenn das Hausmädchen das Essen auf den Tisch stellte, aß ich halbherzig und ging dann fort. Es gab Tage, da hatte ich einen Auftrag, und es gab Tage, da hatte ich keinen. Aber egal, ob ich zu tun hatte oder nicht – ich verließ jeden Tag das Haus und kam erst nach Mitternacht zurück. Ich wollte meinem Bruder nicht begegnen. Da ich so spät heimkehrte, öffnete mir niemand die Tür. Das war allerdings auch nicht nötig, ich hatte immer einen Schlüssel in der Hosentasche.

Nicht alle schliefen um diese Zeit. Insbesondere mein Bruder war gewiss noch wach. Wenn ich an seinem Zimmer vorbeiging, hörte ich den Anschlag einer Tastatur. Er war immer mit irgendetwas beschäftigt. Doch seine Zimmertür stand niemals offen, weshalb ich nicht feststellen konnte, was er drinnen tat. Ehrlich gesagt, schloss jeder von uns vier meistens die Tür zu seinem Zimmer. Keiner betrat den Raum des anderen oder hegte auch nur den Wunsch dazu. Nur Mutter verstieß gelegentlich gegen dieses ungeschriebene Gesetz. Wir lebten wie Fremde. Gleichwohl waren wir uns durchaus wohlgesonnen. Erst sieben Tage nach dem Vorfall kam es auf ihre Initiative hin zu einem nächtlichen Gespräch zwischen meiner Mutter und mir. Sie saß allein im Wohnzimmer und hatte das Licht gelöscht. Wie in den anderen Nächten öffnete ich die Eingangstür und war im Begriff, mich geradewegs in mein

Zimmer zu schleichen, als ich ihre Stimme hörte: »Setz dich bitte hierher!«

Anscheinend hatte sie auf mich gewartet. Ich setzte mich also ihr gegenüber auf das Sofa. Mutter blieb eine Weile regungslos, als müsste sie sich erst dazu durchringen, bevor sie die Stille unterbrach. »Wolltest du heute zu mir?« Ich schüttelte hastig den Kopf. »Jemand hat dich in der Nähe des Löwenzahn gesehen.« Ihre Stimme war gedämpft. Sie schien darum bemüht, die Ruhe des Raumes nicht zu stören. Zum Löwenzahn war der Name des vornehmen Restaurants, das meine Mutter betrieb. Als junge Frau hatte sie dort eine Weile als Angestellte gearbeitet, und inzwischen war sie die Besitzerin.

Verlegen erkundigte ich mich, woher sie das wusste. Denn es stimmte, dass ich mich in der Nähe des Löwenzahn aufgehalten hatte. Ich hatte zwar gedroht, den Vertrag zu lösen – ja, ich hatte keine Lust mehr, dem Mann weiterhin Informationen über meine Mutter zukommen zu lassen. Zugleich war ich jedoch neugierig, ob es tatsächlich etwas über meine Mutter herauszufinden gab. Außerdem hatte ich ohnehin nichts Besseres zu tun. Deshalb hatte ich mich tagsüber in der Nähe des Löwenzahn herumgetrieben. Doch bald war ich zu dem Schluss gelangt, dass das zu nichts führen würde, hatte mich zunehmend unbehaglich gefühlt und war schließlich gegangen. Wie konnte aber Mutter davon wissen?

Sie fragte mich, warum ich nicht hereingekommen sei, wenn ich schon gekommen war, um ihr etwas zu sagen. Gott sei Dank, dachte ich mir. In Wahrheit gab es nichts, was ich ihr mitteilen wollte, und da mir auf die Schnelle auch nichts Vorgeschobenes einfiel, schüttelte ich bloß den Kopf. Mutter sah ihre Erwartungen enttäuscht, gab sich aber einen Ruck und hob an: »Dein Bruder …« Mir schien, sie habe sich die Worte bereits zurechtgelegt, und ich meinte zu wissen, wie es weitergehen würde, wenn ich nichts sagte.

»Es geht ihm nicht gut«, fuhr meine Mutter fort. Das war mir nicht neu. »Wie du weißt«, begann sie von Neuem, »ist nicht nur sein Körper, sondern auch sein Geist in Mitleidenschaft gezogen. Normalerweise ist alles in Ordnung, aber gelegentlich verliert er aus heiterem Himmel die Kontrolle. Dann …« Sie hielt einen Moment inne. Ich spürte, wie sie darum rang, ihre aufsteigenden Gefühle zu beherrschen. Mutter senkte die Stimme, als fürchte sie, mein Bruder könne noch wach sein und sie hören. »Dann blutet mir das Herz. Der Gedanke, dass mein kluger und gesunder Sohn zu diesen Anfällen verdammt ist, treibt mich in den Wahnsinn. Ich glaube, dies ist die Strafe für die Fehler, die ich gemacht habe.« Ihre Stimme hob und senkte sich wie eine Brandungswelle. Diese Schwankungen zeigten, wie schwer es ihr fiel, ihre Erregung unter Kontrolle zu halten. So hatte ich sie noch nie erlebt.

»Du hattest besonders große Hoffnungen in ihn gesetzt«, wagte ich einzuwerfen. Mutter widersprach nicht. Das war wahr. Ihre Liebe zu ihm war unerschütterlich. Sie zog bei Weitem meinen Bruder vor, was ich verstehen konnte. Er hatte ein einnehmendes Wesen, war außerordentlich begabt, und im objektiven Vergleich zu mir, seinem nichtsnutzigen Bruder, war diese Bevorzugung einfach nur gerecht. Von Anfang an hatte ich das Gefühl, minderwertig zu sein, tagtäglich aufs Neue verinnerlicht. Ich war sowohl schulisch wie sportlich schlechter als mein Bruder und sah auch nicht so gut aus wie er. Von Kindesbeinen an war ich überzeugt, dass die Welt ungerecht sei. Nachdem ich die Aufnahmeprüfung für die Universität nicht bestanden hatte, wollte ich mich zum Militär flüchten, indem ich mich freiwillig meldete. Doch ich wurde ausgemustert und war völlig verzweifelt. Dieses Gefühl des Versagens auf ganzer

Linie war es letztendlich, das mich aus dem Haus getrieben hatte. Meine Mutter konnte es nicht fassen, dass ich auch noch militäruntauglich war. Sie meinte: »Bei deinem Bruder wäre es ja verständlich, wenn er aufgrund des vielen Lesens schlechte Augen hätte, aber warum ausgerechnet du?« Mir entging die Anspielung nicht, dazu war ich dann doch nicht dumm genug. Mein Bruder, der Überflieger, mir und allen anderen in jeder Hinsicht überlegen, schon als Kind der Stolz und die Freude meiner Mutter. Wie musste es ihr das Herz zerrissen haben, dass diesem Sohn so etwas zugestoßen war! Ich verstand wahrscheinlich als Einziger, was in ihr vorging.

Aber musste sie deshalb so weit gehen, ihren Sohn Huckepack zu nehmen und ins Bordell zu schleppen? Litt sie dermaßen mit ihm? Wollte sie auf diese Weise ihre Liebe zum Ausdruck bringen? War in diesem Fall Liebe überhaupt die richtige Bezeichnung dafür? Ich tat mich jedenfalls schwer damit, Verständnis dafür aufzubringen.

Als spräche sie nur zu sich selbst, nahm Mutter den Faden wieder auf: »Als ich ihn zum ersten Mal in diesem Zustand im Krankenhaus liegen sah, wollte ich sterben. Gestorben bin ich zwar nicht, aber in Ohnmacht gefallen.«

»Und ich war nicht da«, sagte ich mit Bedauern.

»Nein, das warst du nicht.«

Ich wohnte bereits nicht mehr bei meinen Eltern, als mein Bruder nach Hause gebracht wurde. Durch eine Explosion hatte er bei einem Übungseinsatz beide Beine verloren. Auch dass er zum Militär gegangen war, hatte ich nicht mehr mitbekommen. Man hatte ihn einfach eingezogen. Der Unfall ereignete sich dann knapp ein Jahr später.

»Im Allgemeinen ist er normal, doch wenn er einmal urplötzlich durchdreht«, fuhr Mutter fort, »dann zerfetzt er seine Kleider, zerkratzt seinen Körper, reißt ganze Hautfetzen heraus und schlägt den Kopf gegen die Wand … wie ein Kampf. Danach streift er noch den Rest der Kleidung ab und windet sich in Krämpfen am Boden. Es ist ein wenig heikel, darüber zu reden, aber…« An dieser Stelle machte sie eine Pause, um Luft zu holen.

Dann sprach sie schnell weiter, entschlossen, zu Ende zu bringen, womit sie ohnehin schon angefangen hatte. »Er befriedigt sich mit der Hand, verspritzt überall seinen Samen. Ich kann es einfach nicht mit ansehen. Wenn der Anfall vorüber ist, schläft er völlig erschöpft ein und ist dann wie tot. Der Psychiater, den wir im Krankenhaus aufgesucht haben, hat mir alles genau erklärt. Er meint, dass sich zwangsläufig bei dieser Art von Krankheit, unter der dein Bruder leidet, immer wieder überschüssige Energie anstaut. Wenn die normalen Unterdrückungsmechanismen versagen, kommt es urplötzlich zu einer Entladung in Form eines Anfalls. In welcher Form und Heftigkeit dies dann passiert, hängt von dem einzelnen Menschen ab, sagt er. Der Doktor ist der Ansicht, dass sich bei deinem Bruder der Anfall in Form von sexueller Begierde manifestiert, warum auch immer. Er hat vorsichtig nachgefragt, ob dein Bruder einmal verheiratet gewesen sei. Ich habe ihm gesagt, dass er zwar eine Freundin gehabt hatte, es jedoch nicht zu einer Heirat kam. Der Arzt meinte dann, das Sexualverlangen drücke sich bei Männern vor allem durch ein Bedürfnis nach physischer Erleichterung aus. Es sei ein Naturgesetz, dass etwas überläuft, wenn es zu voll wird. Er könne mir nicht sagen wie, aber wenn ich dafür sorgen könnte, dass seine sexuelle Begierde befriedigt werde, bevor sie sich aufstaut, könnte das womöglich den Anfällen zuvorkommen …«

Meine Mutter sprach zunehmend leiser. Sie hielt ihren Kopf gesenkt, und ich musste aufmerksam zuhören, um sie zu verstehen. Ich begriff dennoch, was sie mir mitteilen wollte.

Offensichtlich ging es ihr darum, mir zu erklären, was sich in der Woche davor auf dem Markt der Lotusblüten ereignet hatte. Es war nicht einfach nur um Mutterliebe gegangen, sondern um eine Art von Heilbehandlung.

»Das ist also die Therapie, die du gefunden hast?«, fragte ich.

»Welchen anderen Weg hätte es gegeben?«, erwiderte sie.

»Und wie wirkt sie?«, erkundigte ich mich.

»Als ich sie deinem Bruder vorschlug, fühlte er sich gedemütigt und war beschämt. Aber er wusste, dass ihn die Angst vor dem nächsten Anfall ständig begleiten würde. Daher hörte er auf mich. Ich habe den Eindruck, es wirkt. Also steht Aufhören nicht zur Debatte. Deshalb …« Meine Mutter hörte sich an wie jemand, der einen Fehler rechtfertigen möchte.

»Hör auf! Ab jetzt … ab jetzt werde ich diese Angelegenheit übernehmen«, sagte ich, ohne nachzudenken, und erhob mich. Im selben Moment kam mir blitzartig der Gedanke, dass sie vermutlich genau das von mir erwartet hatte. Schließlich war ich als Mann besser dafür geeignet, und ich war froh, ihr beweisen zu können, dass auch ich zu etwas nütze war.

6

Ich kann sagen, dass ich geschickter zu Werke ging als meine Mutter. Anstatt meinen Bruder auf dem Rücken auf den Markt der Lotusblüten zu tragen, benutzte ich ein Vororthotel. Zunächst fuhr ich meinen Bruder dorthin, dann suchte ich eine Prostituierte aus und brachte sie zu ihm. Einziger Störfaktor war der Widerwille der Frauen. Da wahrscheinlich keine von ihnen in Kenntnis der Sachlage freiwillig mitgekommen wäre, verzichtete ich auf Erklärungen. Auch sonst verhielt ich mich den Mädchen gegenüber nicht sonderlich rücksichtsvoll.

Tief in den Beifahrersitz gekauert, schwieg mein Bruder. Wir befanden uns auf dem Rückweg vom Motel. Ich konnte mir vage das Durcheinander an widersprüchlichen Empfindungen vorstellen, das in seinem Inneren herrschte. Demütigung, Reue, Gewissensbisse, Einsamkeit und das Gefühl der Niederlage mussten dort miteinander streiten. Ich entschied mich, aus Respekt vor seinen Gefühlen ebenfalls nicht zu sprechen. Erst als wir beinahe daheim angelangt waren, sagte mein Bruder ganz leise: »Ich möchte spazieren gehen.«

»Es ist mitten in der Nacht«, protestierte ich. Doch da er sich nicht weiter äußerte, fuhr ich nicht direkt nach Hause, sondern zu dem Hügel mit dem Königsgrab. In der Nähe unserer Wohnung gab es einen Park mit dem Grab eines Herrschers irgendeiner alten Dynastie. Von uns aus war es ein zehnminütiger Fußmarsch, mit seinem Rollstuhl brauchte mein Bruder etwa die doppelte Zeit, und mit dem Auto dauerte es gerade einmal zwei Minuten. Ich wusste, dass mein Bruder gerne dort war. Aber er begab sich zumeist nicht in die eigentliche Grabanlage. Entlang der Umfriedungsmauer führte ein schmaler Weg, gewunden und uneben. Alleebäume, die zu beiden Seiten emporragten, verdeckten den Himmel, und wenn man darunter spazieren ging, war es so dunkel wie in einem Tunnel. Mein Bruder liebte diesen Weg. Er bat mich des Öfteren, ihn dorthin zu bringen. Ich fuhr ihn dann zum Eingang der Grabanlage. Gewöhnlich wollte er zwei Stunden später wieder abgeholt werden. Wenn ich ihm anbot, seinen Rollstuhl zu schieben, schüttelte er den Kopf und entgegnete, es sei nicht nötig. Er wünschte sich, allein den Weg entlang spazieren zu fahren. Mein Bruder war ein pünktlicher Mensch. Erschien ich nach zwei Stunden wieder, erwartete er mich vor dem Eingang. Wenn ich aber gelegentlich etwas vor der verabredeten Zeit dort ankam, dauerte es nicht lange, bis ich ihn auf dem verschlungenen Pfad zurückkehren sah. Meist beendete er seine Spazierfahrt genau bei Einbruch der Abenddämmerung.

Es war das erste Mal, dass er sich so spät in der Nacht auf den Weg machen wollte. Dennoch konnte ich ihm seinen Wunsch unmöglich abschlagen. Ich parkte den Wagen am Eingang des Grabhügels und setzte meinen Bruder in seinen Rollstuhl. Zum Glück bat er mich diesmal nicht, ihn erst in zwei Stunden abzuholen. Ich begann, den Rollstuhl langsam vor mir herzuschieben.

Die Abendluft war kühl. Vor dem Eingang der Anlage standen einige Straßenlaternen, aber die Dunkelheit verschlang alles. Klappernd bewegte sich das Gefährt durch die Nacht. Nach der ersten Biegung verschwand die Straßenbeleuchtung aus unserem Blickfeld, und es wurde noch dunkler. Am liebsten hätte ich auf der Stelle kehrtgemacht, konnte es aber nicht, denn mein Bruder sagte nichts. Sein Rollstuhl holperte immer weiter, dem ockerfarbenen Band folgend, das im Finstern nur noch blass zu erkennen war.

Es war nicht allein die Nachtluft, die mich frösteln ließ. Die Bäume, die beiderseits des Pfades in den Himmel wuchsen, verbreiteten eine gespenstische Atmosphäre. Plötzlich hatte ich das Gefühl, der Rollstuhl würde in einen Tunnel gesogen und vor uns in der Dunkelheit läge ein schwarzes Loch, das uns alle zu verschlucken drohte. Ich bekam es mit der Angst zu tun. Irgendein Waldtier huschte mit Knacken und Rascheln an uns vorüber. Dann ein Flattern und in der Nähe schlug ein Waldvogel an. Mein Unbehagen wuchs immer mehr, und ich musste an Hänsel und Gretel denken. Mir kam es vor, als würden auch wir beide von der Welt im Stich gelassen. Als Nächstes tauchte gewiss ein Lebkuchenhaus auf, eine Hexe träte heraus und lockte uns herein. Ein Wald in der Dunkelheit ist schließlich die Heimstatt der Hexen schlechthin. Was für ein Kontrast zum helllichten Tag und zum täglichen Leben in der Stadt! Hier galten andere Regeln und Gesetze, hier war eine ganz eigene Welt, beherrscht von Hexen und Geistern …

In dem Moment wurde mir bewusst, dass ich im Gegensatz zu meinem Bruder den Weg kaum kannte. Vor allem war ich ihn nie zuvor in der Nacht gegangen. Meinem Bruder schien sie nichts auszumachen, aber ich mochte die Dunkelheit ganz und gar nicht. Zwar hatte ich immer vorgehabt, ihn auf einer seiner Spazierfahrten zu begleiten, aber nicht unter diesen Bedingungen. Nicht bei stockfinsterer Nacht und in dieser Stimmung. Wie weit er wohl noch fahren wollte? Am liebsten hätte ich ihn gedrängt umzukehren, bevor doch noch eine Hexe erschien. Doch ich brachte den Mund nicht auf, und er schwieg eisern. Ich hatte beschlossen, auf ihn Rücksicht zu nehmen, und dieser Entschluss war stärker als meine Furcht.

Als mein Bruder sagte: »Hier endet der Weg«, fühlte ich mich erleichtert. Versunken in meine Hirngespinste, hatte ich zunächst die Stimme meines Bruders nicht erkannt, doch dann war ich froh, dass endlich eine Reaktion von ihm kam. Ich hatte keine Ahnung, wie tief wir im Wald steckten. Durch die Dunkelheit hatte ich jegliches Gefühl für Raum und Zeit verloren und mich nur auf das Schieben des Rollstuhls konzentriert.

»Man kann nicht mehr weiterfahren. Hier muss ich immer haltmachen.« Seine Stimme war von der feuchten Nachtluft belegt. »Dann stelle ich mir das Innere des undurchdringlichen Waldes jenseits dieser Absperrung vor. In meiner Vorstellung sind da hünenhafte Bäume, die darum wetteifern, wer als Erster den Himmel erreicht, und irgendwo da drüben ist eine tiefe Höhle. Ich sehe Bäume und Gräser, Vögel und Insekten, den

Waldboden und die Tiere, die dort einträchtig zusammenleben, wenn man nur lange genug weitergeht. Wer weiß, ob nicht irgendwo dort eine riesige Esche steht, die das Himmelsgewölbe trägt. Würde ich sie finden, wenn ich tiefer ins Dickicht vordringen könnte? Hier sitze ich für gewöhnlich und führe Selbstgespräche darüber, wie es wäre, wenn ich dort hinübergehen könnte und in irgendeiner Form unter diesen Geschöpfen leben. Ich träume, dass ich dorthin gehe und die kolossale Esche berühre, die den Lauf der Zeit ebenso stützt wie den Himmel.«

Mein Bruder sprach eigentlich mehr zu sich selbst, aber seine Worte weckten eine unbestimmte Sehnsucht in mir. »Ich werde dich mal dorthinein begleiten«, entfuhr es mir, als sei es keine große Sache. Doch bereute ich es augenblicklich. Mir wurde bewusst, wie leichtfertig ich das ausgesprochen hatte, darum schämte ich mich und schwieg. Mir wurde heiß. Die Dunkelheit verhinderte, dass ich ertappt wurde, aber ich war überzeugt, rot geworden zu sein.

»Siehst du den Baum?« Mein Bruder ging gar nicht auf meine Worte ein und zeigte stattdessen mit dem Finger auf eine Stelle im Nichts. Dort musste also irgendetwas sein. Und wenn er es »Baum« genannt hatte, war da wohl auch einer. Aber außer dichter Finsternis konnte ich nichts erkennen. Die schwarzen Silhouetten der einzelnen Bäume waren mittlerweile ganz verschwunden. Sie waren eins geworden mit der sie umgebenden Nacht. Was hatte meinen Bruder dazu bewogen, auf einen einzelnen Baum zu deuten? Welchen Baum sollte ich betrachten? Was konnte er dort überhaupt erkennen?

»Was siehst du denn?«, fragte ich ein wenig verblüfft und setzte ein Lächeln auf. Er schien meine Frage gar nicht wahrgenommen zu haben, fuhr jedoch fort. »Es ist eine Kiefer, ein großer Baum mit einem mächtigen Stamm und einer dicken Rinde. Und daneben – schau mal genau hin! Ein völlig anderer

Baum, man kann ihn gar nicht übersehen. Kennst du den Baum mit seinen schlanken, glatten und eleganten Ästen, der die Kiefer umschlingt, fast wie eine grazile, dunkelhäutige Frau mit samtiger Haut?«

»Nein, was ist das?« Ich konnte im Dunkeln nichts unterscheiden, hatte aber beschlossen, auf sein Gespräch einzugehen. Außerdem war ich neugierig darauf, was ihn zu seinen Spaziergängen animierte und ihm Trost spendete. Ich wusste nicht, ob ich diese Art der Naturverbundenheit, die gleichzeitig mit einer Distanz zu anderen Menschen einherging, gutheißen sollte, andererseits schien mir nichts Absonderliches oder Tadelnswertes daran zu sein.

»Ein Storaxbaum«, versetzte mein Bruder kurz und knapp. Ich wiederholte: »Storaxbaum.« Da ich den Namen zum ersten Mal hörte, hatte ich keine Ahnung, wie er aussah. Mein Bruder hatte erklärt, dass der Baum mit dem eigenartigen Namen direkt vor meiner Nase stünde, doch für mich war er unsichtbar. Mein Bruder hatte den Baum oft genug gesehen, ich hingegen nicht, weswegen ich mich dazu nicht äußern konnte. Das sollte ihm eigentlich klar sein. Doch wie sollte er auf diesen Gedanken kommen, wo er sowieso mehr mit sich selbst redete als mit mir.

»Der glatte Stamm erinnert mich an den nackten Körper einer schlanken Frau«, sagte er wie in Trance. »Er hat traumhafte, hell schimmernde weiße Blüten, die sich bald öffnen werden. Sie schauen mit ihren Köpfen nach unten und sehen ein bisschen aus wie silberne Glocken. Wenn man daruntersteht, hört man sie beinah läuten.« Seine Stimme verlor sich in den Tiefen des Waldes, wie ein Anker im marineblauen Meer. Weder wollte ich mich in seinen Monolog einmischen noch hatte ich etwas beizutragen. Ich war nur froh, dass mich der Zauber dieses Waldes mit seiner Hänsel-und-Gretel-Atmosphäre losgelassen hatte.

Die Stimme meines Bruders erklang aus weiter Ferne: »Ich würde schon gerne wissen, warum der glatte und schlanke Storaxbaum die starke und würdevolle Kiefer umschlingt. Das ist ungewöhnlich.« Dann stieß er einen kurzen Seufzer aus. Warum machte er sich diese Gedanken? Sah er womöglich Parallelen zu seiner eigenen Situation? Mein Problem war vor allem, dass ich den Baum, der meinen Bruder an eine schlanke Frau mit dunkler Haut erinnerte, selbst nicht gesehen hatte. Aber eigentlich war das unerheblich. Just in dem Moment spürte ich, wie ein Zittern durch den Rollstuhl lief, das von den Schultern meines Bruders ausging. Ein heftiges Schluchzen erschütterte seinen ganzen Körper.

»Wie soll ich denn mit diesem Schandfleck von Körper und dieser Trostlosigkeit klarkommen?« Seine Stimme, laut und deutlich, drang bestimmt bis zu der Stelle im Wald, an der angeblich der Storaxbaum die Kiefer umarmte. Doch ich tat, als hätte ich nicht zugehört. Ich war hilflos und versuchte, meine Verlegenheit zu überspielen. »Ich komme mal bei Tageslicht hierher und schaue mir den Storaxbaum an«, versuchte ich so beiläufig wie möglich zu sagen, doch meine Stimme klang belegt, und ich musste mich räuspern. »Lass uns umkehren. Mir ist unheimlich zumute.« Ich wendete den Rollstuhl, ohne die Antwort abzuwarten, und schob das Gefährt entlang des schwach erkennbaren ockerfarbenen Weges. Die Griffe übertrugen die ganze Zeit die Erschütterungen seines Schluchzens, aber ich tat, als bemerkte ich es nicht. Auf der Heimfahrt sagte ich kein einziges Wort mehr. Auch mein Bruder schwieg. Wieder musste ich an Hänsel und Gretel denken, die tief im finsteren Wald ausgesetzt worden waren.

Als wir jeder in sein Zimmer zurückgekehrt waren, war uns beiden sonderbar zumute, jedem auf seine Weise.

7

Am nächsten Tag ging ich allein den Lieblingsweg meines Bruders entlang. Und beschloss, ihn davon zu überzeugen, wieder mit dem Fotografieren anzufangen.

Ich marschierte ziemlich zügig vom Eingang des königlichen Grabhügels bis zu der Stelle, an der der Pfad endete. Er war viel gewundener und länger, als ich in Erinnerung hatte, und mit mehr Steigungen. Ich fragte mich, wie ich es geschafft hatte, meinen Bruder im Rollstuhl so weit zu schieben. Als er sich bei unserem gemeinsamen Spaziergang seine unbeschreibliche Sehnsucht nach dem Wald von der Seele geredet und atemlos das Verlangen des Storaxbaums beschrieben hatte, der lustvoll die Kiefer umschlingt, wollte er damit seine eigene Begierde geißeln oder beschönigen? Er hatte auch betont, der Wuchs des Baumes sei ungewöhnlich. Mit seinen Worten hatte er mich wirklich aus der Fassung gebracht.

Zunächst war ich mir nicht sicher gewesen, ob ich das alles in natura sehen wollte: den Storaxbaum, wie er die Kiefer umarmte, den Ort der einträchtig beieinander lebenden Gräser, Bäume und Ranken, den tiefen Wald, in dem irgendwo eine lange, dunkle Höhle lauerte und in dem, wenn man weit genug hineinging, die Esche zu finden war, die das Himmelsgewölbe trägt. Ich war also allein dorthin gegangen. Es war zehn Uhr vormittags, und es ließ sich kein anderer Spaziergänger blicken, vielleicht, weil es zu früh oder zu spät dafür war.

Am Ende der Sackgasse stand ich nun und starrte in die Tiefe des Waldes. Die Sonne ergoss ihre Strahlen über die Wipfel wie ein Wasserfall, aber im Dickicht war es düster. Es war nicht einfach nur dunkel, vielmehr umgab eine dichte Schwärze die langen und tiefen Schatten. Ich vernahm ein verwunschenes, geheimnisvolles Flüstern aus den Bäumen. Mich überkam ein leichtes Schwindelgefühl, weil ich aus dem Wald eine Kraft verspürte, die Menschen verzaubern konnte.

Und da stand er, der Storaxbaum. Obwohl ich ihn noch nie gesehen hatte, erkannte ich ihn auf der Stelle. »Ach, das ist er«, entfuhr es mir bei seinem Anblick. Was soll ich sagen? Das Gewächs war höchst eindrucksvoll. Mein Bruder hatte keineswegs übertrieben. Offen gestanden hatte ich ihm nicht so recht getraut. Ich war davon ausgegangen, dass sein Gemütszustand in der letzten Nacht die Fähigkeit, Dinge objektiv zu beschreiben, beeinträchtigt hatte. Aber angesichts des Storaxbaumes vor meiner Nase entpuppte sich das als Fehleinschätzung. Der glatte, schlanke Baum mit dem Körper einer Frau war ganz real. Und ja, es war ein sinnlicher Anblick, wie er seine Äste so um die Kiefer schlang, gleich einer nackten Frau, die mit ihren schlanken Armen sanft einen Mann umfängt. Womöglich fände man die Wurzeln noch erotischer verschlungen als das Geäst über dem Boden, wenn man danach grübe. Ich konnte es fast nicht glauben, dass da ein Baum so gewachsen war. Da war es wieder, dieses Schwindelgefühl, das sich einstellt, wenn sich eine unheilvolle Prophezeiung erfüllt, von der man innig gehofft hatte, sie möge sich als nichtig erweisen. Ein Storaxbaum! Der Name entfuhr mir wie ein Seufzer.

Ich bin mir nicht ganz sicher, ob dies der Moment war, in dem mir der Gedanke an die Fotografie durch den Kopf schoss. Es könnte auch vorher gewesen sein oder später, nachdem ich von dem Spaziergang zurückgekehrt war. Ich war ein wenig unschlüssig. Durfte ich es mir anmaßen, meinen Bruder wieder zum Fotografieren anzuregen? Als jedoch die Idee einmal geboren war, ließ sie mich nicht mehr los. Und so hockte ich nach dem Mittagessen in meinem Zimmer und brütete über dem

Gedanken. Mich plagte die Sorge, ob mein Vorschlag als aufdringlich empfunden würde. Doch ich kam zum Schluss, dass es meinem Bruder guttun würde und dass ich ihm das schuldig war.

Bevor ich ihm also vorschlug, wieder zu fotografieren, berichtete ich, dass ich am Vormittag noch einmal unseren Spazierweg gegangen war und in dem üppigen, in Schweigen und Dunkelheit gehüllten Wald die von ihm beschriebene Szenerie mit dem Storaxbaum gesehen hatte. Mein Bruder reagierte nicht sofort darauf. Das war nicht ungewöhnlich, daher nahm ich es nicht so tragisch. Stattdessen erzählte ich ein wenig ausschweifend, wie alles aufs Verblüffendste mit dem übereingestimmt hätte, was er beschrieben hatte, und dass ich den Baum, ohne ihn jemals zuvor gesehen zu haben, augenblicklich erkannt hätte. Mein Bruder ging gar nicht darauf ein, sondern erwiderte beiläufig, dass Storaxbäume giftige Beeren trügen. »Früher hat man die Beeren in den Fluss geworfen und auf diese Weise Fische gefangen, heißt es.« Da ich nun endlich seine Aufmerksamkeit hatte, brachte ich vor, was mir auf dem Herzen lag: »Hast du nicht Lust, wieder mit dem Fotografieren anzufangen, wenn du so etwas siehst? Mach doch mal wieder Aufnahmen!« Keine Reaktion, weder antwortete mein Bruder noch schaute er mich an.

Dass er mit dem Fotografieren aufgehört hatte, lag daran, dass er das Vertrauen in den Stellenwert der Fotografie als Beweismittel verloren hatte. Vielleicht wäre es noch zutreffender zu sagen, dass ihn die Dokumente, auf die er vertraut hatte und denen er sich verschrieben hatte, verraten hatten.

Für meinen Bruder war das Fotografieren weder Zeitvertreib noch Kunst. Für ihn war ein Foto ein Beweisstück, das objektiv die Fakten und Wahrheiten einer Zeit belegte. Es war das schärfste Auge und der ehrlichste Mund und gab wieder, was an einem bestimmten Ort zu einer bestimmten Zeit passiert war. Allerdings darf man die Tatsache nicht übersehen, dass jedes Auge die Gegenstände aus einem eigenen Blickwinkel betrachtet und jeder Mund seine eigene Meinung äußert. Die Feststellung, dass kein Dokument vollkommen objektiv sein kann, sondern immer Standpunkt und Einstellung des Urhebers widerspiegelt, ist die logische Konsequenz daraus. Umso mehr stellt sich die Frage nach der Grundlage für den Blickwinkel und den Standpunkt. Sie sollte auf allgemeingültigen moralischen Grundwerten basieren, wie zum Beispiel Tugendhaftigkeit, meinte zumindest mein Bruder. Das war der Grund dafür, warum er sich hartnäckig weigerte, Fotografie als Kunst anzusehen. Soweit ich ihn kenne, war es nie sein Wunsch gewesen, Künstler zu sein.

Ich erinnere mich, dass er immer unterwegs war zu der Zeit, als der Himmel über Seoul, vom Rauch der Tränengasbomben überzogen, nie klar wurde und es keinen Tag gab, an dem nicht Demonstranten auf den Straßen waren. Er war dort und hatte mit tränenden Augen und laufender Nase emsig den Auslöser seiner Kamera betätigt. Alles nahm das Objektiv seiner Kamera auf: Polizeieinheiten, die Tränengas werfend und Knüppel schwingend gegen Demonstranten vorrücken; Demonstranten, die Molotowcocktails gegen die Schilde der Polizeikräfte schleudern; Bürger, die sich mit qualvoll verzogenen Gesichtern in Unterführungen flüchten; das zerrissene T-Shirt eines Studenten, der von einem Beamten der Eingreiftruppe an der Brust gepackt wird; erschöpfte Einsatzkräfte, die an ein Transportfahrzeug gelehnt schlafen, und Gewehre, die wie Abfall verstreut herumliegen. Auch die Steine, die Studentinnen überall für die Demonstranten aufgehäuft hatten, hatte mein Bruder mit seiner Kamera erfasst. Ständig kaufte er neue Filme, machte Aufnahmen und entwickelte die Fotos.

Wenn ich in sein Zimmer ging, konnte ich mir Unmengen davon ansehen, und wenn ich sie betrachtete, erkannte ich nur allzu deutlich, was draußen vor sich ging, auch ohne dass ich selbst auf die Straße musste. Ich konnte es sogar noch genauer und getreuer erfahren als aus der Zeitung. Diese Aufnahmen vermittelten die Wahrheit noch klarer und lauter als das geschriebene Wort. Ich glaube, in dieser Zeit habe ich mir angewöhnt, die Zeitung nur noch oberflächlich zu lesen.

Das eine Foto ließ mich erschauern, ein weiteres stimmte mich traurig, und wieder ein anderes war entsetzlich. Und ausnahmslos jedes Bild rief etwas in mir hervor. Das reichte von Erbitterung über Hass bis zu Verzweiflung. Durch seine Aufnahmen konnte ich erahnen, was wahrheitsgetreue Dokumentation bedeutete. Ich konnte bestätigen, dass seine Bilder einen moralischen Blickwinkel und Fokus hatten. Und wir waren uns über Wirkung und Wert der Aufnahmen einig.

Damals wusste ich, dass die Fotos meines Bruders Zeitzeugen waren, ja mehr als das. Sie waren nicht nur Dokumente, sondern zugleich Waffen. Eben weil sie Beweisstücke waren, waren sie auch machtvolle Instrumente. Seine Aufnahmen waren nicht das Ergebnis eines bloßen Zeitvertreibs oder künstlerischer Ambitionen, sie waren Ausdruck eines Kampfes. Vor allem sah mein Bruder darin seine Lebensaufgabe. Das ist keineswegs übertrieben. Seine Bilder erreichten die Welt in schlecht redigierten und fehlerhaft gedruckten Zeitschriften. Der hingebungsvolle Missionar versah seine Aufnahmen mit Nummer, Datum und Ort des Geschehens. Nicht nur mit den Bildern, die veröffentlicht wurden, verfuhr er so, sondern mit sämtlichen seiner Fotos. Er klebte jeweils eine einfache Notiz darunter, etwa: »14. Juni, Unterführung beim Kwanghwa-Tor – Polizisten feuern Rauchbomben auf flüchtende Demonstranten ab«.

In den Fotoalben, die beinah ein ganzes Bücherregal füllten, konnte ich lebendige Zeitgeschichte erfahren. Mein Bruder hat nie viel mit mir geredet und mochte es nicht, wenn ich sein Zimmer betrat, aber er duldete es, wenn ich seine Alben durchstöberte. Gelegentlich – wenn auch sehr selten – nahm er einige Abzüge heraus und erklärte sie mir ausführlich. Eigentlich waren sie aussagekräftig genug, dennoch gab es offensichtlich Aufnahmen, die er kommentieren wollte. Dann lauschte ich seinem Vortrag. Ich war einfach begeistert davon, dass er sich bereitwillig mit mir abgab. Allein bei dem Gedanken, dass er mich beinah als seinesgleichen akzeptierte, schlug mein Herz schneller. Aber diese Freude gewährte er mir nicht oft. Meist zeigte er mir die kalte Schulter und ließ mich so spüren, dass er gänzlich anders veranlagt war als ich.

8

Ich weiß nicht, ob man es als entscheidend oder fatal bezeichnen sollte, jedenfalls trat jemand zwischen mich und meinen Bruder. Mein Bruder würde sich wahrscheinlich über diese Formulierung empören. Denn er würde es sicher so darstellen, dass ich mich zwischen ihn und diese Person gedrängt hätte. Ich will seiner Sichtweise auch nicht widersprechen. Wenn man die Abfolge der Begebenheiten betrachtet, hat er sicher nicht unrecht damit, dass ich es gewesen war, der sich einmischte.

Ihr Name war Sun-Mi. Sie hatte eine Pagenfrisur, war immer ungeschminkt und trug gerne weiße T-Shirts, wodurch ihr blasses Gesicht noch heller erschien. Sie hatte ein Lachen so frisch wie die Sonnenstrahlen im Frühling, und wenn sie lächelte, entstanden unzählige feine Fältchen in ihren Augenwinkeln. Sie war die Geliebte meines Bruders, und sie war eine hervorragende Sängerin.

Das ist kein leeres Gerede. Sie trug meinem Bruder gerne Lieder vor. Wenn ich ihre wohlklingende Stimme aus seinem Zimmer kommen hörte, packten mich Neid und Eifersucht. Mein Bruder hörte ihr gerne zu, und ich denke, dass sie ihm auch gerne vorsang. Es existieren noch einige Kassetten als greifbarer Beleg für ihre Sangeskünste. Eine davon befindet sich in meinem Besitz. Diese Kassetten enthielten Stücke, bei denen sie sich auf der Gitarre begleitete. Manche der Aufnahmen waren im Zimmer meines Bruders entstanden, die übrigen hatte sie anderswo aufgenommen und ihm gebracht. Es gab Balladen, die sie selbst komponiert und getextet hatte. Eine davon hatte ich so oft gehört, dass ich schließlich den ganzen Text auswendig kannte. Sie hieß: *Mach ein Bild von meinen Gefühlen, Mann mit der Kamera!* Das war zweifellos ein Liebesgedicht, das sie meinem Bruder gewidmet hatte. Wenn mein Bruder zu Hause war, hörte er immer ihre Kassetten. War er nicht daheim, lauschte ich ihnen. Unser Haus war beständig von ihrer Stimme erfüllt.

Ich weiß nicht mehr, wann es begann. Wann fing mein Herz Feuer?

Als ich nach meiner ersten Flucht, die aus dem Institut, nach Hause zurückgekehrt war, übten meine Eltern in Bezug aufs Lernen keinen weiteren Druck auf mich aus. Ihnen war klar geworden, dass ich mich dem höllischen Tagesablauf aus Zucht und Ordnung, den diese Lernanstalt zur Prüfungsvorbereitung einem abverlangte, nicht unterordnen konnte und dass darin der Grund für mein Ausreißen zu suchen war. Entsprechend fürchteten sie, ich könnte dem immensen Druck wieder nicht standhalten und irgendwann erneut aus der Schule fliehen. Mein

Vater war von Natur aus wortkarg, aber selbst meine Mutter wählte damals ihre Worte äußerst vorsichtig, und mein Bruder, der zu dieser Zeit bereits mit der Kamera auf den Straßen beschäftigt war, interessierte sich nicht für mich. Obwohl ich mich beinahe einen Monat lang draußen herumgetrieben hatte, ohne nach Hause zu kommen, sprach er mich hinterher nicht darauf an. Hatte er etwa gar nicht mitbekommen, dass ich so lange fort gewesen war? Derlei Gedanken gingen mir durch den Kopf.

Jedenfalls hatte ich damals nach langer Zeit endlich meine Freiheit. Umso deutlicher wurde mir dann bewusst, dass ich bereits zum zweiten Mal durch die Aufnahmeprüfung der Universität gefallen war. Diese Erkenntnis bewog mich schließlich, nun doch etwas lernen zu wollen. Das war äußerst ungewöhnlich, und es war mir selbst fast peinlich, aber ich schlug die Bücher auf und bereitete mich erneut auf die Aufnahmeprüfung der Universität vor.

Damals, am letzten Tag im April, an dem die zauberhaften, aber welk gewordenen Kirschblüten vor unserem Haus plötzlich abgefallen waren, sah ich Sun-Mi, die Freundin meines Bruders, zum ersten Mal. Sie hatte an der Tür geklingelt, und zufällig war ich es, der ihr öffnete. Sie hatte einen Bubikopf, war ungeschminkt und trug ein weißes T-Shirt zu einer ausgeblichenen Bluejeans. Sun-Mi begrüßte mich mit einem »Hallo«, wodurch ihre weißen Zähne aufblitzten und mir das Gefühl gaben, der Eingangsbereich samt Umgebung würde hell erstrahlen. Ich erinnere mich nicht daran, ob ich sie fragte, wen sie suche und worum es ginge. Sie nannte den Namen meines Bruders und erkundigte sich, ob ich sein Bruder sei und ob er zu Hause wäre. Ich wusste nicht, ob er daheim war, und sagte ihr das. Halb im Scherz erwiderte sie, wie denn das sein könne. Ich fühlte mich ein wenig getadelt, war deshalb aber nicht gekränkt. »Wahrscheinlich arbeitet er wieder an seinen Fotos. Ich sehe mal nach.« Sie lächelte mich freundlich an und ging an mir vorbei in sein Zimmer. Ihr Gang war leichtfüßig und unbekümmert. Das war meine erste Begegnung mit ihr.

War ich auf den ersten Blick von ihr gefesselt? Das kann ich nicht sagen. Vielleicht war es so, aber bestimmt ahnte ich noch nicht, dass ich eine geheime und ungehörige Beziehung zu ihr entwickeln würde. Immerhin war sie die Freundin meines Bruders. Ich hatte keinen Schimmer, dass es nicht lange dauern würde, bis ich diese Tatsache nur unter Qualen akzeptierte. Waren ihre Lieder schuld? Hatte ihr Gesang mein Herz verzaubert, aufgerüttelt und in Verwirrung gestürzt, sodass ich schließlich meine Urteilskraft verlor?

Einmal stand ich vor seiner Zimmertür, als mein Bruder sie darum bat, ein Lied anzustimmen. »Sing etwas für mich!«, sagte er. Ich lauschte. Sie kicherte wie ein Mädchen, das gekitzelt wurde. Ich stellte mir vor, dass mein Bruder sie tatsächlich irgendwo kitzelte. »Na gut, ich sing ja schon, ich singe …«, rief sie prustend. Ich wartete darauf, dass ihr Gesang ertönte. Als wüsste er, dass ich an der Tür horchte, flüsterte mein Bruder irgendetwas. Seine Stimme vernahm ich nicht, ihre schon. Sie sagte: »Wie soll ich dann singen?« Dabei war ihre Stimme von Lachen erfüllt. »Pst!«, dämpfte mein Bruder ihre laute Stimme. Daraufhin wurde sie leiser, doch ihr Kichern war noch eine ganze Weile hinter der Tür zu hören.

Dort stehen zu bleiben, war gewiss ein Fehler gewesen. Aber ich redete mir ein, dass Neugier mich davon abhielt weiterzugehen, nicht taktlose Indiskretion. Man mag es glauben oder nicht, aber meine gespannte Erwartung galt ihrem Gesang. Womöglich war ich darin noch leidenschaftlicher als mein Bruder. Bei der Vorstellung, dass eine Frau für einen bestimmten Mann ein Lied zum Besten gab, schlug mein Herz höher. Wie schön und romantisch! Allein der Gedanke daran ließ mich erschauern. Wie konnte ich mich da mir nichts, dir nichts von der Tür entfernen?

Eine Weile später fing sie an zu singen. Ihre wundervolle Stimme ließ eine wohlbekannte Melodie erklingen. Es war mir selbst unbegreiflich, doch augenblicklich packte mich wilde Eifersucht. Eifersucht? Was für eine Eifersucht? Welches Recht hatte ich, eifersüchtig zu sein? Dennoch konnte ich nicht verhindern, dass die Flamme der Eifersucht in meiner Brust zu lodern begann. Allein die Vorstellung, dass ich anstelle meines Bruders vor ihr säße, ließ mich am ganzen Körper erzittern. Was sollte ich dagegen tun?

Von diesem Tag an war ich von einer Krankheit befallen. Eine Krankheit mit dem Namen »Liebe«. Wenn sie im Zimmer meines Bruders war und das Lachen der beiden nach draußen drang, wenn sie für ihn Gitarre spielte und sang, war mir zum Verrücktwerden zumute, und ich konnte nicht still über meinen Büchern am Tisch sitzen bleiben, sondern musste untätig vor seiner Zimmertür herumlungern.

Schließlich drang sie in meine Träume ein. Dort sang sie auf meinen nachdrücklichen Wunsch nur für einen einzigen Zuhörer, nämlich für mich. Es war eine anmutige, wundervolle Weise. Ich küsste ihre Gitarre. Die Gitarre fühlte sich warm und weich an, wie die Haut eines Menschen. Aus ihrem Gesang erwuchsen Arme und umschlangen meinen Körper, die Melodie des Instruments verwandelte sich in eine Zunge, die sich in meinen Mund schob. Eines Nachts im Schlaf kroch ich in das Schallloch der Gitarre. Das Innere war dunkel und angenehm warm. Dort gab es einen labyrinthisch verzweigten Gang, an dessen Ende eine Höhle zum Vorschein kam, die sich wie angegossen um meinen Körper schmiegte. Darin fühlte ich mich wohl wie ein kleines Kind. Solche Nächte mündeten regelmäßig in einer Ejakulation.

9

Meine Verbitterung gegenüber meinem Bruder wuchs von Tag zu Tag. Je heißer meine verbotenen Gefühle zu Sun-Mi wurden, desto stärker wurde der Hass auf meinen Bruder. Wie besessen beharrte ich auf dem Standpunkt, dass nichts Unrechtes dabei sei, wenn ein Mann eine Frau liebt. Solange man jemanden nicht hasst, sondern liebt, ist das eine richtige, gerechtfertigte und zudem erfreuliche Sache. Ganz gleich, an wen sich die Gefühle richten. Ich hielt mich an die Bedeutung von Liebe im allgemeinen Sinn. Ich klammerte mich an die Liebe als ein Ideal, als etwas Abstraktes. Aber es gibt keine vakuumverpackte Liebe. Die Liebe braucht immer besondere Situationen, Momente, in denen sie entsteht, eingestanden und gelebt wird. Nur in solchen Augenblicken ist Liebe wahrhaftig. Deshalb ist sie immer etwas Besonderes. Diese Tatsache hatte ich außer Acht gelassen. Ich hatte bewusst meine Augen davor verschlossen. Sehnsucht und Begehren sorgten dafür, dass ich die Realität ausblendete und mir so eine eigene Wahrheit erschuf.

Ich fragte mich, was an meiner Liebe zu ihr falsch sein sollte und was wohl verhindere, dass es eine großartige Liebe werde. Ich beantwortete mir die Frage selbst: die pure Existenz meines Bruders. Ich fragte mich nicht, weshalb ich mich ausgerechnet in seine Freundin verliebt hatte, sondern lediglich, warum er meiner Liebe im Weg stand. All diese Gedanken trieben mich um und kreisten um das gleiche Thema. Ich war der Ursprung. Vor mir war nichts. Es hatte keine Liebe vor meiner gegeben. Daher konnte es auch die Liebe meines Bruders nicht gegeben haben. Selbst wenn sie existiert haben sollte, so war sie vom Wesen her nicht aufrichtig gewesen und zählte daher nicht.

Nachdem meine Gedankenspiele einmal so weit gediehen waren, konnte man sie als bedenklich, wenn nicht gar als ungesund bezeichnen. Meine Liebe war zerstörerisch geworden.

Wenn mein Bruder nicht zu Hause war, schlich ich mich in sein Zimmer. Ich drang in die Privatsphäre meines Nebenbuhlers ein, auf der Suche nach irgendeinem Hinweis, egal welchem. Mein Herz pochte, und mein Gesicht glühte. Ich erwartete nicht, dort irgendetwas zu finden, das die bisherige Situation entscheidend zu meinen Gunsten wenden konnte. Und doch schloss ich es nicht völlig aus.

Kaum hatte ich die Tür geöffnet, flimmerte es mir einen Moment lang vor den Augen, und ich langte mir benommen an den Kopf. Was mir den Boden unter den Füßen wegzog war ein Duft, der im Raum hing, der Duft von Sun-Mi. Im Zimmer meines Bruders duftete es nach ihr! Nicht nach ihm. Hatte er überhaupt einen Geruch? Ich erinnerte mich nicht daran. Ich erkannte, und das war niederschmetternd, wie innig und vertraut die beiden miteinander waren. Von unerträglicher Eifersucht auf meinen Bruder gepackt, der alles von ihr bekam und selbst ihren Duft besaß, durchstöberte ich wild seine Habseligkeiten. In einem Stoß ungeordneter Fotos entdeckte ich eine Aufnahme von Sun-Mi, wie sie lächelnd inmitten der Blüten eines Kirschbaums stand. Ich nahm es ohne Zögern an mich, als wäre ich genau deswegen in das Zimmer gekommen. Und als ich ein Tonband fand, das seitlich mit »Ein Lied von Sun-Mi für U-Hyeon« beschriftet war, gab mir das einen Stich ins Herz. Ich steckte es ebenfalls ein, dann verließ ich den Raum. Ihr Bild kam in mein Notizbuch, und das Tonband schob ich in den Rekorder. Während ich über meinen Büchern saß, hörte ich mittels Kopfhörer »Ein Lied von Sun-Mi für U-Hyeon«. Ab und zu schlug ich das Notizbuch auf und betrachtete eine Weile ihr Gesicht auf dem Foto.

Am nächsten Tag bemerkte mein Bruder, dass etwas fehlte. Verwundert den Kopf schüttelnd, fragte er mich, ob ich zufällig in seinem Zimmer gewesen war. Ich machte eine unschuldige Miene und verneinte. »Seltsam, wo sind die Sachen?« Mein Bruder durchforstete seine Regale und Schubladen und suchte seinen Schreibtisch ab. Später durchstöberte er das Wohnzimmer, die Küche und selbst das Schlafzimmer meiner Eltern. Mir war klar, wonach er suchte. Doch ich tat, als wüsste ich von nichts, und steckte mir die Stöpsel meines Kopfhörers in die Ohren. Ich vernahm die liebliche Melodie ihrer Ballade. Nicht nur ihre Stimme war süß, sondern auch das Gefühl, heimlich vor seiner Nase genau das anzuhören, wonach mein Bruder fieberhaft suchte – sein Lied. Ich kostete meine Befriedigung aus. In diesem Augenblick fühlte ich mich, als ob ich ihm Sun-Mi weggenommen hätte.

Seit diesem Tag sperrte mein Bruder sein Zimmer stets ab, wenn er das Haus verließ. Dadurch gab er mir indirekt zu verstehen, dass er mir nicht traute. Es gab aber noch einen zusätzlichen Schlüsselbund, mit dem man alle Türen in unserem Haus öffnen konnte, weshalb seine Maßnahme ihren Zweck verfehlte. Noch immer konnte ich, wann immer ich wollte, in sein Zimmer eindringen, Sun-Mis Duft einatmen und unter den Sachen meines Bruders nach anderen Spuren von ihr suchen.

Auch wenn ich nicht gerade wegen seiner Fotos in sein Zimmer kam, widmete ich ihnen viel Zeit: Rauchschwaden am Himmel über der Stadt; explodierende Tränengasgranaten und Molotowcocktails; Blockaden in Form von Menschenketten; qualvoll verzerrte Mienen; hocherhobene Polizeiknüppel; Hände mit wehenden Fahnen; skandierende Münder. Das und vieles mehr war auf den Aufnahmen zu sehen. Sie lehrten mich, was sich auf den Straßen unserer Stadt zutrug. Sie klärten mich darüber auf, in was für einer Welt ich lebte und in welcher Atmosphäre.

Mir war klar, warum er diese Bilder aufgenommen hatte, doch wunderte ich mich, warum unter den unzähligen Fotos meines Bruders nicht ein einziges seine Freundin zeigte. Mir kam der Gedanke, dass er das Bild von Sun-Mi, das ich ihm gestohlen hatte, womöglich gar nicht selbst aufgenommen hatte. Müsste es ihm nicht eine Herzensangelegenheit sein, die geliebte Frau in einer schönen Umgebung auf Zelluloid zu bannen? Passte das nicht zu seiner Philosophie über das Fotografieren als Mittel der wahrheitsgetreuen Dokumentation oder als Verpflichtung gegenüber der Moral? Mir war schleierhaft, wie eine Frau solch einen Mann lieben konnte. Es schmerzte mich, wenn ich daran dachte.

Trotzdem schenkte Sun-Mi ihm erneut eine Kassette. Ich stellte es fest, als ich in seinem Zimmer war. Am liebsten hätte ich auch diese an mich genommen, doch dann dachte ich, dass es keine gute Idee sei, und beschloss zu gehen. Doch zuvor hörte ich mit angehaltenem Atem all ihre neuen Lieder.

Die Stimme meines Bruders unterbrach mit kindischen Scherzen immer wieder den Gesang, worauf beide in Gelächter ausbrachen. Dadurch erkannte ich, dass die Aufnahme in seinem Zimmer gemacht worden war. Nach dem zweiten Stück gerieten sie für eine ganze Weile bei laufender Aufnahme ins Plaudern.

»Du bist meine Schöne«, sagte mein Bruder.

»Und du bist mein Biest«, entgegnete Sun-Mi prustend.

Mein Bruder bat: »Sing jetzt bitte *Mach ein Bild von meinen Gefühlen, Mann mit der Kamera.*«

»Das hatte ich ohnehin vor, Mann mit der Kamera«, erwiderte sie und fragte weiter: »Nebenbei – ist jemand vor der Tür?«

»Keine Sorge. Mutter ist noch nicht zurück, Vater geht spazieren und Ki-Hyeon, der Blödmann, hockt wahrscheinlich in seinem Zimmer und lernt«, meinte darauf mein Bruder.

Eine Weile schwiegen sie. Dann fragte Sun-Mi weiter: »Wie ist das mit deinem Bruder?«

»Wieso?«, entgegnete er.

»In verschiedener Hinsicht, meine ich«, sagte sie kurz.

Und mein Bruder antwortete: »Ich verstehe nicht, worauf du hinauswillst, aber kümmere dich nicht um ihn.«

»Aber es nervt mich schon«, gab sie lachend zurück.

»Was denn?« Seine Stimme wurde mit einem Mal ernst.

»Ich kann es nicht genau beschreiben, es ist nur so ein Gefühl ... wegen seines Blicks.«

Bei ihren Worten hatte ich einen Kloß im Hals.

»Sein Blick?« In seinen Worten mischte sich Argwohn mit Angst. Zudem hatte man den Eindruck, er denke nach und versuchte sich an etwas zu erinnern. Was meinte sie wohl damit, wenn sie von »meinem Blick« sprach? Was hatte sie darin gelesen? War ich ein offenes Buch für sie? Hatte sie mich durchschaut, und es war ihr unangenehm?

»Wie soll ich sagen: Es steckt mehr in der Art, wie er mich ansieht. Bilde ich mir das nur ein? Ich weiß es nicht.«

Offensichtlich ahnte sie etwas, ohne es konkret belegen zu können. Ihr Zögern deutete darauf hin, dass sie sich scheute, ihre Vermutung laut auszusprechen. »Ja, es ist tatsächlich etwas Seltsames passiert«, hörte ich meinen Bruder sagen. Ich spitzte die Ohren. »Ach nein, ich hab nur Quatsch erzählt. Ich möchte singen. Begleitest du mich bei *Mann mit der Kamera?*«

Sun-Mi schlug die Saiten ihrer Gitarre an. »Na gut, aber nur, wenn du nicht woanders hinschaust, ja?«

Seine Stimme vermischte sich mit dem Klang des Instruments. Nun setzte der Gesang ein: »Ich hab mein Innerstes nach außen gekehrt für dich, mein Schatz. Wie lange soll ich noch auf dich warten, bis du mich mal beachtest? Wie lange noch muss ich so stehn, was meinst du? Mach ein Bild von meinen

Gefühlen, bevor sie vergehen, ja, nimm sie auf, bevor sie ganz verschwunden sind, Mann mit der Kamera …«

Ich muss zugeben, dass ich mich regelmäßig in das Zimmer meines Bruders stahl. Obwohl ich wusste, dass ich etwas Unrechtes tat, konnte ich mich nicht zurückhalten. Die Verlockungen waren einfach zu groß. Beinahe täglich stand ich wie ferngesteuert von meinem Platz auf, steckte automatisch den Schlüssel ins Schloss und betrat sein Zimmer. Dann lag ich dort auf dem Boden, umhüllt von ihrem zarten Duft, und lauschte ihren Liedern. Dabei pochte anfangs mein Herz so heftig wie bei einem Rennpferd vor dem Start, weil schreckliche Eifersucht in mir tobte. Dann wurde es ruhiger, wie ein tiefer See an einem windstillen Tag. Einmal schlief ich in der Stille des Raums ein, was mich in eine brenzlige Lage brachte.

Es war mein Bruder, der mich weckte. Ich hatte damit gerechnet, dass es früher oder später so kommen würde. Aber als es dann passierte, war es anders als erwartet. Obwohl ich gleich nach seinem leichten Fußtritt aufgewacht war, begriff ich zunächst nicht, was los war. Ich war einen Moment lang wie betäubt, bis mir klar wurde, wo ich lag und wer die Person mit dem verzerrten Gesicht war, die auf mich hinabsah. Sun-Mis Lieder waren längst verstummt.

Ich war in der Klemme. Verzweifelt richtete ich mich auf. Doch ein Fußtritt meines Bruders reichte, und ich krümmte mich wieder am Boden. »Was machst du Scheißkerl in meinem Zimmer?« Er war außer sich. Ich konnte ihn gut verstehen, und so kauerte ich bloß da, ohne etwas zu sagen. Mein Bruder fand seinen Zorn wohl mehr als gerechtfertigt und fuhr fort, mich mit Tritten zu traktieren.

»Ich habe dich schon lange in Verdacht, du Mistkerl. Jedes Mal, wenn ich heimkam, hatte ich das Gefühl, dass jemand hier drinnen gewesen sein muss. Es sind auch einige Sachen verschwunden. Wer sonst außer dir würde so etwas tun? Was soll das? Was bringen dir solche idiotischen Spielchen? Denk mal über dich selbst nach.«

Mein Bruder warf mir ohne Unterlass Grobheiten an den Kopf und gab mir so keine Gelegenheit zu antworten. Genau genommen war ich ihm dankbar dafür, denn ich hatte keine Erwiderung parat. Trotz alledem war ich froh, dass er ohne Sun-Mi erschienen war. Wie wäre es erst geworden, wenn sie dabei gewesen wäre? Bei diesem Gedanken wurde mir ganz schwindelig. Ich wollte nicht, dass sie sah, wie ich von meinem Bruder wie ein Hund verprügelt wurde. Selbst wenn es ja im Grunde genommen so war, dass ich in meiner Familie nicht mehr wert war als ein Hund und das auch zu spüren bekam. Aber gerade deshalb wollte ich nicht, dass sie Zeuge einer solchen Szene wurde.

10

Ich weiß nicht, seit wann er mich in Verdacht hatte, in Sun-Mi verliebt zu sein. An dem Tag, als ich in seinem Zimmer eingeschlafen war, war seine Ahnung jedenfalls zur Gewissheit geworden. Als er mir sagte, ich solle über mich selbst nachdenken, hatte er genau darauf angespielt und mich zugleich warnen wollen. Ich konnte mir denken, warum er seine Warnung nicht direkt äußerte. Würde er mich offen darauf ansprechen, ob ich besondere Gefühle für Sun-Mi hegte, so müsste er auch der Tatsache ins Auge blicken, dass wir beide um dieselbe Frau buhlten, und das war etwas, das seinen Stolz verletzen würde. Er hatte sich also mächtig zusammenreißen müssen, nicht konkreter zu werden.

Ein paar Fußtritte konnten jedoch meinen Empfindungen gegenüber Sun-Mi keinen Abbruch tun. Im Gegenteil, aus Trotz ließ ich nun meinen Gefühlen erst recht freien Lauf. Mein Bruder hatte einen Fehler gemacht. Denn ich war nicht mehr bereit, meine Emotionen weiterhin zu kontrollieren. Über kurz oder lang mussten meine Gefühle aus ihrem Gefängnis, der Tiefe meines Herzens, heraus. Ich kam zu dem Schluss, dass ich meine Liebe offen bekennen musste. Wenn man blind vor Liebe nur noch einen Gedanken verfolgt, hat man vor lauter Euphorie keine Selbstzweifel mehr. Ich war überzeugt, dass sie mich lieben musste, weil ich sie liebte. Ich war Gefangener meiner Einbildung und meiner Leidenschaft.

Einbildung und Leidenschaft waren es schließlich auch, die mich dazu trieben, sie in ihrer Wohnung aufzusuchen. Es war ein Sonntag. Für diesen Tag war eine sehr große Demonstration mitten in der Stadt angekündigt. Ich hatte mitbekommen, dass alle oppositionellen Gruppen zusammen eine Kampagne für den Rücktritt der Regierung ins Leben rufen wollten. Mein Bruder hatte schon am Morgen mit seiner Kameratasche das Haus verlassen. Zweifellos war er irgendwo auf den Straßen im Zentrum der Stadt.

Ich fuhr mit dem Bus in das Viertel, in dem Sun-Mi wohnte. Ich war zum ersten Mal dort und hatte mich allein auf die Adresse verlassen, die ich auf dem Umschlag eines Briefes von Sun-Mi an meinen Bruder gefunden hatte. Als ich darauf gestoßen war, hatte ich den brennenden Wunsch, das Kuvert zu öffnen und seinen Inhalt zu lesen, hielt mich aber gerade noch zurück und trug nur die Adresse in mein Notizbuch ein. Vielleicht mit dem Hintergedanken, ihr eines Tages einmal zu schreiben.

Ihre Wohnung lag in einem großen Appartementkomplex

und war leicht zu finden. Anscheinend hatte ich ihre Mutter an der Gegensprechanlage erwischt. Sie zeigte zunächst unverhohlenes Misstrauen gegenüber dem Fremden, der sich nach ihrer Tochter erkundigte. Aber nachdem ich ihre Fragen beantwortet hatte, wurde sie freundlicher und erklärte mir bereitwillig, dass Sun-Mi ausgegangen sei. Vermutlich in die Bibliothek, aber sicher sei sie sich da nicht. Sie wisse auch nicht, wann ihre Tochter zurückkehren würde. Ich entgegnete, dass ich am Haupteingang des Gebäudes auf Sun-Mi zu warten gedächte, woraufhin mich ihre Mutter noch einmal darauf hinwies, dass der Zeitpunkt ihrer Heimkehr ungewiss sei. »Das macht nichts.« Mein Willen, auf Sun-Mi zu warten, egal wann sie zurückkommen würde, war ungebrochen. Ich vertrieb mir die Zeit dadurch, dass ich abwechselnd um den Wohnblock schlenderte oder auf einer Bank sitzend den Kindern beim Spielen zusah. Um festzustellen, ob Sun-Mi bereits zurückgekommen war, drückte ich stündlich auf die Klingel. Bei Sonnenuntergang setzte ich mich direkt vor das Gebäude, in dem sie wohnte, und wartete auf sie.

Als ich gegen 21 Uhr wieder an der Tür klingelte, fragte die Frau, von der ich annahm, es handelte sich um ihre Mutter, erstaunt, ob ich denn immer noch nicht nach Hause gegangen sei. Ihre Stimme zitterte, sie schien Angst zu haben, auch wenn ich nicht verstand, warum. Als sie sagte: »Es ist schon spät. Gehen Sie nach Hause und versuchen Sie es ein anderes Mal«, war ihr Tonfall beschwörend, als bitte sie mich um einen großen Gefallen. Auch diesmal antwortete ich, es sei schon in Ordnung. Ich ahnte ja nicht, dass meine Worte sie noch ängstlicher machen würden. Nicht einmal im Traum dachte ich daran, dass ich durch meine Leidenschaft noch anderen außer mir, der womöglich unter der Einseitigkeit der Empfindungen würde leiden müssen, Schaden zufügen könnte.

Es war gegen zehn Uhr abends. Jemand tippte mir auf die Schulter, während ich in Gedanken versunken auf der Treppe vor dem Wohngebäude saß. Mir war nicht bewusst, eingenickt gewesen zu sein, aber offensichtlich war ich in diesem Augenblick von jemandem geweckt worden. »Bist du derjenige, der nach unserer Sun-Mi sucht?«, fragte ein Mann im Anzug, wobei er seine Hand auf meine Schulter legte. Er war groß und kräftig gebaut. Ich wollte den Kopf heben, um ihm ins Gesicht zu sehen, spürte aber ein Gewicht, das mich niederdrückte. Mein Versuch, mich aufzurichten, wurde von dem anderen vereitelt, indem er den Druck auf meiner Schulter erhöhte. Vielleicht war es auch gar nicht die Kraft allein, aber jedenfalls konnte ich mich nicht rühren. Mit einem Mal war mir entsetzlich zumute. »Stimmt das?«, fragte der Mann und wandte sich zu jemandem um. Eine alte Frau stand hinter der Glastür am Eingang, sie nickte. Sie schien sich vor irgendetwas zu fürchten, da sie nicht heraustrat.

»Wer bist du eigentlich? Warum suchst du Sun-Mi und belästigst andere Leute?« Bei dieser Frage verstärkte der Mann seinen Griff, als warte er nur auf einen guten Grund, mich ungespitzt in den Boden zu rammen. »Ich liebe Sun-Mi, das ist alles. Ich wollte sie persönlich sprechen und ihr meine Liebe gestehen, sonst nichts«, erwiderte ich ziemlich mutig, ganz gleich, wie der andere meine Worte aufnehmen würde. »Liebe?« Der Mann grinste höhnisch, als spräche ich von einer albernen Geschichte. Ich konnte nicht verstehen und schon gar nicht akzeptieren, dass die Tatsache, die Wahrheit ausgesprochen zu haben, verhöhnt wurde. »Warum lachen Sie?«, fragte ich empört. »Der kleine Bengel hat weder Anstand noch Verstand. Meine Schwägerin hat gesagt, dass sie so einen Einfaltspinsel wie dich nicht kenne.« So gab der Mann zu verstehen, dass er Sun-Mis Schwager war. Wahrscheinlich hatte Sun-Mis Mutter ihn angerufen und gebeten, so schnell wie möglich zu kommen. Doch all das war für mich nicht wichtig. Ich interessierte mich nur für Sun-Mi, ihre Worte und ihr Herz. »Das stimmt nicht!«, rief ich laut. In mir drinnen aber rief eine Stimme: »Sun-Mi kennt mich. Sie weiß, wie es um mein Herz bestellt ist, und liebt mich.« Ich war sogar der Illusion verfallen, dass sie meine Gefühle erwiderte. Ich bildete mir ein, da sie früher ihre Empfindungen meinem Bruder gegenüber nicht geäußert hatte, so würde sie auch jetzt aus Rücksicht auf irgendwen ihre Gefühle für mich verheimlicht haben. Daher musste ich zuerst mit ihr reden … Oh, Liebe! Beharrlichkeit! Verblendung! Ich lebte in einer trügerischen Fantasiewelt.

»Soso, das stimmt nicht?«, sagte der Mann noch einmal mit einem maliziösen Grinsen, das mich zutiefst verletzte. Dann drehte er sich um und sagte: »Sags ihm doch selbst, Schwägerin!« Ich wandte meinen Kopf um. Da stand sie! Hatte sie schon die ganze Zeit dort gestanden? War sie Zeugin des ganzen Vorfalls gewesen? Hatte sie kein Wort zu meiner Verteidigung geäußert, obwohl sie alles mit angesehen hatte? Diese Fragen schossen mir durch den Kopf. Ich konnte es kaum glauben. Sun-Mi stand wirklich dort. Ich war beschämt und enttäuscht zugleich, aber auch hocherfreut. »Sun-Mi, bitte sags ihnen!«, flehte ich sie an.

Meine Hoffnung wurde rüde enttäuscht. Wortlos ging sie an mir vorüber und verschwand hinter der Glastür des Eingangs. Sie erschien mir ängstlich und verärgert zugleich. Ihre Mutter schloss sie in ihre Arme, und sie zog sie hastig herein. Sie verhielt sich so, als sei ihre Tochter entführt worden und unter dramatischen Umständen wieder freigekommen. Das zog mir den Boden unter den Füßen weg. Jäh erwachte ich aus meinem Traum und erkannte, in welche Lage ich mich gebracht hatte. Völlig aus der Fassung gebracht, sackte ich in mich zusammen. Der Mann, der sich als Sun-Mis Schwager entpuppt hatte, sagte etwas Abfälliges und klatschte laut in die Hände. Diese Geste sollte den Schaulustigen, die sich um sie geschart hatten, deutlich machen, dass das Schauspiel zu Ende sei.

»Verschwinde und lass dich nie wieder blicken! Heute kommst du noch einmal ungeschoren davon, aber wenn du hier noch einmal auftauchst, bleibt kein Knochen mehr ganz.« Mit dieser Drohung ging der Mann in das Gebäude, in das sich Sun-Mi zurückgezogen hatte. Die Umstehenden zerstreuten sich in alle Richtungen, und ich blieb allein zurück. Ich blickte zu der Wohnung hoch, in der sie alle verschwunden waren. Das Wohnzimmer war hell erleuchtet, und am Fenster war der Umriss eines Menschen zu erkennen. Das bewies, dass jemand nach unten schaute, um die Lage zu sondieren. Vielleicht war es die Silhouette von Sun-Mi. Mein Gefühlsgebäude lag in Schutt und Asche, wie nach einem grausamen Bombenangriff. Die Tatsache, dass Sun-Mi schweigend an mir vorübergegangen war, als würde sie mich nicht kennen, stürzte mich in blanke Verzweiflung. Ich wälzte mich auf dem Boden herum, tobte und schrie.

II

»Du bist Abschaum«, keuchte mein Bruder, »du bist kein Mensch, du bist der letzte Dreck.« Er brachte kaum etwas heraus, so zornig war er und so schämte er sich für mich. Er konnte nicht ertragen, dass ich, der Nichtsnutz, dieselbe Frau liebte wie er. Zuzugeben, mich als Nebenbuhler zu haben, musste jeder als Schande empfinden.

Kaum hatte mich Sun-Mis Schwager mit seiner Warnung, die

eigentlich eine Drohung war, zurückgelassen, war mein Bruder aufgetaucht. Ich wälzte mich immer noch auf dem Boden herum, weniger wegen der Demütigung dieses Mannes als wegen der grenzenlosen Verachtung und Kälte, mit der Sun-Mi mich bedacht hatte. Aber mein Bruder ließ mir nicht einmal die Gelegenheit, meinen Schmerz auszutoben. Jemand musste ihn informiert haben. Am Ende gar Sun-Mi? Mein Bruder hatte einen hochroten Kopf, und sein Blick loderte wie Feuer. Während er mich hochzog, bewegten sich seine Lippen, aber er brachte nur sinnlose Laute hervor. Er schleppte mich einfach weg, bis der Appartementkomplex hinter uns lag. Sein Griff war so fest, dass ich mich nicht herauswinden konnte. Wie einen Hund zerrte er mich mit sich, und ich ließ es geschehen. Ich fühlte, es fehlte nicht viel, und er würde mich töten.

Schließlich schleuderte er mich auf eine Wiese in einer kleinen Parkanlage, die zwischen dem Wohnblock und der großen Straße lag. Zwar standen vereinzelt ein paar Straßenlaternen herum, aber es war weitgehend dunkel. Zudem war keine Menschenseele zu sehen, vermutlich weil es schon so spät war. Wenn er wirklich vorhatte, mich zu töten, so war der Park gar kein schlechter Ort dafür, wenngleich auch nicht der beste. Er kniete sich auf meinen Bauch und deckte mich mit Faustschlägen ein. Er war im Gewaltrausch, aschfahl im Gesicht vor Scham und Demütigung. Ich konnte leicht erkennen, dass er im Grunde genommen ratlos war, ganz gleich, wie sehr er mich traktierte. Ja, und dann wurde mir klar, dass er nur wegen seiner Ratlosigkeit auf mich eindrosch, nicht weil er mich umbringen wollte. So steckte ich, ohne mich zu verteidigen, seine Schläge ein. Nicht dass ich sie als verdiente Strafe ansah. Solch ein Gedanke wäre Verrat gewesen an dem hehren Begriff der Liebe, die frei von den äußeren Zwängen ist. Doch mein Bruder schien überzeugt zu sein, dass ich die Prügel verdiente. Daher ergab ich mich ins Unvermeidliche. Ich blutete im Gesicht. Meine Kleidung war über und über blutbefleckt, und auch er hatte Blutspritzer auf seinem Hemd. Trotzdem empfand ich fast keinen Schmerz.

Als er mich beschimpft hatte, »Du bist Abschaum, du bist der letzte Dreck!«, da hatte er gestottert, und als er nun schrie, »Du stehst mir im Weg. Hau ab, verzieh dich, geh mir aus den Augen!«, begann er zu schluchzen. Ich war ruhig, er aber weinte. Immerhin war ich sensibel genug, um zu sehen, dass er sich schämte, und zwar für mich, seinen Bruder.

Ich wünschte mir, dass er es klar und offen aussprechen würde, zum Beispiel: »Lass die Finger von Sun-Mi. Sie ist meine Freundin, du hättest ihr nicht einmal einen Blick zuwerfen sollen«, und so weiter. Wenn er das getan hätte, hätten wir miteinander reden können. Dann hätte ich sagen können, was mir auf der Seele brannte. Aber er sagte nichts dergleichen. Er wollte mit mir darüber kein Gespräch führen. Sein Stolz erlaubte es wohl nicht. Es war unter seiner Würde, sich mit einem Niemand wie mir zu unterhalten. Ich verstand ihn.

Drei Tage nach diesem Vorfall verließ ich mein Zuhause. Allerdings lag es nicht daran, dass mein Bruder mich angeschrien hatte, ich solle verschwinden. Es hatte auch nichts mit der Gewalt zu tun, die er mir angetan hatte, und ebenso wenig ging ich aus Furcht vor ihm. So leid es mir tat, er konnte mir keine Angst einflößen. Seine überzogenen Ansichten von Moral waren mir sowieso egal. Er würde sich nur selbst Wunden zufügen. Nicht mein Bruder hatte mich aus dem Haus getrieben, sondern Sun-Mi. Ich konnte nicht vergessen, wie zurückweisend sie sich mir gegenüber verhalten hatte. Die tiefe Abneigung, das Misstrauen und die Furcht, die ihr ins Gesicht geschrieben standen; das eisige Lächeln, das ihre Miene hatte gefrieren lassen, selbst noch als ihre Mutter sie in die Arme schloss und sie sich unvermittelt abwandte, um in dem Appartementgebäude zu verschwinden. Diese Erinnerung hatte sich in mir eingebrannt. Wenn ich die Augen schloss, tauchte sie auf, und selbst bei geöffneten Lidern erschien sie vor meinem geistigen Auge. Bei den Schlägen meines Bruders hatte ich keine Schmerzen empfunden, weil ich wie betäubt war von Sun-Mis Reaktion. Ich war wie in Trance, während die Zeit an mir vorbeifloss. Das normale Leben blieb dabei auf der Strecke. Auch die Vorbereitungen für die Aufnahmeprüfung an der Universität, die ich so entschlossen in Angriff genommen hatte, lagen auf Eis.

Schließlich kamen mir Zweifel, ob ich länger mit meinem Bruder unter einem Dach leben konnte, denn er erinnerte mich ununterbrochen an Sun-Mi. Was schließlich den Ausschlag gab, waren die folgenden Worte meiner Mutter: »Wie konntest du das tun? Was hat dir dein Bruder getan …?« Meine Mutter war zornig, aber meiner Meinung nach übertrieb sie maßlos. Schließlich ging es nicht um ihren Mann, und als Mutter beider Söhne sollte sie nicht Partei ergreifen, sondern sich aus unseren Angelegenheiten heraushalten. Ich versank in Hoffnungslosigkeit, begann, die Wohnung zu hassen, wollte am liebsten außer Haus sein, ganz egal wo, Hauptsache nicht daheim. Diese Gesamtsituation machte es mir leicht, Abschied zu nehmen. Ich war ja bereits einmal davongelaufen und hatte woanders gelebt.

Als ich die Wohnung verließ, nahm ich die Kamera meines Bruders mit. Quasi als feierliches Symbol zum Andenken meiner Flucht von zu Hause. Ich war damals so naiv und kindisch zu glauben, dass die Kamera für ihn die wichtigste Sache der Welt sei, ja sogar mehr als nur ein Gegenstand. Indem ich ihm also das Wertvollste entwendete, wollte ich ihm zugleich einen Teil seiner Seele stehlen. Die Kamera war ihm Augen und Mund zugleich. Ohne diesen Apparat konnte er nichts sehen und nichts sagen. Sein Entsetzen, die Aufregung und Wut, die er empfinden würde, sobald er das Verschwinden der Kamera entdeckte, ließen sich unschwer ausmalen. Gleichzeitig schloss ich mit meinem Diebstahl eine Rückkehr nach Hause von vornherein aus. Wie ein pathetischer Heeresführer kappte ich mir selbst den Rückzugsweg und marschierte nur nach vorne. Außerdem hatte ich die Hoffnung, dass mir die Kamera im Laufe meines Vagabundendaseins einen echten Nutzen bringen würde, denn sie war ziemlich teuer gewesen. Als ich mit der Kameratasche über der Schulter aus der Haustür trat, konnte ich nicht umhin zu grinsen. Ein wohliger Schauer lief mir über den Rücken und breitete sich prickelnd in alle Gliedmaßen aus.

Der Besitzer des Fotogeschäfts war zufrieden. Er betrachtete den Apparat von allen Seiten und fragte zwar: »Das ist ein seltenes Modell, warum wollen Sie es verkaufen?«, aber sein Gesicht verriet, dass er ganz gierig danach war. Als meine Mutter einmal eine Japanreise gemacht hatte, hatte mein Bruder sie gebeten, eine Kamera vom Typ Nikon FM2 mitzubringen. Sie hatte ihm das Modell besorgt, und später hatte er noch je ein 135- und 200-Millimeter-Objektiv dazugekauft. Dieses Zubehör war damals sehr selten. Der Ladenbesitzer musste erkannt haben, dass das nicht die Kamera eines Gelegenheitsfotografen war. Er schlug nicht von sich aus einen Preis vor, sondern sondierte vorsichtig meine Vorstellung: »Wie viel wollen Sie haben?« Offensichtlich war dieses Vorgehen üblich. Aber ich war ja nicht der, für den er mich hielt, und hatte keine Ahnung von dem Wert des Apparats, genauso wenig verband mich eine besondere Beziehung damit. Ich setzte eine schicksalsgebeutelte Miene auf und sagte, er solle mir geben, was er für angemessen hielte. Der Mann musterte mich eingehend. Meine Art zu reden und der Ausdruck in meinem Gesicht sollten auf ihn wirken, als sei ich am Boden zerstört. Vielleicht würde er daraus schließen, dass ich durch eine Wendung des Schicksals in einen finanziellen Engpass geraten war und mich notgedrungen von dem heiß geliebten Gegenstand trennen musste. Wohl um Verständnis und Anteilnahme zu zeigen, ging er mir auf die Nerven mit Bemerkungen wie: »Sie haben den Apparat wirklich sorgfältig behandelt.« Dann fuhr er langatmig fort, dass es bei diesem Modell fast keinen preislichen Unterschied mache, ob es sich um ein neues oder gebrauchtes Gerät handele, und schlug zu guter Letzt eine Summe vor. Der Betrag war höher, als ich erwartet hatte. Fast hätte ich ihn gefragt, ob die Kamera tatsächlich so teuer war. Aber ich nickte mit dem Kopf, während ich weiter den niedergeschlagenen Fotoliebhaber gab, der sich nur gezwungenermaßen von seiner Lieblingskamera trennt. Der Ladenbesitzer seinerseits öffnete den Safe, wobei er immer noch Mitleid heuchelte, obwohl er sicher auf seinen Vorteil bedacht war. Wir waren beide Schauspieler. Na ja, wer ist das eigentlich nicht? Die Welt ist eine Bühne, und wir sind die Figuren darauf.

Bevor er mir das Geld aushändigte, bat der Händler um meinen Namen und meine Adresse. Es sei eine reine Formalität, nur für den Fall der Fälle. Ich notierte in die Kladde, die er mir hinschob, die Adresse von zu Hause und nach kurzer Überlegung den Namen meines Bruders anstelle meines eigenen. Es tat mir schon leid, dass ich heimlich seine Sachen verkaufte, daher wollte ich das Unrecht etwas mindern, indem ich wenigstens ihn als tatsächlichen Eigentümer angab. Der Ladenbesitzer überreichte mir das Geld, ohne den Eintrag zu kontrollieren, um zu demonstrieren, dass es wirklich nur eine Formsache war. »Zählen Sie nach!«, forderte er mich auf. Ich aber steckte das Geld unbesehen in meine Tasche. »Beehren Sie uns wieder! Es gibt im Jongno-Viertel, was Qualität und Auswahl anbelangt, kein besseres Geschäft als uns.« Er verabschiedete sich mit mitleidigem Lächeln, ich neigte bekümmert den Kopf und wandte mich zum Gehen. Bis zum Schluss blieben wir bei unserer Scharade.

»Ist da nicht noch ein Film drin?«, hörte ich den Mann hinter meinem Rücken noch sagen, bevor ich den Laden verließ. »Das macht nichts.« Ich trat aus dem Geschäft, ohne mich auch nur umzudrehen, um zu unterstreichen, wie gleichgültig mir das war. Was hatte ich schließlich mit dem Film in der Kamera zu tun? Ich ahnte zu diesem Zeitpunkt noch nicht, dass dieser Film eine Rolle in dem Drama des Lebens spielen sollte, das mein Bruder und ich im Begriff waren aufzuführen.

Erst viel später erfuhr ich, dass Geheimpolizisten in Zivil in unser Haus gekommen waren und das Zimmer meines Bruders gründlich durchsucht hatten. Sie hatten alle seine Fotos mitgenommen. Wie hätte ich voraussehen können, dass sie ihn und seine Freunde verhaften, all seine Aufnahmen konfiszieren und meinen Bruder in die Armee zwangsverpflichten würden, wo ihm nach dem tragischen Vorfall beide Beine amputiert werden mussten? Alles nur wegen dieses Films?

Er verlor seine Beine, und er verlor alle seine Bilder. Danach hatte er nie wieder fotografiert. Und er verlor auch Sun-Mi. Ich weiß nicht, wie es zur Trennung kam. Ich weiß nur, dass sie nicht mehr mit ihm war. Ich stahl ihm lediglich die Kamera, er aber verlor fast alles. Der Film in der Kamera, die ich verkauft hatte, zusammen mit seinem Namen und der Adresse, die ich an jenem Tag eingetragen hatte, hatten all jene unglückseligen Ereignisse ins Rollen gebracht. Dieses Wissen war unerträglich für mich.

Das ist die Schuld, die ich auf mich geladen habe. Ich bin verantwortlich, und mein Vergehen wiegt schwer. Manchmal kommt es mir so vor, als sei es meine Bestimmung, für den Rest meines Lebens das Unrecht zu begleichen, das ich meinem Bruder angetan habe.

12

Ich kaufte eine Kamera vom selben Typ, wie ich sie einige Jahre zuvor verkauft hatte. Als ich sie meinem Bruder hinstreckte, schwieg er und wandte den Blick ab. Er wirkte gleichermaßen überrascht wie verlegen und wusste nicht recht, wie er sich verhalten sollte. Während ich versuchte, seine Gedanken zu erraten, murmelte ich zaghaft, dass ich mir wünschte, er würde wieder fotografieren. Danach wartete ich mit klopfendem Herzen, wohl wissend, dass dies die Schuld nicht mindern würde, die auf meinem Gewissen lastete. Es war mir tatsächlich ein Anliegen, dass er den Willen aufbringen würde, wieder mit dem Fotografieren anzufangen. Ich hoffte, dass er dadurch seine Selbstsicherheit, seinen Stolz und meinetwegen sogar sein arrogantes Auftreten wiedergewinnen würde.

Trotz dieser Vorsätze war es mir nicht leichtgefallen, ihm die Kamera tatsächlich zu übergeben. War es nicht dreist von mir und musste ich nicht befürchten, dass der Apparat Erinnerungen an die damaligen Demütigungen wecken und seine Gefühle verletzen würde? Ich hatte ein ums andere Mal gezögert. Drei Tage lang hatte die Kamera wie zur Dekoration auf dem Schreibtisch in meinem Zimmer gelegen und war dort definitiv fehl am Platz gewesen. Endlich hatte ich Mut gefasst und war ins Zimmer meines Bruders gegangen.

»Ich habe ganz Jongno durchgekämmt, um diese Kamera aufzutreiben.« Mein Bruder entgegnete nichts, und ich schämte mich in Grund und Boden. So begann ich, einfach draufloszureden.

Mein unbekannter Auftraggeber hatte die Anzahlung überwiesen, die ich eingefordert hatte, wodurch ich gerade gut bei

Kasse war. Ich hatte ihn ja angeschrien, den Auftrag zurückgeben zu wollen, deshalb war es mir besonders unangenehm, dass ich das Geld ausgab. Selbstverständlich wollte ich ihm den Betrag zurückerstatten. Doch wohin hätte ich die Summe denn schicken sollen? So war ich gezwungen, den Auftrag weiterzuverfolgen, erst recht, als ich den Betrag von nicht geringer Höhe auf meinem Konto vorfand. Zunächst war ich versucht, das Geld für mich selbst zu verwenden, da meine finanzielle Situation äußerst erbärmlich war. Aber gerade zu der Zeit hatte ich es mir zum Ziel gesetzt, meinem Bruder das Fotografieren wieder nahezubringen. Und so beschloss ich, ihm die Kamera wiederzubeschaffen, um die ich ihn damals gebracht hatte. Ich redete mir sogar ein, dass ich diese beträchtliche Summe womöglich genau zu diesem Zweck erhalten hätte.

Ich war in das Jongno-Viertel gegangen, um nach dem Laden zu suchen, in dem ich den Fotoapparat meines Bruders damals verkauft hatte. Ich hatte mir eingebildet, es ohne Weiteres finden zu können, aber die Fotogeschäfte, die mit ihren winzig kleinen Reklameschildern dicht gedrängt in einer engen Gasse nebeneinanderstanden, waren voneinander kaum zu unterscheiden. Nicht nur die Größe der Aushängetafeln, sondern auch die Namen der Geschäfte waren einander so ähnlich, dass man einfach verwirrt sein musste. Ich hatte geglaubt, ich würde den Ladenbesitzer von damals erkennen, wenn ich ihn sah, doch auch das erwies sich als Irrtum. Ein kleiner Mann in den Vierzigern, der zur Kahlköpfigkeit neigte, rund um die Hüften war und ein rötliches Gesicht hatte, kam mir nirgendwo unter. Auf der Suche nach dem richtigen Geschäft drehte ich Runde um Runde, bis meine innere Stimme mir sagte, dass es müßig sei, so weiterzumachen. Selbst wenn ich das Fotogeschäft und seinen Besitzer ausfindig machen könnte, wäre es sowieso höchst unwahrscheinlich, dort noch die Kamera wiederzufinden, die ich vor Jahren verkauft und die mein Bruder mit seinem Geist beseelt und mit seinen Fingern berührt hatte. Daher kam ich zu dem Schluss, dass es genügen musste, ein baugleiches Modell zu kaufen. Ich ging in den nächstbesten Laden und kaufte für eine beträchtliche Summe eine Nikon FM2.

Um das lastende Schweigen zu brechen, erzählte ich ausgiebig von meiner Odyssee in Jongno. »Was du gemacht hast, war völlig unnötig«, war das Einzige, was mein Bruder dazu sagte, nachdem er meinen Bericht bis zum Ende angehört hatte. Seine Worte waren eine klare Absage an meine Initiative, aber ich tat, als hätte ich ihn nicht verstanden, und versuchte es jetzt mit meiner einstudierten Rede. Anfangs war ich zögerlich. Nachdem ich jedoch einmal damit begonnen hatte, sprudelte es nur so aus mir heraus.

»Weißt du noch, wie ich immer in dein Zimmer gekommen bin, um deine Aufnahmen zu betrachten? Manchmal hast du sie kommentiert. Du sagtest, es gälte, die Wahrheit darin zu erkennen. ›Das ist die Wahrheit‹, hast du gesagt. Bei den Worten ›Ich fotografiere die Realität, um Wahrheit zu verbreiten und für die Ewigkeit festzuhalten‹ wirktest du so großartig und würdevoll. Durch deine Bilder erfuhr ich die Wahrheit über unsere Zeit. Ich las keine Zeitung, weil ich fand, es war nicht der Mühe wert. Denn keine Zeitung war so authentisch und aufrichtig wie deine Fotos. Ich sah in ihnen die nackte Wahrheit. Ich lernte die Traurigkeit und Verzweiflung unserer Tage kennen, und die Wut und Tränen angesichts solcher Zeiten.« Meine Worte standen im Raum. Ich hasste es, ernst zu sein, aber ich wurde ohne zu wollen immer ernsthafter. Warum werden manche Erinnerungen nicht mit der Zeit erträglicher?

»Wahr ist aber auch, dass mir immer irgendetwas gefehlt hat, wenn ich deine Bilder betrachtete. Damals war mir nicht klar, was genau, doch wenn ich nun darüber nachdenke, so waren es Blumen, Bäume oder Wolken und das Meer, die auf all deinen Aufnahmen fehlen. Ich würde mir wünschen, dass deine Fotos nicht nur aussagekräftige Zeitzeugen sind, sondern auch das Schöne und die Leichtigkeit einfangen. Dein Streben nach Wahrheit soll sich befreien von der zwanghaften Verpflichtung gegenüber Gesellschaft und Geschichte und sich auch für Natur und Menschen öffnen, das ist meine Hoffnung. Ich denke da zum Beispiel an Frauenakte oder Porträts von geliebten Menschen. Das Ganze vor dem Hintergrund von Blumen oder Bäumen, Wolken oder dem Meer. Du weißt, dass ich damals in dein Zimmer geschlichen bin, um dort zu stöbern, nicht wahr? Vielleicht waren es solche Aufnahmen, nach denen ich gesucht habe.«

Ich spürte, wie sich seine Miene verfinsterte. Wühle nicht in der Vergangenheit, rief sogleich eine Stimme in mir, aber ich konnte mich nicht zurückhalten. Getrieben von meiner Mission fuhr ich fort: »Nimm dir die Kamera vor und sieh deine Umgebung wieder durch dein Objektiv! Beweise durch sie, wie schön die Welt doch ist! Dann werde ich mich fühlen, als sei mir ein bisschen verziehen worden. Tus für mich, bitte …«

Ich hätte aufhören sollen, als ich merkte, dass es an der Zeit war. Ich hatte es aber nicht getan und bei meinem Bruder dadurch einen Anfall verursacht.

Ich sah, wie sein Blick glasig wurde und seine Augäpfel nach oben wanderten. Sein Gesicht fiel in sich zusammen, und er wurde wachsbleich. Im nächsten Augenblick verzerrten sich seine Züge wie zerknülltes Papier. Er versuchte, seine Glieder zu strecken, um die Krämpfe zu lösen, die ihn quälten. Dann öffnete er langsam den Mund, als wollte er etwas sagen, doch ein fürchterlicher Schrei brach aus ihm heraus. Es klang wie die Stimme eines wilden Tieres. Als könne er die Hitze in seinem Inneren nicht ertragen, packte er den Ausschnitt seines T-Shirts und zerrte ihn nach unten. Das kurzärmlige, dünne Baumwollhemd zerriss geräuschvoll. Er ließ nicht ab, bis er es ganz zerfetzt hatte. Als sein Oberkörper frei war, begann er, die nackte Haut zu zerkratzen. Er grub alle zehn Fingernägel in das weiche, weiße Fleisch, das lange die Sonne nicht mehr gesehen hatte, zog sie kurz weg und schlug sie erneut in die Wunden. Augenblicklich entstanden kreuz und quer auf seiner Brust rote Striche, wie mit dem Rechen gezogen. Er wälzte sich herum, als verbrenne sein Körper, und schlug seinen Kopf wie von Sinnen gegen Wand und Boden. Sein Gesicht war geschwollen, die Kratzwunden bluteten, Schweiß drang aus allen Poren. Dabei stieß er ununterbrochen unmenschliche Schreie aus. In seinem Inneren schien sich ein Tier wie wild zu gebärden, um sich aus dem Körper herauszuwinden.

Anfangs war ich ratlos und sah tatenlos zu. Als aber mein Verstand wieder einsetzte, konnte ich meinen Bruder nicht festhalten, da es meine Kräfte überstieg. Irgendwo musste sich in ihm eine geballte Ladung angestaut haben, die ihn und seinen Körper zu einer einzigen Zeitbombe machte. »Im Allgemeinen ist er normal, doch wenn er einmal urplötzlich durchdreht, dann zerfetzt er seine Kleider, zerkratzt seinen Körper, reißt ganze Hautfetzen heraus und schlägt den Kopf gegen die Wand … Das ist ein Kampf«, hatte mir meine Mutter beschrieben. Und es war genauso, wie sie gesagt hatte. Was hatte sie weiter erklärt? »Dann streift er noch den Rest der Kleidung ab und windet sich in Krämpfen am Boden. Es ist ein wenig heikel, darüber zu reden, aber … er befriedigt sich mit der Hand … verspritzt überall seinen Samen … ich kann es einfach nicht mit ansehen …« So hatte meine Mutter sich ausgedrückt: »Ich kann es nicht mit ansehen …«

Ich konnte nicht einmal stöhnen, so blieb mir die Luft weg. *Ich kann es nicht mit ansehen.* Mit geschlossenen Augen warf ich mich auf ihn. Mein Bruder wehrte sich und wand sich unter mir heraus, wobei er den Rest der Kleidung abstreifte. Sein Gesicht war voll von Schweiß, Tränen und Blut, ja, es war grässlich anzusehen. Auch mein Gesicht und meine Kleidung waren durch seinen Schweiß, seine Tränen und sein Blut verschmiert, und es gelang mir immer noch nicht, seiner Herr zu werden.

Wer im Haus konnte mir helfen? Die Hausangestellte war sicherlich einkaufen gegangen. Ich stieß mit dem Fuß die Tür auf und rief: »Hilfe. Helft mir doch ...«

Nachdem mein Bruder sich all seine Kleider heruntergerissen und weggeschleudert hatte, nackt durch das Zimmer kroch und dabei unverständliche Laute von sich gab, von denen unklar war, ob es sich um Lachen oder Heulen handelte, erschien endlich mein Vater. Er blieb auf der Schwelle stehen. Ich deutete, ihm zugewandt, wortlos auf meinen Bruder. Ich sah ihn auffordernd an, gefälligst etwas zu unternehmen. Eigentlich war das nicht nötig. Er sah und hörte selbst alles. Dennoch schien er nicht besonders erschrocken zu sein.

Er schaute emotionslos auf meinen Bruder hinunter und sagte knapp: »Lass ihn!«

»Ihn lassen? Was soll das heißen? Schau doch hin! Siehst du nicht, dass er sich quält?«

Doch mein Vater wiederholte: »Lass ihn allein und komm raus!« Als ich ihn nach wie vor verständnislos anblickte, herrschte er mich in strengem Ton an: »Lass ihn in Ruhe und komm!«

Ich hatte ihn noch nie so energisch reden hören und konnte gar nicht anders, als seiner Aufforderung zu folgen. Ich ließ also meinen Bruder, der wie wild seinen Penis bearbeitete, allein im Zimmer zurück und ging hinaus. Mein Vater knallte die Tür hinter sich zu.

»Idiot!«, sagte er, ohne dass ich feststellen konnte, wen er damit meinte, und zog sich in sein Zimmer zurück. Mein Vater wusste ganz genau, dass man meinem Bruder am besten aus dem Weg ging, wenn er einen Anfall bekam, und dass es die Sache nur verschlimmerte, wenn man taktlos dabeibliebe. Daher war mit dem Idioten wohl eher ich gemeint als mein Bruder. Der Anfall meines Bruders dauerte noch eine weitere halbe Stunde an.

Sein Zimmer bot einen schauerlichen Anblick. Es sah aus, als wäre eine Bombe explodiert. Die gesamte Einrichtung war zerschlagen, manches war herausgerissen und alles lag überall verstreut. Mitten unter den Trümmern war der Körper meines Bruders zu erkennen, wie eine ausrangierte Puppe. Er hatte die Augen geschlossen, seine Gliedmaßen hingen schlaff an ihm herab. Seine Beinstümpfe, die an den Kniegelenken endeten, zogen meinen Blick auf sich. Sein Körper war als Folge des Kampfes von Wunden übersät. Im Raum roch es säuerlich. Der Samen, den er ejakuliert hatte, klebte überall. Es war nicht nur der Geruch, ich wäre beinahe auf der glitschigen Flüssigkeit ausgerutscht, als ich sein Zimmer betrat. Ich wusste nicht recht, wo ich meine Füße hätte hinsetzen können, und stand unschlüssig und verwirrt da. Widerstreitende Empfindungen von Mitleid und Abscheu, Trauer und Wut verwoben sich miteinander und hielten mich davon ab, einen weiteren Schritt zu tun.

»Geh aus dem Weg!« Mein Vater schob mich zur Seite und trat ein, während ich dastand und das Gesicht verzog. »Puh!«, entfuhr es ihm, und er öffnete etwas Unverständliches vor sich hinmurmelnd das Fenster. Dann hob er mit einem Ruck meinen Bruder hoch, der bis dahin regungslos dagelegen hatte, und trug ihn ins angrenzende Bad. Als ihn mein Vater in den Armen hielt, schmiegte sich mein Bruder an seine Brust, wie ein kleines Kind. Offensichtlich war er wieder bei Bewusstsein.

Mein Vater setzte meinen Bruder auf einen maßangefertigten Sitz in der Badewanne und drehte den Wasserhahn auf. Vater hielt seine Hand unter den Strahl, um die Temperatur zu prüfen, regulierte sie und duschte dann den Körper meines Bruders ab. Mein Bruder regte sich nicht. Aber die Art und Weise, wie er seine Augen und den Mund zupresste, ließ erahnen, dass er mit aller Kraft seine Gefühle unterdrückte, um nicht in Tränen auszubrechen. Dieses Bild des Jammers ging mir ziemlich nahe, weshalb ich schnell den Blick abwandte und begann, im Zimmer aufzuräumen, wobei ich immer wieder in glitschige Pfützen trat. Mein Vater seifte den Körper meines Bruders ein, wusch ihn sorgfältig und trocknete ihn dann ab. Anders als ich arbeitete er mit sorgfältigen und geübten Handbewegungen. Diese Seite meines Vaters war mir neu. Ich war neugierig, was er gerade dachte, aber ich fragte ihn nicht danach.

Vater brachte meinen Bruder ins Bett. Der nackte Körper auf der Matratze erinnerte mich an einen Säugling. Es wirkte, als wäre mein Bruder wieder eingetaucht in die heile Welt der kleinen Kinder, wo Gier und Scham nicht existierten. Mein Vater trug eine Salbe auf alle Wunden auf und deckte meinen Bruder mit einer dünnen Decke zu. Ohne ein Wort zu sagen. Ich beobachtete, wie mein Bruder sich zur Wand drehte und die Decke über den Kopf zog. In diesem Moment hatte ich plötzlich eine Eingebung, deren Sinn ich aber erst nach einer Weile richtig verstand.

Inzwischen machte mein Vater den Scheuerlappen nass und wischte den Boden. »Lass mich das tun, Vater!«, sagte ich zu ihm, aber ich griff nicht nach dem Lappen in seiner Hand. Er schien zu wissen, dass ich das nur aus Höflichkeit gesagt hatte, und setzte seine Arbeit fort, ohne etwas zu erwidern. Mein Vater kam und ging unaufhörlich, während er die verschmutzten Sachen reinigte oder beseitigte und den Wischlappen gelegentlich im Bad auswusch. Er blieb bis zum Ende gelassen und unerschütterlich. Manchmal hob sich die Decke, mit der mein Bruder zugedeckt war. Ich fühlte mich hundeelend und verdrückte mich.

13

Die Erkenntnis, was es mit dieser Eingebung beim Anblick meines Bruders auf sich hatte, traf mich wie ein Schlag.

Ich hatte das Bedürfnis verspürt, frische Luft zu schnappen, und das Haus in Richtung des Parks mit dem Königsgrab verlassen. Dort war ich den Weg an der Umfassungsmauer bis ans Ende entlanggegangen und hatte die zarten und glatten Äste des Storaxbaums betrachtet, die sich um die stämmige Kiefer schlangen. Ich hatte vor der tiefen Dunkelheit des undurchdringlichen Waldes gestanden, in den kein Mensch jemals einen Fuß gesetzt hatte. In diesem Augenblick sah ich das nachdenkliche Gesicht meines Bruders vor mir, das in der Dunkelheit zu versinken drohte, und ohne zu wissen, warum, kam ich zur Überzeugung, dass tief in seinem Herzen noch immer Sun-Mi wohnte. Das Erkennen der Krankheitsursache ist der erste Schritt einer erfolgreichen Behandlung, sagen die Psychiater. Dann war keine andere als Sun-Mi der Schlüssel zur psychischen Heilung meines Bruders! Nicht die Mädchen vom Markt der Lotusblüten, sondern Sun-Mi. Ich hatte diese allzu offensichtliche Tatsache nicht wahrhaben wollen. Ich hatte mich nicht erkundigen wollen, wie es zur Trennung gekommen war beziehungsweise wo Sun-Mi lebte und was sie tat. Gleichwohl brannte ich mehr denn je darauf, es zu erfahren. Der Grund dafür war, dass sie auch aus meinem Herzen noch immer nicht ganz verschwunden war. Doch ich wollte ebenso wenig erneut mein Leben durch ihre Gegenwart stören, wie ich sie durch meine Nähe behelligen wollte. Das hätte ich nicht verkraftet. Ich hatte geglaubt, es genüge, wenn ich in einer anderen Welt lebte als sie. Meine Flucht von zu Hause war ein Versuch gewesen, Sun-Mi loszulassen, sogar ein leidlich erfolgreicher. Was diesen Punkt anbelangt, war es ein Glück, dass sie nicht mehr an der Seite meines Bruders war, als ich nach Hause zurückkehrte. Gelegentlich wurde ihre Stimme in mir wieder lebendig. Ich hörte sie die Saiten ihrer Gitarre zupfen und dabei Lieder singen. Jedes Mal rief ich mir dann ihre Gestalt ins Gedächtnis und stellte mir vor, sie sänge extra für mich. Daraufhin machte ich mir für gewöhnlich klar, wie unsinnig diese Idee war, und konnte dann nur noch beschämt und verlegen auflachen. Sie existierte nicht für mich, und das war auch gut und richtig so.

Nun aber drängte es mich entgegen meinen Absichten danach, sie zu suchen. Nicht als Ergebnis einer logischen Schlussfolgerung, sondern lediglich als Folge dieser Eingebung, die für mich prophetischen Charakter hatte, sozusagen ein göttliches Wunder. Ich sah es als meine Aufgabe an, Sun-Mi zu suchen, und zwar jetzt gleich, auch wenn ich noch keinen genauen Plan hatte. Von Unruhe erfasst, ging ich eilig den Weg zurück.

Erschöpft wie er war, würde mein Bruder wohl noch eine ganze Weile schlafen. Selbst wenn nicht, konnte ich ihn jetzt nicht nach Sun-Mi fragen. Ich hätte mich an meinen Vater wenden können, doch ich zweifelte daran, dass er etwas über sie wusste. Trotzdem war mir nach einem Gespräch mit ihm zumute. Es hatte wohl mit dem beeindruckenden Auftreten zu tun, mit dem er sich nach dem Anfall um seinen Sohn gekümmert hatte. Diese Seite an meinem Vater war mir fremd gewesen und hatte mich zugleich sehr berührt. Ich realisierte, wie wenig ich ihn eigentlich kannte, und das bestärkte mich in meiner Absicht, mit ihm zu reden. Von ihm wanderten meine Gedanken weiter zu meiner Mutter und zu meinem Bruder. Ich überlegte, wie viel ich eigentlich über sie oder ihn wusste, und musste mir eingestehen, dass es sehr wenig war. Der Raum, den unsere Familie gemeinsam nutzte, und die Zeit, die wir zusammen verbrachten, waren einfach zu wenig. Eine Welle von Traurigkeit brandete in mir hoch. Ich lief so schnell ich konnte nach Hause, in der Hoffnung, sie würde dadurch aus mir herauslaufen.

Mein Vater sah fern. Wenn er nicht mit sich selbst eine Partie Go spielte, die Pflanzen goss oder spazieren ging, saß er meistens vor dem Fernseher. Die Fernsehstationen strahlten ihr Programm rund um die Uhr aus, und es gab, die Kabelkanäle eingeschlossen, über fünfzig Sender. Dennoch verbrachte er seine Zeit nicht mit Zappen. Sein Lieblingsprogramm berichtete ausschließlich über Go-Spiele. Er schaute weder Nachrichten noch Seifenopern. Ich hatte auch den Eindruck, dass er seit einer Weile keine Zeitung mehr las und sich nicht mehr für das Geschehen in der Welt interessierte. Wie ich selbst ja auch nicht.

Mein Vater schien ein wenig müde zu sein. Obwohl ich ihm Kaffee ins Zimmer brachte, nahm er keine Notiz davon. Ich stellte den Kaffee vor ihm ab und folgte seinem Blick zum Bildschirm. Ein Mann, der laut Bildunterschrift Freiberufler war, spielte gegen einen professionellen Spieler eine Partie Go und hatte zum Ausgleich seines Handicaps eine Reihe Vorgabesteine erhalten. Dem Untertitel zufolge wollte er in den dritten Rang der Kyu-Stufe aufsteigen. Sollte er in dieser Partie seinen Gegner bezwingen, würde ihm das wohl gelingen. Mein Vater starrte gebannt auf den Bildschirm. Möglicherweise wollte er auch seine Fähigkeiten unter Beweis stellen. Für mich, der ich nicht Go spielen konnte, war die Partie todlangweilig. Ich saß neben ihm und starrte auf den Bildschirm, bis ich den Kaffee leer getrunken hatte. Mein Vater rührte in der Zeit die Tasse, die ich für ihn gemacht hatte, nicht einmal an und blickte in den öden Fernseher, ohne meine Anwesenheit überhaupt wahrzunehmen. Wenn ich vorhatte, mit ihm zu reden, so musste ich warten, bis die Partie zu Ende war, aber ich hatte keinen blassen Schimmer, wie lange so ein Spiel dauern konnte. Entmutigt verließ ich das Zimmer, nachdem ich ausgetrunken hatte.

Zum ersten Mal seit wirklich langer Zeit öffnete ich den Reißverschluss an der Innenseite meiner Reisetasche und nahm die Kassette mit Sun-Mis Liedern heraus. Ich hatte sie zusammen mit der Kamera meines Bruders mitgenommen, als ich von zu Hause geflüchtet war. Während meines Vagabundendaseins hatte ich sie von Zeit zu Zeit angehört, wenn die alten Gefühle urplötzlich in mir hochkamen. Da ich mir nie Gedanken darüber gemacht hatte, ob ich Sun-Mi vergessen sollte, gab es auch keinen Grund, die Kassette nicht anzuhören. Ganz im Gegenteil. Wann immer ich ihren Liedern lauschte, besänftigte das meine Sehnsucht. Hätte ich die Kassette nicht gehabt, wäre ich vielleicht unzählige Male versucht gewesen, zu ihr zu gehen. Doch seit meiner Rückkehr nach Hause hatte ich die Kassette nicht einmal aus meiner Reisetasche geholt. Denn einerseits war mir klar, in welcher Situation sich mein Bruder befand, andererseits war ich innerlich so weit ausgeglichen, dass ich auch ohne die Musik meine Emotionen im Griff hatte. Vielleicht war es auch dieses innere Gleichgewicht, das mich dazu bewogen hatte, nach Hause zurückzukehren.

Ich schob die Kassette in das Kassettendeck und griff nach den Ohrstöpseln. Ich wollte ihre Lieder mit niemandem teilen. Ja, das war immer noch so. »Ich hab mein Innerstes nach außen gekehrt für dich, mein Schatz. Wie lange soll ich noch auf dich warten, bis du mich mal beachtest? Wie lange noch muss ich so stehn, was meinst du? Mach ein Bild von meinen Gefühlen, bevor sie vergehen, ja, nimm sie auf, bevor sie ganz verschwunden sind, Mann mit der Kamera …« Ihr Lied breitete sich in meinem Körper aus wie ein Duft. So war es immer noch.

14

Es war nicht schwierig, Sun-Mi ausfindig zu machen. Genau genommen gehörte so etwas zu meiner täglichen Routine! Ich erinnerte mich an das Appartementgebäude, in dem ihre Familie damals gelebt hatte. Mir war also sowohl ihre Adresse als auch ihre Telefonnummer bekannt. Auf meinen Anruf hin erklärte mir eine ältere Frau mit heiserer Stimme mürrisch, unter dieser Nummer sei niemand namens Sun-Mi erreichbar. Dann legte sie den Hörer auf. Also rief ich die Auskunft an und erfuhr die neue Telefonnummer.

Erkundigungen bei der zuständigen Kreisverwaltung ergaben, dass Sun-Mis Familie drei Jahre zuvor umgezogen war. Es handelte sich um eine Adresse in Seoul, ganz in unserer Nähe. Ich wählte die neue Nummer. Der tiefen Stimme nach zu urteilen, war es wohl ihr Vater, der am Apparat war. Als ich ihm sagte, dass ich nach Sun-Mi suchte, fragte er misstrauisch, wer ich sei. Ich zögerte mit einer Antwort, da ich nicht wusste, was ich sagen sollte. Wie stand ich eigentlich zu ihr? Doch galt es zunächst, möglichst schnell zu entscheiden, wie ich mich ihrem Vater gegenüber vorstellen sollte. Ich sei ein alter Freund von ihr, behauptete ich, aber er schien mir nicht zu glauben, denn er fragte mich nicht einmal nach meinem Namen, sondern erwiderte, Sun-Mi sei hier nicht zu erreichen, und legte auf.

Ich konnte schlecht gleich darauf noch einmal anrufen. Jedenfalls wusste ich jetzt, dass Sun-Mi nicht bei ihren Eltern wohnte. Lebte sie alleine, oder war sie gar verheiratet? Das wäre nicht weiter verwunderlich, denn sie musste um die dreißig sein! Dennoch empfand ich ein leises Bedauern.

Am nächsten Vormittag versuchte ich es erneut, und diesmal fand ich ihre Telefonnummer heraus. Der Mann vom Vortag, den ich für ihren Vater hielt, erinnerte sich nicht mehr daran, dass er mit mir gesprochen hatte. Kein Wunder, denn er hatte ja tags zuvor keinen Anruf vom Beirat der Studentenfachschaft erhalten, als deren Vertreter ich mich diesmal ausgab. Diesen uralten Trick hatte ich bei Die Laufburschen gelernt. Ich erklärte ihm, ich würde ein großes Treffen aller ehemaligen Absolventen organisieren, für das ich die Adressliste zusammenstellen müsse. Aufgrund des offiziellen Anstrichs war der Mann ganz arglos bereit, Sun-Mis neue Telefonnummer und Adresse preiszugeben. Ich bedankte mich und legte den Hörer auf.

Sie war in den Osten von Seoul umgezogen. Dort wohnte sie in einem fünfstöckigen Appartementhaus, das gedrungen am Fuße eines sanften Hügels stand. Große, breitblättrige Bäume beschatteten den Wohnblock. Siebzehn Stunden lang lag ich vor ihrem Haus auf der Lauer. Das war zwar keine kurze Zeitspanne, aber auch nicht wirklich lange. Als ich bei Die Erlediger gearbeitet hatte, durfte ich mich einmal bei einer Beobachtung 28 Stunden lang nicht vom Fleck rühren. Damals sollte ich etwas über eine Frau in Erfahrung bringen. Während der langen Zeit des Wartens war sie nicht ein einziges Mal aus dem Haus gegangen. Ihr Ehemann, der in der Provinz auf Dienstreise unterwegs war, musste krankhaft eifersüchtig gewesen sein.

Von der Dachterrasse der gegenüberliegenden Geschäftspassage waren sowohl der Hauseingang wie auch das Innere von Sun-Mis Wohnung gut zu überblicken. Allerdings waren den ganzen Nachmittag die Vorhänge an ihren Fenstern zugezogen. Erst als die Abenddämmerung einsetzte und die Straßenlaternen angingen, wurden die Gardinen zur Seite gezogen. Ich hatte gerade den dritten Becher Kaffee aus dem Automaten geleert. Ich öffnete den vierten und sah zu, wie im Wohnzimmer das Licht eingeschaltet wurde. In meinem Kopf bewahrte ich immer noch ein glasklares Bild von ihr: Bubikopf, makelloser Teint, weißes T-Shirt und ein Lächeln wie Sonnenstrahlen im Frühling. In dem Moment, in dem ich das Fernglas an die Augen hob, ging ein Stich durch mein Herz. Da stand sie. Mit ihrer Pagenfrisur und ungeschminkt.

Federleicht ging sie hin und her, schien in der Luft zu schweben. Sie verschwand in ein Zimmer und kam umgezogen wieder. Ein blaues Kleid mit Walt-Disney-Motiven schmiegte sich an ihren Körper wie eine zweite Haut. Dadurch wirkte es beim Gehen, als gleite sie elegant wie ein Fisch durchs Wasser. Sie ging ins Bad und kehrte mit einem Handtuch zurück, mit dem sie sich über das Gesicht fuhr. Sie nahm Lebensmittel aus einem Einkaufskorb und verstaute sie im Kühlschrank. Dann ließ sie Wasser ins Spülbecken laufen, wusch einen Pfirsich und biss kraftvoll hinein. Ich stellte mir vor, wie Pfirsichsaft von ihren Lippen auf ihre Hand tropfte. Sie bereitete emsig eine Mahlzeit vor, indem sie Sachen wusch, klein schnitt, kochte und den Kühlschrank auf- und zuklappte. Danach, offensichtlich fertig mit den Vorbereitungen für das Essen, setzte sie sich auf das Sofa. Kaum hatte sie den Fernseher mit der Fernbedienung eingeschaltet, machte sie ihn auch wieder aus und drückte auf einen Knopf an der Stereoanlage. Sie legte eine CD ein. Die Musik hörte ich nicht. Aber ich sah Sun-Mi. Sie legte den Kopf in den Nacken und aufs blaue gemusterte Sofa. In dieser Haltung saß sie eine Weile regungslos da. All dies beobachtete ich, ohne das Fernglas von den Augen zu nehmen. Es sah so aus, als seien ihre Lider gesenkt. Ich dachte mir, dass sie vom Arbeitstag wahrscheinlich sehr müde war. Nach einer Weile schien sie mir sogar eingeschlafen zu sein.

Ich legte das Fernglas aus der Hand und suchte nach Resten von Kaffee. Doch alle Becher waren leer. Während ich einen leeren Becher zerdrückte, wurde mir klar, dass ich sie anrufen wollte. Ich kramte mein Handy heraus und wählte ihre Nummer. Das Freizeichen erklang. Ich hielt das Fernglas wieder vor meine Augen und sah, das Handy ans Ohr gepresst, auf ihr Wohnzimmer hinunter. Ich wollte keine noch so kleine Bewegung verpassen, und sei sie noch so unerheblich. Ich versuchte, die Luftbewegungen zu erhaschen, wenn sie ein- und ausatmete, und falls es mir gelingen könnte, wollte ich die Melodie aus dem CD-Spieler aufschnappen. Es klingelte wieder. In diesem Moment kam endlich Leben in sie. Zuerst hob sie ihren Kopf, der auf dem Sofa geruht hatte, dann wandte sie ihren Blick zur Seite. Beim dritten Freizeichen richtete sie sich langsam auf. Ihr Schritt war ein wenig unsicher, offensichtlich war sie tatsächlich eingeschlafen gewesen. Mein Herz klopfte zum Zerspringen. Gleich würde sie abheben. Ich bedeckte mit der Handfläche die Sprechmuschel, damit mein Atem, der sich beschleunigt hatte, nicht in den Lautsprecher blies. Ich versuchte, langsamer zu atmen. Als es noch zwei weitere Male geklingelt hatte, verschwand ihre Gestalt einen Augenblick aus dem Blickfeld, bevor sie gleich darauf wieder erschien.

Doch was war das? Diesmal war sie nicht allein. Nachdem sie für einen Moment die Bühne verlassen hatte, kam sie in Begleitung eines Mannes in einem dunkelblauen Anzug zurück. Er warf die schwarze Aktenmappe, die er in der Hand hatte, auf das Sofa und ließ sich mit einem Plumps auf die Stelle fallen, an der kurz zuvor noch Sun-Mi gesessen hatte. Er schien ihr etwas zu sagen, während er seine Krawatte lockerte, aber natürlich konnte ich es nicht hören.

Nun erst ging sie mit etwas eiligeren Schritten zum Telefon, als habe sie Mitleid mit dem andauernd klingelnden Apparat. Dabei unterhielt sie sich jedoch weiter mit dem Mann auf dem Sofa, als ob es ihr letztlich gleichgültig wäre, ob das Klingeln aufhören würde, und hob den Hörer ab. Endlich drang ihre Stimme an mein Ohr: »Hallo.« Ich schwieg. Die Situation hatte sich zwischen dem Zeitpunkt, als ich ihre Nummer gewählt hatte, und dem Moment, als sie das Gespräch annahm, komplett geändert, und dies hatte die Denkfähigkeit meines Gehirns durcheinandergebracht. Mir wurde plötzlich klar, dass ich nicht mit ihr telefonieren konnte, während ich die Szene beobachtete. Es war irgendwie nicht richtig, wenn ich während des Telefonats in den Raum schaute, in dem sich meine Gesprächspartnerin befand. Auch von Bildtelefonen würde ich nie Gebrauch machen wollen. Solche ungewöhnlichen Überlegungen schossen mir durch den Kopf und gesellten sich zu dem Durcheinander meiner Gedanken. »Hallo, wer ist da?«, hörte ich erneut ihre Stimme. Sie erwartete eine Reaktion von mir, doch ich konnte nichts sagen. Dem Mann auf dem Sofa zugewandt, zuckte sie mit den Achseln. Der machte die gleiche Bewegung, wobei er irgendetwas zu ihr sagte. Seine Stimme drang aus dem Hintergrund durch die Leitung, aber es war nicht auszumachen, was er sagte. Der Mann bedeutete ihr, falls ich das durch mein Fernglas von der Dachterrasse aus richtig interpretierte, dass sie den Hörer auflegen und in seine Arme kommen sollte. Offensichtlich deutete Sun-Mi seine Geste nicht anders.

Ich sah, dass sie den Hörer auflegte und zu ihm ging. Die Leitung war tot, doch ich war nicht in der Lage, den Feldstecher sinken zu lassen. Es ist nicht in Ordnung, zu telefonieren und gleichzeitig den Raum zu beobachten, murmelte ich erneut überflüssigerweise vor mich hin. Ich sah, wie sie sich ihm rittlings auf den Schoß setzte. Ich sah seine Arme, die sich wie Schlingpflanzen um sie schlossen. Ich sah, wie ihr Körper mit seinem verschmolz. Ich sah, wie seine Hände mit sanft kreisenden Bewegungen über ihren Körper glitten.

Und weiter konnte ich nichts mehr sehen. Denn mein Fernglas entglitt meinen Händen und fiel auf den Betonboden. An einer Ecke bekam es einen Sprung. Ich ließ mich zusammensacken, blieb eine Weile ruhig am Boden sitzen und ließ das Fernglas, wo es war. Ich glaubte, nie mehr einen klaren Gedanken fassen zu können. »Ha!«, entfuhr mir plötzlich in dieser irritierenden Situation ein schwaches Lachen, vielleicht als Auftakt von Selbstmitleid. Oder lag es womöglich an der wieder aufkeimenden Frage, wie mein Verhältnis zu Sun-Mi war? Früher war ich jemand gewesen, der heimlich ihren Liedern gelauscht hatte, die sie einem anderen vortrug. Jetzt, einige Jahre später, war ich so weit gesunken, dass ich ihr nur noch nachspionierte. Nach wie vor war ein anderer an ihrer Seite. Ich fühlte mich elend. Obwohl es ein abwegiger Gedanke war, überlegte ich, ob sie die Szene bewusst inszeniert hatte, um mich zu demütigen.

Ich gab meine ursprüngliche Absicht auf und mir selbst den Befehl heimzukehren, eine Art Schutzmechanismus, um eine neue Zeit der Demütigung zu verhindern. Abrupt richtete ich mich auf. Sie saßen am Esstisch und nahmen das Abendbrot zu sich. Hastig verließ ich die Dachterrasse.

15

Gegen zwanzig nach acht morgens verließ sie ihre Wohnung in einem dunkelroten Wagen. Schon in der Morgendämmerung hatte ich mein Auto vor ihrer Wohnung geparkt und wartete seitdem auf sie. Sie fuhr vorsichtig, weshalb es mir keine Schwierigkeiten bereitete, ihr in angemessenem Abstand zu folgen.

Am Abend zuvor hatte ich es doch nicht über mich gebracht, den Ort zu verlassen. Das Bedauern über die missglückte Mission hielt mich wie eine Fußfessel fest. Vielleicht hatte ich mich aber auch gerade noch rechtzeitig daran erinnert, dass ich nicht aus Eigeninteresse mit Sun-Mi in Kontakt treten wollte, sondern wegen meines Bruders. Ich hatte überlegt, in einem Restaurant in der Einkaufspassage eine Kleinigkeit zu essen, trank aber stattdessen Bier in einer Kneipe in der Nähe ihrer Wohnung. Dann war ich langsam zurückgewankt, hatte in einem Supermarkt mehrere Dosen Bier gekauft und war wieder auf die Dachterrasse gestiegen. Dabei fühlte ich mich miserabel.

Wie bei einer Bühne nach der Aufführung waren ihre Vorhänge geschlossen. Hinter dem Stoff sah ich schemenhaft das Hin und Her von Schatten. Ich habe mich schon immer gefragt, was Schauspieler nach der Aufführung auf der Bühne machen, weswegen nach dem Vorhang sich meine Pupillen mittlerweile automatisch weiten, damit mir auch ja nichts entgeht. Ich riss also die Augen auf und versuchte, Bewegungen hinter den geschlossenen Gardinen wahrzunehmen, aber außer vorbeihuschenden Schatten konnte ich nichts erkennen. Daher musste ich meine Vorstellungskraft bemühen, um mir die Szene im Inneren der Wohnung auszumalen. Als sich aber meine Fantasie geregt hatte, klopfte mein Herz wie wild, und in meinem Kopf begann sich alles zu drehen, weshalb ich mich zur Vernunft rufen musste. Ich dachte daran zurück, wie ich als Zweiundzwanzigjähriger im Zimmer meines Bruders herumgeschnüffelt hatte, und die Erinnerung trieb mir die Schamesröte ins Gesicht. Damals wie heute gehörte Sun-Mi einem anderen Mann.

Ich hockte mich auf den Betonboden der Dachterrasse, der noch warm war von den Sonnenstrahlen des Tages, und trank allein mein Dosenbier. Hätte nicht ein Wächter die Tür zur Dachterrasse geöffnet und das Licht der Taschenlampe auf mich gerichtet, wäre ich wahrscheinlich bis zum nächsten Morgen dort geblieben. »Wer sind Sie?«, herrschte mich der Wächter vom Eingang aus an. Die Lampe in seiner Hand blendete mich, und ich hob schützend die Hand gegen den Lichtstrahl. »Kommen Sie runter, aber schnell!« Der Wächter kam nicht zu mir herüber, sondern rief nur von dort, wo er stand. Er war entweder ein ängstlicher oder ein vorsichtiger Mann. Ich hob noch einmal die Hand zum Zeichen, dass ich verstanden hätte, und richtete mich auf. Die leeren Bierdosen, die ich getrunken hatte, lagen auf dem Boden herum. Ich stieß mit dem Fuß nach ihnen, um deutlich zu machen, dass meine Laune nun verdorben war.

Bevor ich die Dachterrasse verließ, warf ich unwillkürlich einen Blick in Richtung Sun-Mis Wohnung, deren Vorhänge nach wie vor zugezogen waren. Ich fragte den Wächter nach der Uhrzeit. Aus der Nähe sah ich die vielen Falten in seinem Gesicht. »Es ist ungefähr elf Uhr«, antwortete der ältere Mann, ohne seine wachsame Haltung aufzugeben. Ich ging an ihm vorbei und stieg von der Dachterrasse herunter.

Ich glaube, das war der Moment, in dem ich mir überlegt hatte, nach Hause zu fahren. Sun-Mi war verheiratet, und es ging ihr gut! Lohnte es sich wirklich, die alten Geschichten wieder aufzuwärmen? Für meinen Bruder oder mich durchaus, doch was hatte sie davon …?

Wäre ich nicht auf den Mann getroffen, der aus ihrem Gebäude schlüpfte, hätte ich mich vielleicht wirklich auf den Heimweg gemacht. Der Mann steckte in einem dunkelblauen Anzug und trug eine schwarze Aktentasche. Er war genauso gekleidet wie der Mann, der in Sun-Mis Wohnung gekommen war. Mit zügigen Schritten ging er in Richtung der geparkten Autos, wodurch er an mir vorüberkam. Neugierig sah ich ihm ins Gesicht. Glücklicherweise standen hie und da Straßenlaternen, sodass meine Neugier voll und ganz befriedigt wurde. Der Mann hatte kurzes Haar und wirkte gepflegt, sein Gesicht hatte einen rosigen Teint, und er trug eine Brille, durch die aufmerksame Augen blickten. Ich starrte hinter ihm her und verfolgte seinen aufrechten Gang, als mich plötzlich das Gefühl überkam, er sei mir gar nicht so fremd. Das Gefühl war vage, aber stark. Ich stand wie angewurzelt da und kramte in meinen Erinnerungen. Ein Gedanke tauchte auf, doch ich bekam ihn nicht zu fassen. Inzwischen war der Mann in seinen Wagen gestiegen, der dieselbe dunkelblaue Farbe hatte wie seine Kleidung, und fuhr durch die Wohnsiedlung. Ich fühlte mich leer, als sei ich plötzlich in Trance gefallen. Meine Gedanken schwankten von kurzen Momenten vermeintlichen Erkennens zu Phasen völliger Ahnungslosigkeit. Die Tatsache, dass Sun-Mi allein in ihrer Wohnung zurückgeblieben war, nährte in mir gleichermaßen Zweifel wie Unruhe. Doch die Unruhe über die Identität des Mannes überdeckte meine Seelenqual. Wo hatte ich den Kerl schon einmal gesehen? Bald darauf gingen in ihrer Wohnung die Lichter aus, weshalb auch ich mich zurückzog und eine nahe gelegene Pension aufsuchte.

Womöglich lag es an dem Alkohol, den ich im Lauf des Tages

getrunken hatte, jedenfalls fühlte sich mein Körper zentnerschwer an. In der leisen Hoffnung, dass Schlaf meine Verwirrung auflösen könne, schlüpfte ich unter die Bettdecke, sobald ich mein Zimmer in der Pension betreten hatte. Ich nickte bald ein, konnte aber keinen tiefen Schlaf finden. Wirre Träume trieben mich umher, bis ich plötzlich die Augen aufriss und mich aufrichtete.

»Das ist der Kerl!«, rief ich. Von da an konnte ich kein Auge mehr zutun. Ich wartete darauf, dass endlich der Tag anbrach. Noch vor der Morgendämmerung war ich aus der Pension geschlichen.

Ihr Wagen hielt vor der Stadtbibliothek. Nachdem ich ein kleines Stück hinter ihr angehalten und mein Auto geparkt hatte, überlegte ich, wie ich weiter vorgehen sollte. Ihr Gang und ihre Körpersprache ließen vermuten, dass sie nicht einfach nur eine Besucherin der Bücherei war. Ich nahm an, dass sie dort als Angestellte arbeitete, und ich täuschte mich nicht. Als ich das Gebäude betrat, nachdem ich etwa eine halbe Stunde bis zur Öffnungszeit um neun Uhr draußen die Zeit totgeschlagen hatte, saß sie als Bibliothekarin in einem der Lesesäle. Ich lehnte mich an ein Bücherregal und betrachtete sie mit verstohlenem Blick. Sie hielt den Kopf leicht vornübergebeugt und blickte in einen Bildschirm.

Ihre Frisur war noch die gleiche wie damals, und sie war ungeschminkt. Ihr Gesicht war immer noch von nahezu schneeweißer Blässe. Dennoch wirkte ihr Lächeln nicht mehr so frisch wie die Frühlingssonne. Ihr Profil mit dem leicht gesenkten Kopf erinnerte mich an eine Schattenpflanze, die nie im direkten Sonnenlicht steht. Ich dachte bei mir, dass die Vergangenheit nicht spurlos an ihr vorübergegangen war.

Außer ein paar emsigen Lesern, die sitzend oder im Stehen in

Büchern stöberten, war im Gebäude nicht viel los. Ich hoffte, sie würde mich entdecken, doch sie hob den Kopf selten. Wenn jemand Bücher ausgewählt hatte und zu ihr ging, nahm sie den Ausweis entgegen und registrierte die Ausleihe. Während dieser Tätigkeit blickte sie nicht auf. Ohne zu wissen, weshalb sie sich so verhielt, gewann ich den Eindruck, dass sie anderen Menschen nicht in die Augen sehen wollte. Es war, als hätte sich ein fremder Zug in ihrem herzlichen Verhalten eingenistet. *Liebe?* Blitzartig kam mir das Bild eines Mannes in den Sinn, der mit höhnischem Grinsen behauptet hatte, ich lüge. Es war lange her, doch in mir war es so lebendig, als sei es gestern passiert.

Sun-Mi stand auf und kam auf die Regale zu. Einen Stapel Bücher vor der Brust balancierend, ging sie an mir vorüber. Die gefährlich aufgetürmten Bücher reichten ihr bis unters Kinn. Als sie an mir vorbeikam, spürte ich einen Lufthauch. Ich atmete ruhig ein, um dessen Duft zu erhaschen. Da nahm ich ganz schwach ein Pfirsicharoma wahr. Sie sah mich jedoch nicht an, da sie die Bücher mit dem Kinn eingeklemmt hatte und deswegen nach unten blickte. Aber auch sonst war es fraglich, ob sie mich erkannt hätte.

Kaum war sie drei Schritte an mir vorüber, ertönte ein lautes Geräusch: Rums! Die Bücher, die sie sich aufgeladen hatte, waren ins Rutschen gekommen. Sun-Mi hatte das Gleichgewicht verloren, und nun lagen alle Bücher am Boden verstreut. Ihr kurzes Aufstöhnen empfand ich als Aufforderung, zu Hilfe zu eilen. Ich bückte mich und hob die Bücher eins nach dem anderen wieder auf, während sie sich halb erhob. »Vielen Dank!« Ihre Stimme war kaum vernehmbar. Ich legte ihr die Bücher, die ich aufgelesen hatte, auf die Arme. »Ich werde sie ins Regal stellen.« Meine Stimme zitterte ein wenig. »Nein, vielen Dank!«, entgegnete sie und drückte ihr Kinn wieder auf die Bücher. Ich fühlte mich beklommen und rang nach Luft. Ich wünschte mir, dass sie ihren Kopf heben würde und mich direkt ansähe. Vielleicht war ich auf ihren Gesichtsausdruck gespannt in dem Moment, in dem sie mich erkennen würde. Doch sie hielt ihren Kopf gesenkt, als sei sie weiterhin entschlossen, niemandem ins Gesicht zu sehen. Ich stellte mich ihr in den Weg, weshalb sie noch einmal sagte: »Nicht nötig, vielen Dank!« Mit diesen Worten forderte sie mich auf beiseitezutreten. Als ich ihr dennoch nicht auswich, hob sie endlich den Kopf und sah mich an.

Für einen Moment blickte sie argwöhnisch aus ihrem Schattenpflanzengesicht, dann wurde sie verlegen. Ihre Lippen öffneten sich, und ihr entfuhr ein geseufztes »Ach!«. Gleichzeitig rutschten ihr erneut einige Bücher von den Armen und fielen mit einem geräuschvollen Plumps auf den Boden. Ich bückte mich wieder und hob sie auf. Sun-Mis Augen zuckten nervös. Diese Reaktion kränkte mich. Natürlich hatte ich nicht erwartet, dass sie sich freuen würde, dennoch oder gerade deswegen bedrückte es mich besonders. Angesichts dieser Empfindung wunderte ich mich, wie gelassen ich sie ansprechen konnte: »Erschrick nicht!« Mit ruhiger Stimme, wie sie gegenüber Menschen mit einem Schock angeraten ist. Sie schlug ihre Augen wieder nieder. Gehetzt und ungeduldig fügte ich schnell hinzu, dass ich sie gesucht habe, weil ich sie um einen Gefallen bitten wolle.

»Es geht nicht um mich. Ich bin nicht in eigener Angelegenheit hier. Mach dir keine Sorgen!« Ich legte eine besondere Betonung in den Satz, um ihr Wohlwollen zu gewinnen, was mir ein etwas jämmerliches Gefühl bescherte, obwohl es die Wahrheit war.

In dem Moment versuchte ich, ganz der jüngere Bruder zu sein, der für den älteren die Geliebte gesucht hat. Sie schüttelte ein paarmal den Kopf und ging geradeaus zwischen den Regalen weiter, einigermaßen ihre Empfindungen im Zaum haltend. Ich folgte ihr. Sie begann, Bücher in die Regale zu räumen, und ich redete ununterbrochen hinter ihrem Rücken wie ein Wasserfall: »Ich bin gestern in die Stadt gekommen. Ich wusste nicht, dass du hier in der Bibliothek arbeitest. Diese Stelle passt zu dir, finde ich. Ich habe dich eine Weile bei der Arbeit beobachtet und fühle mich ein wenig befremdet.« Dass ich sie heimlich in ihrer Wohnung beobachtet hatte, erzählte ich natürlich nicht. Auch den Mann mit dem blauen Anzug, der in ihrer Wohnung mit ihr zusammen gewesen war, erwähnte ich nicht.

»Ich habe dir etwas mitzuteilen. Ich möchte noch einmal betonen, dass es dabei nicht um mich geht. Es würde dich ohnehin nicht interessieren, und in der Tat gibt es nichts zu sagen. Weißt du, in welcher Verfassung mein Bruder ist? Das interessiert mich am meisten. Und auch, warum du dich von ihm getrennt hast. War es wegen seines Zustands? Hast du ihn deswegen verlassen? Ich will dir aber keinen Vorwurf machen. Es wäre schade, aber ich könnte es gut verstehen. Es ist noch nicht so lange her, dass ich nach Hause zurückgekehrt bin. Ich habe auch erst nach meiner Rückkehr von allem erfahren. Er ist in sehr schlechter Verfassung. Ich glaube, und das ist ganz allein meine persönliche Meinung, dass du ihm helfen könntest. Deswegen bin ich gekommen. Deswegen habe ich nach dir gesucht.«

Jetzt erst zeigte Sun-Mi, die bisher wortlos Bücher ins Regal gestellt hatte, eine Reaktion: »Was meinst du? Was ist mit U-Hyeon?«

16

»Was ist mit U-Hyeon?« Ich war überrascht, dass sie keine Ahnung vom Zustand meines Bruders hatte. Sie wusste nicht, dass er seine Beine verloren hatte. Sie wusste von den furchtbaren Anfällen, die er ab und zu bekam, genauso wenig wie von der Behandlung auf dem Markt der Lotusblüten, die meine Mutter ihm in Erwartung eines vorbeugenden Effekts hatte angedeihen lassen. Und sie wusste nichts von meiner eigenen Variante der Therapie, der Motelbenutzung. Sie fragte unentwegt, und ich gab auf alles Antwort. Sie stellte dieselben Fragen mehrfach und schüttelte immer wieder verneinend den Kopf, weil sie es nicht wahrhaben wollte. So unterhielt ich mich über eine Stunde mit ihr in der Bibliothek, umgeben von all den Büchern mit ihrem vertraut modrigen Geruch, als wären wir in einem Wald umgeben von Bäumen. Zwar kamen vereinzelt Personen auf der Suche nach Büchern in unsere Nähe, aber sie zeigten kein Interesse für uns, und in der Bücherei war es am Vormittag im Großen und Ganzen ruhig. Während wir redeten, verdeckte sie gelegentlich mit dem Buch in ihrer Hand das Gesicht, wie um ihren Gesichtsausdruck vor mir zu verbergen. Hin und wieder lehnte sie sich so vehement an das Bücherregal, dass ich fürchtete, sie könnte irgendwann umfallen. Später sackte ihr Körper plötzlich lautlos in sich zusammen, und sie hockte sich auf den Boden. Sie verbarg ihr Gesicht in ihren Händen. Sie wollte wohl nicht, dass ich ihre Tränen sah.

»Ich … ich wusste das nicht …«, sagte sie. Sie fügte sogar das Wort »wirklich« hinzu, obwohl ich keinerlei Andeutung gemacht hatte, dass ich ihr nicht glauben würde. »Nach seiner Einberufung in die Armee bekam ich Briefe von ihm, nicht oft, aber immerhin. Doch von einem Tag auf den anderen riss der Kontakt plötzlich ab. Er schrieb nicht mehr zurück. Daher suchte ich nach seiner Truppe in Cheongok, allein anhand des Absenders auf den Briefen. Ein Unteroffizier, der das Haupttor bewachte, teilte mir mit, er sei in eine andere Einheit versetzt worden. Ich wollte wissen, was das bedeutete. Er entgegnete, so etwas käme vor, aber vom neuen Einsatzort habe er leider keine Ahnung.« Sie war den Tränen nahe und wirkte wie jemand, der einen großen Fehler erkennt. Soweit ich wusste, stimmten diese Aussagen nicht, weshalb mir wohl meine Skepsis anzusehen war. »Hat mich der Mann angelogen?«, fragte sie mit zitternder Stimme. Ich war nie in der Armee gewesen und hatte daher keinen blassen Schimmer von den Standardabläufen und Gepflogenheiten dort. So konnte ich ihr nicht sagen, ob man sie bewusst falsch informiert hatte. Stattdessen erkundigte ich mich, ob sie sich nicht mit meiner Familie in Verbindung gesetzt hatte. »Glaubst du, ich hätte das nicht getan?«, erwiderte sie augenblicklich. »Von eurer Mutter erfuhr ich, dass dein Bruder nicht in Korea sei.« Ich fragte zurück, was das bedeuten sollte. Sun-Mi entgegnete, sie hätte es auch nicht verstanden und daher nachgefragt, was meine Mutter damit gemeint habe. Mutter hätte ihr daraufhin die Auskunft gegeben, dass es meinem Bruder gesundheitlich nicht so gut gehe, weshalb er etwa ein Jahr vor dem offiziellen Ende seiner Dienstzeit aus der Armee ausgeschieden und für eine Therapie nach Amerika gegangen sei. Sun-Mi hatte sich selbstverständlich erkundigt, an welcher Krankheit mein Bruder litt, und meine Mutter hatte ihr mitgeteilt, er habe Lymphdrüsenkrebs. Es sei Gott sei Dank ein gutartiges Geschwür. Einige Zeit später, als Sun-Mi sich wieder erkundigte, erfuhr sie, die Operation sei erfolgreich verlaufen und mein Bruder erhole sich schnell.

»Hast du das geglaubt?«, wollte ich leicht argwöhnisch wissen.

Doch mit ihrer Antwort machte sie mein Misstrauen augenblicklich zunichte: »Es gab keinen Grund, es nicht zu glauben. Ich wollte auch gar nicht daran zweifeln, denn ich war allein von der Sorge um seine Gesundheit erfüllt, zumindest zu diesem Zeitpunkt«, sagte sie, während sie mechanisch in den Seiten eines alten Wälzers blätterte. Das klang so, als habe es einen Moment gegeben, in dem sie begann, meiner Mutter zu misstrauen. Ich wollte von ihr wissen, wann das anfing. »Ich hatte deine Mutter wohl gefragt, wann U-Hyeon nach Hause zurückkehren würde. Da die Operation ja angeblich erfolgreich gewesen war und auch die Therapie in Kürze beendet, hatte ich angenommen, dass es bald sein würde. Ich vermisste ihn so sehr. Aber deine Mutter eröffnete mir, dass er nicht zurückkäme. ›Was wollen Sie mir damit sagen? Warum kommt er nicht wieder?‹, fragte ich erschrocken. Wir saßen in einem Café, von wo man auf den Han-Fluss hinabsehen konnte. Wir tranken Kaffee, aber deine Mutter rührte ihre Tasse nicht an, bis der Kaffee kalt geworden war. Ich erinnere mich, dass sie auf mich ziemlich schwermütig und außerordentlich einsam wirkte. Sie seufzte auch mehrmals herzzerreißend. Aber ich kam nicht auf die Idee – weshalb eigentlich nicht? –, dass U-Hyeon Schlimmeres widerfahren sein könnte. Nach einem Stoßseufzer eröffnete mir deine Mutter, dass dein Bruder beabsichtige, in Übersee zu bleiben. Er wohne bei seinem Onkel und wolle dort studieren. Ich war so überrascht, dass es mir die Sprache verschlug. U-Hyeon hatte niemals von solchen Plänen gesprochen. Ich glaube, das war der entscheidende Moment. Mir kam es irgendwie eigenartig vor. Auch hat deine Mutter nichts Näheres erzählt. Eine ziemlich lange Weile herrschte beklemmendes Schweigen. Nach einiger Zeit erklärte ich ihr, dass ich ihn gerne selbst anrufen würde. Nicht nur, um das bedrückende Schweigen zu brechen, sondern weil ihr Verhalten und ihr Gesichtsausdruck einen Verdacht in mir aufkeimen ließen. ›Nein, das geht nicht!‹ Deine Mutter hob abwehrend die Hände. Zwar mied sie meinen Blick, doch ihre Geste war so deutlich, dass mir die Schamröte ins Gesicht stieg. Selbst die dümmste Frau würde die Bedeutung solch einer Handbewegung richtig verstanden haben. Es war ein entschlossenes und eindeutiges Signal der Ablehnung: Du bist nicht die Richtige für ihn. Da gab es nichts zu deuten. Ich war so verlegen und erschrocken zugleich, dass ich nicht einmal gefragt habe, warum. Trotzdem war es nicht einfach für mich, ihre Zurückweisung zu akzeptieren.«

»Ich verstehe«, sagte ich, während ich ihr blasses Profil betrachtete. Ihre langen Wimpern zitterten leicht.

»Von U-Hyeon erhielt ich weder Briefe noch Anrufe. Mein Herz verzehrte sich, und ich glaubte, verrückt zu werden. Weil ich keine Ruhe fand, rief ich deine Mutter an. Doch sie erklärte mir, sie habe alles gesagt, was es zu sagen gebe, weshalb sie keine Veranlassung sehe, mich erneut zu treffen. So kam es zu keiner weiteren Begegnung mit ihr. Sie war so kalt und abweisend. Daher …«

Sie schwieg einen Augenblick und strich mit der Hand die Haare zurück. Ich sah erneut ein schwaches Flattern ihrer Wimpern und nahm das als ein Zeichen des Zauderns. Schweigend schaute ich sie aufmunternd an. »Daher bat ich jemanden herauszufinden, ob deine Mutter die Wahrheit gesagt hatte oder nicht, ob U-Hyeon mich wirklich hatte sitzen lassen und was denn der Grund dafür gewesen war. Ich konnte damals nichts anderes mehr denken. Den ganzen Tag wälzte ich diesen Gedanken hin und her. Vielleicht hatte sich diese fixe Idee zu einer Paranoia ausgewachsen. Ein sehr guter Bekannter von mir arbeitete beim Geheimdienst.«

Da stockte sie erneut. Offensichtlich fiel es ihr unwahrscheinlich schwer, über all das zu reden. Ich meinte, demnach müsste sie doch wissen, dass meine Mutter die Wahrheit vor ihr geheim gehalten und sie angelogen hatte und dass sie notgedrungen im Sinne meines Bruders gehandelt hatte. Dieser wollte auf gar keinen Fall, dass Sun-Mi von seinem Zustand erfuhr, und hatte daher Mutter gedrängt zu lügen, was diese ihrem geliebten Sohn ja nicht abschlagen konnte.

»Aber was erzählst du da? So war es eben nicht.« Sie runzelte die Stirn, ihr schien das alles unbegreiflich. »Die Informationen, die ich erhielt, bestätigten, dass die Angaben deiner Mutter keine Lügengeschichte waren. Es stimmte, dass U-Hyeon das Land für eine Lymphdrüsenoperation verlassen hatte, dass er sich bei einem Verwandten in Amerika aufhielt und dort studierte. Außerdem gab es da ein weiteres Detail, das deine Mutter mir vorenthalten hatte. Er war nicht allein. Er hatte eine Verlobte. Anscheinend die Tochter des Direktors eines großen Krankenhauses. Sie studierten zusammen an der gleichen Universität. Er würde sie bald in Amerika heiraten. Es war höchst unwahrscheinlich, dass er die Frau verlassen und zu mir zurückkehren würde. Ich musste meine Hoffnung begraben. Darum … Was hätte ich tun sollen, nachdem ich das alles wusste? Was hättest du denn an meiner Stelle gemacht?« Ihre Stimme wurde immer schwächer, sie flüsterte nur noch, als spräche sie ausschließlich zu sich selbst. Sie sah so verletzlich aus, dass ich daran dachte, sie aufzufangen, aber ich wagte nicht, ihr meine Hand zu reichen. Es gelang mir nicht, die Distanz zwischen ihr und mir zu überwinden. In dem Moment rutschte ihre Hand am Bücherregal ab, und ihr Körper sank nach unten. Sie kauerte nun am Boden.

»Ist alles in Ordnung mit dir?«, fragte ich.

»Es geht schon«, entgegnete sie.

»Das verstehe ich nicht. Mein Bruder ist weder ins Ausland gegangen, um zu studieren, noch hat er sich meines Wissens verlobt. Völlig ausgeschlossen, dass ich darüber nicht Bescheid wüsste, wenn es so wäre.«

»Mir ist das auch rätselhaft«, stimmte sie mir zu und murmelte: »Was war denn da los?«

Sie schien in Gedanken ihre Erinnerung zu durchforsten und ihre eigenen Schlüsse ziehen zu wollen. Mir erging es nicht anders. Auch ich grübelte und suchte nach Erklärungen, doch es fiel mir nichts ein, und ich kam zu keinem Ergebnis. Wer, abgesehen von Mutter, konnte ein Motiv gehabt haben, Sun-Mi mit Falschinformationen zu versorgen?

Ich fragte sie, von wem sie das alles hatte. Denn in diesem Moment kam mir der Verdacht, diese Person könnte eigene Interessen verfolgt haben. Das Ganze ergab noch kein vollständiges Bild, aber da war etwas, das mir nicht aus dem Sinn wollte.

»Das ist etwas heikel …«, antwortete sie ausweichend.

»Ich mutmaße jetzt nur, aber war es womöglich dein Schwager?« Während ich diese Frage stellte, kam ich mir vor wie ein gewitzter Detektiv im Vertrauen auf seine Intuition. Sie hob zum ersten Mal den Kopf und sah mich an. Sie schien verblüfft und betroffen. Einerseits verspürte ich eine leichte Erregung, weil meine Ahnung mich nicht getrogen hatte, andererseits befürchtete ich, mein forscher Vorstoß könnte ihre Gefühle verletzt haben. Jetzt war es an mir, ihren Blick zu meiden. Sie legte den Kopf auf ihre Knie. Ihre Schultern zuckten verräterisch. Ich war überzeugt, dass es mit ihrer Beherrschung bald vorbei sein würde und sie in lautes Schluchzen ausbrechen würde. Unter diesen Umständen konnte ich ihr nicht die Wahrheit sagen, nämlich dass ich ihren Schwager am Vorabend in ihrer Wohnung gesehen hatte. Obwohl es mich brennend interessierte, weshalb der Mann bei ihr gewesen war, war es im Moment unmöglich, sie direkt danach zu fragen.

Sie verharrte in ihrer unbequemen Sitzhaltung. »Ich möchte

gerne allein darüber nachdenken«, teilte sie mir mit. Ihrer Stimme hörte man an, dass sie sich krampfhaft bemühte, das Gefühlschaos in ihrem Inneren zu verbergen. Ich hätte ihr gerne meine Hand auf die hängenden Schultern gelegt. Ich war versucht, ihr zu sagen, sie bräuchte sich keine Sorgen zu machen, und sie dabei sanft zu streicheln. Das Leben sei weder so ernst, wie es den Anschein habe, noch verlaufe es so planmäßig, wie man sich das vorstelle, das Leben sei eben so, manchmal hell und manchmal trüb. Doch ich konnte es nicht. Ständig tauchte das Gesicht meines Bruders vor meinem geistigen Auge auf. Sein Gesicht war es, das mich davon abhielt. Ich betrachtete sie eine Weile regungslos, wie sie ihren Emotionen schluchzend freien Lauf ließ, und schlich mich dann wortlos aus der Bibliothek.

Das Letzte, was ich ihr noch mitteilte, bevor ich die Bücherei verließ, war, dass ich den Wunsch hegte, mein Bruder möge wieder fotografieren: »Hilf ihm, dass er wieder damit anfängt!« In ihrem Blick lag komplette Verständnislosigkeit.

17

Als meine Mutter mir von einer geplanten Dreitagesreise erzählte und mich darum bat, ihr eine Hin- und Rückfahrkarte für den Zug zu besorgen, kam mir der Verdacht, dass sie von dem Auftrag des Unbekannten erfahren hatte und sehen wollte, wie ich darauf reagierte. Ausgerechnet am vorangegangenen Abend hatte mich mein Auftraggeber auf dem Handy angerufen, um den Stand meiner Ermittlungen zu erfahren. Daraufhin hatte ich ihm erklärt, dass ich ihm gar nichts berichten würde, solange er mir nicht sagte, wer er sei und was er mit den Nachforschungen bezweckte. Direkt im Anschluss an das Telefonat hatte meine Mutter ihr Anliegen an mich herangetragen.

Ich war nicht so weit gegangen, den Auftrag kategorisch abzulehnen, aber ich weigerte mich immerhin, ihm Dinge mitzuteilen, die ich künftig über meine Mutter herausfinden würde, solange er seine Identität nicht preisgab. Doch aus Neugier wollte ich den Auftrag auch nicht ein für alle Mal ablehnen. Mein widersprüchliches Verhalten war zum einen ein Selbstschutz gegenüber meinem Unrechtsbewusstsein, zum anderen resultierte es aus dem Pflichtgefühl, meine Mutter gegen eine unsichtbare Bedrohung zu schützen. Ich empfand es als glücklichen Umstand, dass gerade ich mit dieser Arbeit betraut worden war. Wenn ich die Aufgabe nicht übernommen hätte, wäre der Auftrag an jemand anderen gegangen, und dann hätte ich meine Mutter doch nicht schützen können!

Mit einem Lächeln, das unerklärlicherweise einen Hauch von Einsamkeit vermittelte, hatte mich meine Mutter gefragt, wo ich gewesen war. Sie habe mich gesucht, um mir eine Arbeit aufzutragen. Ich erwähnte nicht, dass ich bei Sun-Mi gewesen war. Zwar drängte es mich danach, Sun-Mis Geschichte von ihr bestätigen zu lassen, aber ich war mir noch nicht im Klaren, ob es weise wäre, das zu tun. Ich kratzte mich wortlos am Kopf, und meine Mutter fragte nicht weiter nach meinem Verbleib. Offensichtlich interessierte sie sich nicht wirklich dafür, denn stattdessen sagte sie: »Ich brauche für morgen früh eine Zugfahrkarte nach Namcheon. Hin und zurück. Wie viel kriegst du dafür?« Sie streckte mir eine Summe entgegen, mit der man ein Flugticket hätte kaufen können, und erklärte, der Rest sei Trinkgeld. Ich fragte, warum sie nicht mit dem Auto dahin fahren wolle. Sie entgegnete, der Weg sei dafür zu weit. Ich ließ durchblicken, ich könne ihr doch als Chauffeur dienen. Sowohl zum Zwecke der Observation als auch aus Sicht des Beschützers schien mir das am effektivsten zu sein. Sie schien eine Weile darüber nachzudenken und antwortete dann, es sei nicht nötig und sie ziehe es vor, mit dem Zug zu fahren.

Ich kaufte ein Ticket für Hin- und Rückfahrt, und für den Rest des Geldes mietete ich einen Wagen. Als hätte sie geahnt, dass ich neben der Fahrkarte noch einen Leihwagen besorgen würde, passte der Geldbetrag ganz genau. Es war mir völlig schleierhaft, warum sie urplötzlich nach Namcheon fahren wollte, denn ich hatte nie davon gehört, dass sie dort Verwandte hätte. Womöglich war es ein irrwitziger Gedanke, doch ich brachte diese Angelegenheit irgendwie mit dem Auftrag in Verbindung. Diese Vorstellung ließ mich nicht mehr los.

Eine Stunde vor Abfahrt des Zuges befand ich mich bereits auf der Autobahn nach Namcheon. Als meine Mutter dort den Zug verließ und am Taxistand erschien, hatte ich meinen Wagen bereits in Reichweite geparkt und wartete. Zielstrebig stieg sie in ein Taxi, und ich folgte ihr, ohne zu zögern. Das Taxi fuhr gemächlich durch die Innenstadt. Es war so wenig Verkehr, dass es mir nicht schwerfiel, ihm zu folgen. Nach etwa zwanzig Minuten kamen wir auf eine Landstraße. Sie war eng und kurvenreich. Hier und da war die Fahrbahn sogar ungeteert. Zu beiden Seiten erstreckten sich Wälder und Obstplantagen. Als ich die Seitenscheibe einen Spaltbreit öffnete, wehte der Fahrtwind den Duft von Gras herein. Ich sog den Geruch ein. Die Strecke war nur wenig befahren, daher hielt ich einen großen Abstand zu dem Taxi. Dennoch brauchte ich mir keine Sorgen zu machen, den Wagen aus den Augen zu verlieren.

Wo wollte sie nur hin? Weit und breit war keine Ortschaft in Sicht.

Erst auf einem Hügel hielt das Fahrzeug an. Von dort konnte man auf das Meer hinabblicken. Die glänzend weißen

Schuppen, die dem Ozean über den Körper rollten, blendeten meine Augen. Gerade hatte ich noch geglaubt, das Taxi führe in einen größeren Wald hinein, und jetzt: das Meer! Vor meinen Augen hatte der Urwald seine Pforten geöffnet, und der Ozean schien daraus hervorzuquellen. Die Vorstellung, unter der Oberfläche des wilden Waldes verberge sich das Meer, hatte etwas Märchenhaftes und Geheimnisvolles. Sind nicht überall auf der Welt die Wälder heilig? Werden sie nicht als Ursprung allen Lebens angesehen? Sie waren die ersten Tempel, und einzelne Bäume wurden als Wohnstätten von Gottheiten verehrt.

Da das Taxi auf dem Hügel angehalten hatte, um meine Mutter aussteigen zu lassen, blieb mir nichts anderes übrig, als schnell daran vorbeizufahren. In diesem Augenblick drehte sich meine Mutter um und schaute geradewegs in meinen Wagen. Beinahe hätte ich auf der Stelle angehalten. Es kam mir so vor, als hätte meine Mutter mich erkannt, obwohl ich zur Tarnung eine Sonnenbrille trug. Jeden Augenblick würde sie meinen Namen rufen und das Auto anhalten wollen. Aus Furcht davor trat ich kräftig aufs Gaspedal, ohne auch nur einen Blick in den Rückspiegel zu werfen. Blindlings schoss ich aufs Meer zu, wie eine Herde kopfloser Springböcke in der Kalahari-Wüste auf ein Wasserloch. Da ich jedoch kein Springbock war, brachte ich den Wagen rechtzeitig zum Stehen, bevor er über die Klippe fallen konnte. »Puh!« Ich stieß unwillkürlich die Luft aus.

Als ich zum Hügel zurückkam, war das Taxi nirgends zu sehen. Genauso wenig wie meine Mutter. Von der Anhöhe aus führte ein einziger Weg weiter hinauf in den Wald. Es war ein schmaler, steiler Pfad und nicht mit dem Auto befahrbar. Hohes Gras wucherte auf dem von dicht beieinanderstehenden Bäumen gesäumten Weg. Dies war der einzige Weg, also musste meine Mutter diese Richtung eingeschlagen haben. Ich hatte keine Ahnung, was mich erwartete, wenn ich dem Pfad folgte, und was meine Mutter dorthin gezogen hatte.

Ich parkte den Wagen auf der Kuppe und bahnte mir zu Fuß den Weg hinauf durch das Gras. Der Wind strich durch die raschelnden Halme, und es ging steil bergauf. Was war am Ende das Ziel? Mit vorsichtigen Schritten erklomm ich den steilen Weg, bis ich nach einer leichten Krümmung ein Plateau erreichte. Ich folgte dem Pfad, bis auf einmal weit vor mir das Meer wieder auftauchte. Es ließ seine glänzende Schuppenhaut tanzen, so grell, dass ich blinzeln musste. Dieser plötzliche Szenenwechsel war atemberaubend. Der Ozean schien direkt aus dem Innern des Berges zu kommen und der Himmel, in dem weiße Möwen segelten, seine Fortsetzung zu sein. Der Horizont lag in weiter Ferne.

Der Pfad endete abrupt an einer Steilküste am Meer, und auf dieser Klippe stand wie ein Trugbild ein Haus. Vor dem Gebäude wuchs eine schlanke Palme senkrecht in den Himmel, die wirkte, als sei sie mindestens 200 Meter hoch. Der Baum stand am Rand der Klippe, was ihn noch höher erscheinen ließ. Ich malte mir aus, der Baum habe den harten Stein nach unten durchbohrt und seine Wurzeln zum Meer hin ausgestreckt, das sie problemlos erreichen konnten, wenn sie so lang waren wie der Stamm. Die langfingrigen Blätter streiften beinah den Himmel. Es war ein überwältigender Anblick. Wie ein Gemälde oder ein Traumgebilde. Aber es war weder ein Bild noch ein Traum. Ich ging ein Stück näher, versteckte mich hinter einer dicht belaubten Eiche und sah zu der Palme und dem Haus hinüber. Das Haus schwebte fast über dem Meer. Mit einem Mal erinnerte mich die hochgewachsene Palme an einen Mast. Vor meinem geistigen Auge sah ich ein Schiff, dem der Wind in die Segel fährt und es auf eine Seereise schickt. War meine Mutter an Bord dieses Schiffs? Augenblicklich wollte ich dorthin laufen, um mich zu vergewissern. Es kostete einige Kraft, es nicht zu tun.

Der Stamm der Palme hatte keine Äste. Auf dem Wipfel des lang gestreckten Stamms hatte der Baum seine Blätter wie Flügel eines Windrads nach allen Seiten aufgespannt. Er überragte sämtliche Exemplare aller Baumarten des Waldes in imposanter Weise. Existierte diese Palme überhaupt in der Realität? Warum stand ausgerechnet da eine Palme? Ich selbst hatte nie zuvor Palmen gesehen, außer in Büchern oder im Fernsehen. Ich hatte auch noch nicht davon gehört, dass hierzulande Palmen wuchsen. Vielleicht hatte ich mich getäuscht, als ich den Baum beim ersten Anblick ohne zu zögern als Palme identifiziert hatte. Ich fühlte mich wie unter Drogen gesetzt, die diese Halluzination von dem fremden Baum und dem Haus auf dem Felsen in mir hervorbrachten. Plötzlich verspürte ich Durst, und ich stellte mir vor, dass ich mein Hemd abstreifte, den Baum erklomm und gierig den Saft einer Kokosnuss trank.

Da nahm ich eine Bewegung am Fuße des Baumes wahr. Anstatt des Saftes einer Kokosnuss schluckte ich nur meinen eigenen Speichel herunter. Mir war allein bei der Vorstellung daran schon das Wasser im Mund zusammengelaufen. Ich machte zwei Menschen aus. Die eine Gestalt wurde gestützt und setzte ihre Füße sehr vorsichtig, der Helfer ging mit entsprechend bedächtigen Schritten nebenher. Die Kleider schlotterten um den mageren Körper der schwachen Person, der nur aus Haut und Knochen bestand, und gaben ihr das Aussehen einer Vogelscheuche. Die beiden gingen langsam und stockend im Schatten der Bäume, damit die stechenden Sonnenstrahlen ihnen nichts anhaben konnten, auf die Palme zu. Dort machten sie halt.

Es war eine Frau, die den anderen auf den Beinen hielt. Ich brauchte nicht durch ein Fernrohr zu sehen, um zu erkennen, dass es sich dabei um meine Mutter handelte. Sie half ihrem Begleiter, sich auf die Sitzfläche einer breiten Bank zu legen, die unter der Palme stand. Den Kopf positionierte sie ein wenig erhöht. Der lange Schatten der Palme bedeckte den Körper wie eine Bettdecke. Die Brise, die vom Meer her wehte, zerzauste ihre Haare. Es war eine gemütliche Szene. Als lägen sie an Deck eines Bootes, das jeden Moment auslaufen würde. Am Fuße der Steilküste wälzte das Meer ununterbrochen seinen Körper hin und her und schlug dabei Wellen.

Ich hatte die auf der Bank liegende Person aufgrund ihres Bartes, der an Kinn und Wangen spross, als Mann identifiziert. Zwar war sein blasses Gesicht von Falten zerfurcht, aber es lag ein sanftes Lächeln darauf wie ein Schleier, und seine Züge wirkten klar und ruhig. Meine Mutter saß neben dem Kopf des Mannes und sah zu der Palme hoch. Die Blicke der beiden waren nach oben unter das Blätterdach gerichtet. Sie redete über irgendetwas, während sie mit dem Finger auf den Baum wies. Das Meer zeigte unaufhörlich seine weißen Zähne, rollte auf die Felswand zu und prallte dagegen.

Nach einer Weile berührte ihre Hand sein Gesicht. Ihre Handbewegung war äußerst liebevoll und sanft. Und ich überlegte, dass die Hand womöglich der feinfühligste Körperteil war, wenn es darum ging, menschliche Gefühle mitzuteilen. Ihre Hand strahlte intensive Zuneigung und Vertrautheit aus, sodass selbst die Nerven des weit entfernten Beobachters zu prickeln begannen. Ihre zärtliche und liebevolle Hand berührte die Haare, Ohren, Augen und Lippen des Mannes. Ich bemerkte, wie sich sein Gesicht jedes Mal aufhellte und ein goldenes Leuchten bekam, wenn ihre Hand darüberstrich.

Sie stand auf und ging um die Palme herum. Der Baum verbarg ihren Körper. Mir kam es vor, als sei sie in den schlanken, geraden Stamm hineingeschlüpft. Doch ich brauchte nicht lange auf sie zu warten. Als sie dahinter hervorkam – wieder schien es, als schlüpfte sie geradewegs aus dem Stamm –, da hatte sie nichts an. Sie war nackt, wie aus der Palme geboren. Eva im Garten Eden, unverhüllt und ohne Scham. Ihr Gang war tänzelnd und so leichtfüßig, dass sie kaum den Boden berührte. Sie stieg bedächtig auf die Liegefläche, und der Mann beobachtete sie mit zärtlichem und erwartungsfrohem Blick. Ruhig legte sie sich neben ihn, schlang ihre Arme um seinen Körper, und er umfasste sie. Sie schob sich auf ihn, ihr Gesicht lag auf seinem Gesicht, ihre Brust auf seiner, ihre Arme schmiegten sich an seine, ihre Handflächen pressten sich auf seine Handflächen und ihre Lippen auf seine Lippen. Ihre exakt aufeinanderliegenden Körper verschmolzen zu einem symmetrischen Baum. Sie sahen aus, als hätten sie endlich zur vollkommenen Einheit gefunden, so natürlich, so schön und unschuldig wirkten sie. Lag es daran, dass der fremdartige Baum, der den Himmel und die Erde durchstoßen hatte und womöglich durch das Meer bis in die Unterwelt gedrungen war, meine Gefühle und meine Wahrnehmung durcheinandergebracht hatte? Ich empfand diese Szene nicht als unanständig oder abstoßend. Vielmehr war mein Verhalten verwerflich und widerwärtig, indem ich mich versteckt hielt und die beiden heimlich beobachtete. Sie waren der Wirklichkeit entrückt, ich hingegen darin gefangen. Die Welt jenseits der Realität war rein, die Welt darin verdorben. Das soll nicht heißen, dass ich vorbehaltloses Verständnis für sie hatte, sondern dass sie in einer Sphäre schwebten, für die nach meiner Wahrnehmung solche Maßstäbe nicht galten. Ich hingegen schämte mich so sehr, dass ich es nicht weiter über mich brachte, durch das Fernglas zu sehen.

Ich ließ mich einfach irgendwo zwischen die Bäume fallen. Mein Rücken brannte, vielleicht steckten Dornen darin, aber ich kümmerte mich nicht darum. Heuschrecken, Grillen oder ähnliches Getier krabbelten an meinem Körper entlang. Auch ihnen schenkte ich keine Beachtung. Lass sie in Frieden, murmelte ich vor mich hin. Einfach in Ruhe lassen, murmelte ich noch einmal und setzte mich auf. Bevor ich mich von dem Plateau entfernte, warf ich einen verstohlenen Blick zu der Palme, wo sie, als seien sie ein einziger Körper, regungslos dalagen. Ich hatte das Gefühl, zu träumen oder mit einem Zauber belegt zu sein.

Nachdem ich zunächst unschlüssig gewesen war, ob ich nicht einfach nach Seoul zurückkehren sollte, fuhr ich mit dem Auto wieder bis zum Ende der Landstraße, kaufte mir in einem verstaubten kleinen Laden an der Küste ein lauwarmes Getränk und war gerade dabei zu trinken, als meine Mutter anrief: »Ki-Hyeon, bist du es?« In dem Augenblick, als ich ihre ernste Stimme hörte, fuhr ich vor Schreck zusammen, als wäre ein Regal mit lautem Krach von der Wand gefallen. »Ja, äh ... ja, ich bins ...« Meine unsichere Stimme zeugte von meiner Verlegenheit. Mir wurde eiskalt bei dem Gedanken, Mutter könnte doch über meine Fahrt nach Namcheon im Bilde sein. Als könne sie Gedanken lesen, wollte sie wissen, wo ich mich befand. Für einen Moment blieb mir die Spucke weg. Ihre Stimme klang so unglaublich gelassen, dass ich mich fragte, ob die Szene im Wald, deren Zeuge ich zuvor geworden war, nicht doch eine Täuschung gewesen war.

Als ich mit meiner Antwort zögerte, sagte sie zu mir, ich solle meinen Bruder nach Namcheon bringen. »U-Hyeon?«, fragte ich mühsam, was Mutter mit einem knappen »Ja« bekräftigte. »Warum U-Hyeon?«, hakte ich vorsichtig nach, und wieder fiel ihre Antwort kurz aus: »Das erfährst du dann.« Unvermittelt kam ich zu dem Schluss, dass ich grundlos gebangt hatte. Mutter schien nicht zu ahnen, dass ich in Namcheon war. Es konnte zwar sein, dass sie sich nur verstellte, aber auf mich wirkte es nicht so. Dazu war der Tonfall ihrer Stimme allzu ernst und feierlich. Außerdem schwang auch etwas Schwermut darin mit. Ich atmete erleichtert auf und überschlug im Kopf die Strecke nach Seoul. Selbst wenn ich sofort losfuhr, würde es gut vier Stunden dauern. Bis ich meinen Bruder aufgelesen hätte und wieder hierhergefahren wäre, würden mindestens acht Stunden vergehen. Es war nahezu unmöglich, es heute noch nach Seoul und wieder zurück zu schaffen.

Da ich mich einigermaßen gefangen hatte, antwortete ich ausweichend, ich sei augenblicklich nicht in Seoul und könne daher ihrer Bitte nicht sofort nachkommen. Meine Mutter entgegnete, ich solle am nächsten Morgen losfahren, bei Tagesanbruch. Auf meine Frage, wohin ich fahren solle, teilte sie mir mit, ich möge sie anrufen, wenn ich in Namcheon angekommen sei, und sie gab mir eine Telefonnummer.

»Ist irgendetwas passiert?«, tat ich unwissend, bevor ich das Gespräch beendete. »Komm her, dann wirst du es erfahren«, erwiderte sie. Das war alles.

18

Meinem Bruder passte das alles überhaupt nicht. Er wollte wissen, warum er nach Namcheon fahren solle, wo er nie zuvor gewesen sei und keine Verwandten habe. Als ich ihm die Nachricht von Mutter mitteilte, reagierte er gereizt und ablehnend. Es war sicher nicht leicht für ihn, ohne ersichtlichen Grund eine Fahrt ins Blaue zu unternehmen, zumal wenn man U-Hyeons verschlossenen Charakter berücksichtigte. Dabei war mein Bruder vor seinem Unfall ein aktiver und abenteuerlustiger Mensch gewesen. Ich versuchte, ihn zu überreden, indem ich ihm erklärte, dass es schließlich Mutter war, die mich angerufen hatte. Aber er schüttelte trotzig den Kopf, und es würde nicht einfach werden, seine Meinung zu ändern. Mir war zwar nicht ganz klar, warum, aber anscheinend hatte irgendetwas sein Misstrauen erregt, was es noch schwieriger machte, ihn umzustimmen. Er wollte unbedingt wissen, warum Mutter mich gedrängt hatte, ihn dorthin zu bringen. Als ich darauf nicht antwortete, verzog er seine Lippen zu einem wissenden Grinsen, als wolle er sagen: »Hab ichs doch gewusst!«

»Fahr doch allein«, erteilte er mir eine Absage, in einem Tonfall und mit einer Miene, die so viel sagten wie: »Darauf fall ich nicht rein!«

Ich machte ihm erneut deutlich, dass ich den Grund für Mutters Aufforderung nicht kannte, jedoch überzeugt sei, es gehe ihr ausschließlich um ihn, wobei mir lediglich die Rolle des Chauffeurs zukäme. Mein Bruder aber schüttelte nur den Kopf.

Notgedrungen begab ich mich zu meinem Vater ins Zimmer, in der Hoffnung auf Hilfe von seiner Seite.

»Ist eure Mutter noch in Namcheon?«

Mein Vater schien ein lebhaftes Interesse an meinen Ausführungen zu haben. Dass er seinen Blick vom Go-Brett abwandte und mich direkt ansah, offenbarte seine Neugier.

Ich war ein wenig verlegen, doch ich tat so, als wisse ich von nichts, und entgegnete: »Anscheinend.«

Dann fragte ich ihn, wen es dort gebe. Mein Vater schien einen Augenblick zu überlegen und eine schwerwiegende Entscheidung zu treffen. Er ging mit entschlossener Miene ins Zimmer meines Bruders. Ich folgte ihm.

Ohne sich zu setzen, sprach mein Vater sanft den Namen meines Bruders aus und fuhr fort: »Fahr dorthin! Man wartet offenbar auf dich …« Mehr sagte er nicht, aber ich war sicher, er würde meinen Bruder überzeugen. Dieser wollte etwas erwidern, doch mein Vater verließ den Raum, ohne eine Antwort abzuwarten.

Die Frage, die meinem Bruder auf der Zunge lag, beschäftigte auch mich. Die malerische Szene von dem Haus auf der Klippe, die ich am helllichten Tag gesehen hatte, die Palme und die Gestalten der beiden Menschen unter dem Baum, das alles schien in weite Ferne gerückt, wie in einem Traum. Die entschlossene und energische Haltung meines Vaters deutete darauf hin, dass er den Grund kannte, weshalb meine Mutter ihre beiden Söhne, oder wohl eher nur U-Hyeon, nach Namcheon bestellt hatte, warum sie überhaupt dorthin gefahren war, wer in Namcheon wohnte und vermutlich auch, in welcher Beziehung sie zu dieser Person stand. Solange ich die Frage, die mir auf dem Herzen lag, nicht loswurde, konnte ich irgendwie nicht einschlafen.

Ich hatte erwartet, dass mein Vater in sein Zimmer zurückgekehrt wäre, fand ihn aber im Garten. Es war für mich weder außergewöhnlich noch sonderbar, dass sich mein Vater im Garten um die Pflanzen kümmerte, ihn jedoch zu einer Stunde dort anzutreffen, zu der es schon sehr dunkel war, befremdete mich. Ich blieb an der Haustür stehen und sah eine Weile ruhig zu, wie er die Pflanzen goss. Sein Rücken, auf dem die Dunkelheit schwer lastete, wirkte noch gebeugter als gewöhnlich und rief mein Mitleid hervor.

Ich fragte mich, ob mein Vater jemals glücklich gewesen war. Ich hatte den Eindruck, dass dies weder für die Vergangenheit noch für die Gegenwart zutraf. Man sagt, dass nur Eheleute wissen, wie es um sie steht, aber jeder konnte sehen, dass meine Mutter nicht sehr zärtlich zu ihrem Mann war. Tatsächlich verhielt er sich umgekehrt auch nicht anders. Ich konnte mich nicht erinnern, dass sie je über ein Thema ernsthaft diskutiert oder über einen Witz gemeinsam gelacht hätten. Von außen besehen, gab es keine Probleme, aber bei genauerer Betrachtung konnte man die Zerrüttung erkennen. Gleichgültigkeit, auf das Notwendigste beschränkte Gespräche und das Nichteinmischen in die Belange des anderen zeugten von dem katastrophalen Zustand der Beziehung. So gesehen musste auch Mutter weit davon entfernt sein, eine glückliche Ehe zu führen. Dennoch war es an diesem Abend nicht einfach, das Mitleid und das Mitgefühl Vater gegenüber zu unterdrücken. Sicher hatte das merkwürdige Erlebnis in Namcheon, dessen wahrer Hintergrund noch nicht geklärt war, mich aufgewühlt. Ich war sehr versucht, Vater von den Vorkommnissen in Namcheon zu erzählen. Doch es schien mir weder besonnen noch vernünftig zu sein, mich von einer Welle des Mitleids mitreißen zu lassen. Ich hatte mir vorgenommen, nie wieder leichtsinnig zu handeln. Ich ging in Gedanken noch einmal Schritt für Schritt mein Erlebnis von Namcheon durch. Die eigentümliche Szene, in der sich zwei unvollkommene Körper zu einem vollkommenen Gebilde vereinigt hatten, erinnerte an eine feierliche Zeremonie. Die Bezeichnung Ritual schien mir zutreffender, als von Fata Morgana, Traum oder Einbildung zu sprechen. Doch was für ein Ritual sollte das gewesen sein?

»Wer wartet dort auf ihn?«, entschlüpfte es mir, während ich mich meinem Vater von hinten näherte. Er fuhr mit seiner Beschäftigung fort, als habe er mein Näherkommen nicht bemerkt. »Vater, du sagtest vorhin: ›Fahr dorthin! Man wartet auf dich.‹ Es klang so, als sei die Person, die uns in Namcheon erwartet, nicht unsere Mutter, als wüsstest du etwas, worüber wir im Dunkeln tappen. Ich hatte den Eindruck, du kennst den Grund für Mutters Fahrt nach Namcheon und wieso U-Hyeon und ich dorthin fahren sollen. Vater …«

Bis dahin kam ich, dann schloss ich den Mund. Denn mein Vater hatte sich zu mir umgewandt, den Finger auf die Lippen gelegt und bedeutete mir mit einem »Psst!« zu schweigen. Er saß in der Hocke vor einem Bäumchen und fuhr zärtlich mit den Fingern über dessen Blätter. Ich war neugierig, weshalb er mich zum Schweigen gebracht hatte, aber genau aus diesem Grund konnte ich ja nicht fragen.

Mein Vater murmelte irgendetwas vor sich hin, während er die Blätter streichelte. Zweifelsohne sprach er zu dem Bäumchen. Aber für mich war es nicht zu verstehen, und der Baum hatte keine Ohren, weshalb er natürlich auch nichts hören konnte, dachte ich so bei mir. Als wolle er meine Gedanken richtigstellen, erklärte mir mein Vater ruhig, auch Bäume hätten Gefühle. »Berühr mal das Blatt mit der Hand!« Der Vorschlag befremdete mich ein wenig, aber ich dachte, ihm war es vielleicht möglich, etwas zu spüren, denn seine nahezu einzige Beschäftigung bestand darin, Pflanzen zu pflegen. Daher legte ich nach seiner Anweisung meine Hand auf das Blatt. Es fühlte sich nur kalt an, wie die Abendluft. Ich sagte ihm, ich empfände nichts außer der Kühle. Mein Vater riet mir, dem Baum Zuneigung und Vertrauen entgegenzubringen. »Wie denn?«, fragte ich ein wenig ratlos. »Die Liebe muss von Herzen kommen«, erklärte er und fügte hinzu, »streichle sanft über das Blatt und flüstere dem Baum zu, dass du ihn magst. Die Pflanze nimmt über ihre Oberfläche und die deiner Hände wahr, was du im Herzen fühlst.«

Er trug seine Erklärungen ganz ernst vor, weshalb ich mich dem Blatt zuwandte und flüsterte, dass ich es liebe. Dennoch empfand ich nichts. Der Baum schien mein Bekenntnis nicht gehört zu haben und reagierte nicht darauf. Und selbst wenn er etwas empfunden und darauf reagiert hätte, wäre das nutzlos gewesen, solange ich keine Rezeptoren hatte, mit denen ich seine Erwiderung aufnehmen konnte. Zuneigung basiert auf Gegenseitigkeit. Mein Vater sagte, dass die raue Oberfläche des Blattes warm und sanft werden würde, wie die Haut eines Menschen. Ich wartete darauf, dass die Oberfläche des Blattes, das ich berührte, warm und sanft werden würde, aber nichts dergleichen geschah. Ich äußerte erneut, dass ich keine Veränderung spürte. Das liege daran, dass ich nicht aufrichtig zu dem Baum sei, erwiderte mein Vater.

»Die Pflanzen blicken dem Menschen in die Seele. Ich kann es nicht begründen, aber es heißt, Pflanzen besäßen ein erstaunliches, übersinnliches Wahrnehmungsvermögen. Ich las in einer Zeitschrift über Eichenbäume, die erzittern, wenn sich der Holzfäller nähert, und Karotten, die in Gegenwart eines Hasen ihre Farbe verlieren. Pflanzen sind auch gefühlsbegabte Lebewesen. Sie empfinden Schmerz, Trauer und Glück. Sie erkennen intuitiv, ob ein Mensch lügt oder die Wahrheit sagt. Geheuchelte Liebe kann keine Reaktion hervorrufen. Wie bei einem Menschen muss man ehrlich sein, um Zuneigung spüren zu können«, schloss mein Vater seinen schulmeisterlichen Vortrag.

Er ging zu einem anderen Baum. Auch diesmal vernahm ich, wie er dem Baum etwas zuraunte, doch nach wie vor erschloss sich mir der Inhalt nicht. Ich folgte ihm, entschlossen, all meine Wahrhaftigkeit und aufrichtige Liebe zum Ausdruck zu bringen. Doch es war kein einfaches Unterfangen, ehrliche Liebe für einen Baum zu empfinden, weshalb es mir nicht gelang, eine positive Resonanz wahrzunehmen.

Wenn ich ehrlich war, glaubte ich meinem Vater auch nicht so recht. Dass ich ihn dennoch verstehen konnte, stand auf einem anderen Blatt. Mit einem Mal erschien es mir genauso absurd, für Pflanzen Sympathie zu hegen, wie der Versuch, mit Außerirdischen Kontakt aufzunehmen. Im nächsten Augenblick kam ich mir lächerlich vor, und ich zog schnell die Hand von dem Blatt zurück. Mein Vater sah beinahe aus wie die Bäume, die er berührte. Ich änderte meinen Tonfall, als Zeichen, dass ich das absurde und irrwitzige Spiel nun beenden wollte: »Vater, du hast noch nicht darauf geantwortet, warum wir nach Namcheon fahren sollen.« Meine Stimme klang irgendwie gepresst, als zöge sie den Kürzeren gegen die magische Stimmung, die von dem dunklen Garten ausging, den mein Vater geschaffen hatte. Trotz meiner Beharrlichkeit schien mein Vater nicht gewillt, mir eine Antwort zu geben. Das war nicht ungewöhnlich, um nicht zu sagen, es war typisch für ihn. Trotzdem fühlte ich Bedauern, vor allem weil er mir den Eindruck vermittelte, zu einer anderen Welt zu gehören. Nein, eigentlich gab die Atmosphäre im Garten mir das intensive Gefühl, aus einer anderen Welt zu sein. Da mein Herz offensichtlich nicht imstande war, Leidenschaft für den Garten zu zeigen, blieb mir nichts anderes übrig, als mich zurückzuziehen.

In derselben Nacht träumte ich davon, dass mein Vater sich in einen Baum verwandelte. Aus seinem Körper wuchsen Wurzeln und Äste, die Blätter trieben. Der Stamm bohrte sich in das dicke Erdreich und schlug tiefe Wurzeln. Die Wurzeln gruben sich immer weiter durch Erde und Sand bis zum Felsengrund und erreichten schließlich das Meer. Sie breiteten sich nach allen Seiten aus, als wollten sie den Ozean umarmen, und der Stamm schoss in die Höhe, dem Firmament entgegen. An seiner Spitze sprossen Blätter und formten ein Windrad. Auf einer Klippe am Rande des tiefblauen Meeres stand eine Palme. Ihr Schatten ragte bis ans Ende der Welt. Am Fuße des Baumes lagen nackt ein Mann und eine Frau. Ihre Körper waren ineinander verschlungen. Der Körper des Mannes verschwand in dem der Frau und umgekehrt der Frauenkörper in dem seinen. So verschmolzen sie zu einem einzigen Menschen. Krachend fiel plötzlich ein Palmenblatt herunter und bedeckte ihre Körper. Hier endete mein Traum. Ich stieß meine Decke mit den Füßen von mir und fand zurück in die Realität.

19

Die Erinnerung an die unwirkliche Erscheinung der Palme an der Steilküste von Namcheon veranlasste mich, die Kamera einzupacken. Sobald er dort ankäme, würde mein Bruder sicherlich Lust kriegen, den Auslöser zu betätigen. Ich kann nicht behaupten, dass ich mich wie auf einer Landpartie fühlte, aber ich fuhr in gehobener Stimmung nach Namcheon, in der Hoffnung, dass es keinen besseren Ort gäbe, um die Leidenschaft meines Bruders für das Fotografieren wieder zu wecken. Dennoch hatte ich nach wie vor keine weiteren Informationen über den Zweck unserer Reise und musste mich daher mit meiner undefinierbaren Unruhe und Nervosität in Bezug auf das Bevorstehende auseinandersetzen.

Während der vier Stunden auf dem Weg dorthin sprach mein Bruder kein einziges Wort. Nach seinem letzten Anfall war er noch verschlossener geworden und wich sogar meinen Blicken aus. Sobald er im Auto saß, schloss er die Augen und war bald in den Schlaf gesunken. Er konnte aber nicht tief geschlafen haben bei so einer unruhigen, schnellen Fahrt. Immer wieder wechselte mein Bruder seine Position. Sicherlich hatte er die Kameratasche neben meinem Sitz wahrgenommen, aber er tat, als habe er sie nicht bemerkt. Es brannte mir auf der Zunge, irgendetwas zu sagen. Ich hütete zwei Geheimnisse, von denen mein Bruder keine Ahnung hatte. Beide hatten irgendwie mit ihm zu tun. Vor zwei Tagen hatte ich Sun-Mi aufgespürt und herausgefunden, mit wem sie war. Am Vortag war ich in Namcheon gewesen und hatte Mutter beobachtet. Doch ich behielt beide Vorkommnisse für mich. Vielleicht würde irgendwann die Zeit kommen, ihn einzuweihen, nur jetzt noch nicht, überlegte ich.

Als wir unser Ziel erreichten, rief ich die Telefonnummer an, die Mutter mir gegeben hatte. Ein Mann nahm den Hörer ab. Er bat mich, einen Moment zu warten, und reichte den Hörer an Mutter weiter. »Wo bist du?«, erkundigte sie sich. Ich nannte den Namen eines großen Gebäudes, das mir ins Auge fiel. Meine Mutter beschrieb mir den Weg. Ich hörte nur mit halbem Ohr zu, da ich die Route ja schon kannte. Sie wies mich an, auf einem Hügel zu halten, von wo aus man das Meer sehen könne. »Ich werde euch dort erwarten.« Ich befolgte ihre Instruktionen.

»Hier ist es. Die Landschaft ist unbeschreiblich schön …«, sagte ich zu meinem Bruder gewandt, als ich den Wagen angehalten hatte. Er hatte die Augen einen Spaltbreit geöffnet und blickte über das Meer zu unseren Füßen. »Also, hier«, sagte er. Und seine Stimme klang, als wisse er bereits, wo wir waren, oder als sei er schon einmal da gewesen. Doch ich machte mir schnell klar, dass das auf keinen Fall sein konnte, weil er ja nicht wie ich von jemandem beauftragt worden war, Mutter nachzuspionieren.

Mutter wartete auf uns, und es kam mir so vor, als sei ihr Gesicht binnen eines Tages deutlich eingefallen. Während ich die Wagentür öffnete und ausstieg, stand sie regungslos und mit leerem Blick da. Entweder war sie in Gedanken versunken oder durch ein schockierendes Ereignis gelähmt. Mir kam die

Begebenheit vom Vortag in den Sinn, als ich aus meinem Versteck heraus heimlich meine nackte Mutter beobachtet hatte, und ich brachte es nicht fertig, ihr in die Augen sehen.

Während ich den Rollstuhl meines Bruders aus dem Kofferraum holte, begrüßte ich sie betont lautstark: »Wir sind da, Mama!« Jetzt erst reagierte sie, als hätte sie uns gerade eben erst wahrgenommen, und kam auf uns zu. Ich hob meinen Bruder in den Rollstuhl. Meine Mutter ging hinter den Rollstuhl und fasste ihn an den Griffen. Während ich noch den Kofferraumdeckel schloss, das Fenster auf der Fahrerseite hochkurbelte und die Kameratasche aus dem Wagen nahm, hatte meine Mutter den Rollstuhl bereits in Richtung des schmalen Pfades geschoben. An dessen Ende warteten die Klippe, das Haus und die Palme darauf, von uns entdeckt zu werden. Ich fand, dass es nun an der Zeit war, von Mutter eine Erklärung zu erhalten. Aber der Ausdruck ihres Gesichts war so verändert, dass ich nicht wagte, sie darauf anzusprechen. Mein Bruder schien das Gleiche zu denken wie ich. Seine Mundwinkel zuckten, als wolle er etwas sagen, während er sich zu mir umdrehte.

Der Weg wurde nun steiler, wodurch der Rollstuhl immer langsamer wurde. Ich legte eine Hand auf den Griff des Gefährts und sagte: »Ich werde ihn schieben.« Meine Mutter sah mich an, als wäre sie erstaunt über meine Anwesenheit. »Ki-Hyeon, du …«, begann sie und stockte, dann wandte sie ihr Gesicht ab. Schweißperlen standen ihr auf der Stirn.

»Was ist?«, fragte ich, »willst du mir sagen, ich darf nicht mitkommen?« Meine Frage klang ein wenig herausfordernd in meinen Ohren. Auch sie fasste es so auf, denn sie stotterte: »Nein, darum geht es nicht, aber …« Es war ganz deutlich zu erkennen, dass sie sich keine Gedanken über meine Anwesenheit gemacht hatte, was ich nicht so recht verstand. Sie wirkte ganz anders als sonst.

Bevor sie weiterreden konnte, packte ich einfach beide Griffe des Rollstuhls. »Lass uns weitergehen, Mama!« Beherzt schob ich los. »Erzähl uns doch bitte im Gehen, wo wir sind und was wir hier sollen!« Meine Mutter blieb einen Moment stehen, bevor sie wieder einen Fuß vor den anderen setzte. Nachdem sie einige Schritte gegangen war, öffnete sie zaghaft den Mund und erkundigte sich, ob unser Vater gar nichts erzählt hätte. Ich dachte daran, wie mein Vater in der Nacht zuvor über die Gefühle der Pflanzen geredet hatte, doch es war mir klar, dass sie sich nicht darauf bezog, und entgegnete: »Nein.«

»Ich hatte angenommen, dass er euch dazu etwas sagen würde ...« Ihr Murmeln verriet einen gewissen Vorwurf.

»Ich glaube, Vater wollte auch etwas sagen«, setzte ich an, hielt dann aber inne. Denn obgleich sich mir dieser Gedanke aufgedrängt hatte, war ich nicht sicher.

»Wir sind auf dem Weg zu jemandem«, erklärte Mutter nach einer Weile. Doch nach diesen Worten verfiel sie erneut in Schweigen.

»Und zu wem?«, drängte diesmal mein Bruder ungeduldig.

»Ihr seht ihn zum ersten Mal«, antwortete meine Mutter mit einem Zittern in der Stimme.

Ich musste schlucken und fragte: »Wer ist er?«

»Und dieser Jemand ist nicht mehr von dieser Welt.« Ihre Stimme bebte immer noch.

»Um wen handelt es sich denn?«, erkundigte sich mein Bruder so ungeduldig, als würde er im nächsten Moment aufspringen. Nichts interessierte uns im Moment mehr als dieser Mensch, was unsere abwechselnden Fragen bewiesen. Ich spürte am Klang seiner Stimme, dass mein Bruder etwas ahnte und wahrscheinlich das Gleiche von mir dachte.

Da rückte der Ozean in unser Blickfeld. Das tiefblaue, ungezähmte Meer, dem die glitzernden weißen Schuppen unablässig über den Körper rollten. Der Himmel spiegelte sich im Wasser. Auch die hochgeschossene Palme kam in Sicht. Mit einem Ausruf der Bewunderung hob mein Bruder die Hand, um seine geblendeten Augen zu beschatten.

»Wo sind wir hier?«, wollte er wissen. Ich beglückwünschte mich zu der Idee, die Kamera mitgebracht zu haben. Die Hoffnung, er würde wieder mit dem Fotografieren beginnen, ließ mein Herz höherschlagen. Allerdings wusste ich gut, dass ich es nicht überstürzen durfte. Ich durfte ihn nicht reizen. Ich blieb stehen, und auch Mutter hielt an. Unsere Blicke, die aufs Meer gerichtet gewesen waren, wanderten nun in den Wipfel der Palme.

Nachdem sie eine Weile mit geschlossenen Augen dagestanden hatte, wischte sie mit den Fingern die Feuchtigkeit aus ihren Augenwinkeln und sagte ruhig: »Den Baum hat er gepflanzt …«

20

Den Baum hat er gepflanzt …

So hatte meine Mutter begonnen, beendete den Satz jedoch nicht. Sie zögerte und zauderte, die Worte schienen ihr im Hals stecken zu bleiben. Offensichtlich wollte sie sich dem Unausweichlichen noch nicht stellen, oder das Bekenntnis nötigte ihr eine große Überwindung ab. Mit einem Mal kam mir der Gedanke, sie zählte vielleicht darauf, mein Bruder und ich würden Mitleid empfinden. Aber vermutlich lag ich da falsch. Meine Mutter wusste sehr genau, dass mancher Kelch nicht an einem vorübergeht, sosehr man es sich auch wünscht. So musste alles einmal ans Tageslicht kommen. Sie war gerade noch fest entschlossen gewesen, nicht weiter hinauszuzögern, was sie bis dahin vor sich hergeschoben hatte. Mein Bruder und ich hatten keine Veranlassung dazu, ihr das zu ersparen. Wir mussten einzig und allein geduldig darauf warten, bis die Worte, die ihr wie Gräten im Hals stecken geblieben waren, aus ihr herausbrechen würden. Das konnten wir ihr nicht abnehmen.

Darüber war ich mir vollkommen im Klaren, und ich vermutete, mein Bruder sah es genauso. Wir ertrugen das lange und bedrückende Schweigen, als müssten wir uns erst würdig erweisen, ihre Geschichte hören zu dürfen. Endlich zahlte sich diese Geduld aus.

Unvermittelt ließ sich meine Mutter mit einem Plumps ins Gras fallen. Die Halme, steif wie gestärktes Leinen, knickten mit hörbarem Knacken um. War jetzt der letzte Widerstand gebrochen? Mutter seufzte und fasste sich an den Kopf. War ihr schwindlig? Ich spürte plötzlich, wie meine Hände sich vor Anspannung verkrampften und die Griffe des Rollstuhls fest umklammert hielten. Mein Blick glitt in die Ferne. Der grüngraue Stamm der himmelhohen Palme tauchte in meinem Gesichtskreis auf. Sie war so ungewöhnlich für diese Küste, dass sie eine unwirkliche Atmosphäre schuf.

»Wie soll ich beginnen?« Meine Mutter machte ein bekümmertes Gesicht. Zugleich war das jedoch die Ankündigung, dass ihre Beichte unmittelbar bevorstand. Sie war bereit, die Gräten endlich auszuspucken. »Ich lernte ihn kennen, als ich im Löwenzahn angestellt war«, brachte sie mühsam über die Lippen. Damit gab sie uns zu verstehen, warum sie so lange überlegt und gezögert hatte. Es ging darum, ihr früheres, uns unbekanntes Leben ganz oder in Teilen zu offenbaren. Sie wusste, dass die Enthüllung eines kleinen Teils eines großen Geheimnisses zwangsläufig dazu führt, dass Stück für Stück alles ans Tageslicht kommt. Meine Mutter war jetzt Besitzerin des Lokals, aber es war allgemein bekannt, dass sie früher als Bedienung im Löwenzahn gearbeitet hatte. Neu hingegen war, dass sie dort den Mann getroffen hatte, der die Palme gepflanzt hatte.

»Damals war ich einundzwanzig Jahre alt«, erklärte sie. Sie sah zum Himmel empor. Mein Bruder schaute zu Boden, und ich starrte aufs Meer. Jeder von uns mied den Blick des anderen. Meine Mutter wirkte wie eine Angeklagte vor Gericht, die das Urteil erwartete. Nicht nur sie, wir alle drei benahmen uns so. Vor allem mein Bruder und ich. Als meine Mutter erwähnte, dass sie damals gerade volljährig geworden war, spürte ich einen Stich in meiner Brust. Ich sah es als Beweis. Als Beleg dafür, dass ich instinktiv spürte, dass das, was sie uns mitzuteilen hatte, nicht nur ihr Leben, sondern auch das unsere betraf.

»Ich war einundzwanzig, ich war fremd in der Stadt und kannte das Leben noch nicht«, sagte sie und fügte hinzu, »meine Welt war eben sehr klein.« Meine Mutter erzählte von ihrem Vater, der zeit seines Lebens nie mit seiner Hände Arbeit Geld verdienen musste, der dem Müßiggang gefrönt und viele Knechte beschäftigt hatte, der gerne über die alten Zeiten geredet und die Zeit mit Bücherlesen, Glücksspiel und Trinken verbracht hatte, der zum Ende seines Lebens hin herumvagabundiert war, ohne den Tod seiner Frau mitzubekommen, und der schließlich seinen kranken Körper in die Obhut seiner gerade einmal zwanzigjährigen Tochter gegeben hatte. Während sie davon berichtete, wurden ihre Augen feucht. Mutter betreute zu jener Zeit als Hauslehrerin den einfältigen, ungezogenen und äußerst faulen Sohn eines Neureichen, der in Zeiten gesellschaftlichen Umbruchs zu viel Geld gekommen war. Dafür erhielt sie freie Kost und Logis, was ihr den Besuch der Universität ermöglichte. Doch dann tauchte ihr kranker Vater wieder auf. Das bedeutete den Verzicht auf ihr Studium. Andernfalls hätte sie ihren Vater vernachlässigen müssen, was schwieriger gewesen wäre, als das Studium abzubrechen. Wenn er wenigstens nicht krank gewesen wäre oder zumindest in der Lage, sich selbst fortzubewegen, hätte sie ihn sich selbst überlassen können, erklärte sie uns. Doch das hätte sie meines Erachtens trotzdem nicht getan, denn in ihrer kleinen Welt, so wie sie sie sah, kümmerte sich eine Tochter in jedem Fall um ihren Vater. Die Welt ist immer nur so groß wie das Bild, das man sich von ihr macht.

Sie war von entfernten Verwandten aus der Heimat benachrichtigt worden, ließ die Universität hinter sich und kehrte nach Hause zurück. Dort traf sie ihren Vater wieder, dessen geistiger und körperlicher Verfall weit fortgeschritten war. Es war ihr schleierhaft, wie er es in diesem Zustand nach Hause hatte schaffen können. Kein einziges Organ gab es, das nicht kaputt war – Körper und Verstand, alles war betroffen. Ohne lange nachzudenken, brachte sie ihn in ein Krankenhaus in der Stadt und brach definitiv ihr Studium ab. Sie hatte keine andere Wahl.

Doch es fehlte ihr an Geld. Die Einzigen in ihrem Umfeld, die genug davon hatten, waren die Eltern des dummen, faulen Balgs, das sie betreute. Meine Mutter sah keine andere Möglichkeit, als sie um Hilfe zu bitten. Sie machte sich allerdings keine allzu großen Hoffnungen, denn selbst wenn die Eltern sie schätzten, welche Veranlassung hätten sie, ihr finanzielle Unterstützung zu gewähren?

»Ich bedaure deine schwierige Situation außerordentlich«, betonte der Hausherr zwar mitleidig, aber seine Miene verriet allzu deutlich, dass sie auf keinen Geldsegen seinerseits zu hoffen brauchte. Meine Mutter war am Boden zerstört. Da machte ihr die Hausherrin einen unerwarteten Vorschlag. Sie hatte ihr Gegenüber bis dahin von Kopf bis Fuß eingehend studiert und meinte: »Da gäbe es eine Möglichkeit.« Es war, als werfe sie meiner Mutter einen Köder hin. »Hast du vielleicht Lust, in unserem Laden zu arbeiten?« Bis dahin hatte die Angesprochene nicht gewusst, was für eine Art von Geschäft ihre Arbeitgeber führten, und es hatte sie auch nicht interessiert. Nun fragte sie zwar danach, doch ungeachtet der Antwort hatte sie ihre Entscheidung schon getroffen. Wichtig war einzig und allein, Geld zu verdienen, alles andere war nebensächlich. Wenn sie eine Festanstellung bekommen könnte, wäre das noch besser, dachte sie sich. »Wir betreiben in der Stadtmitte ein großes Lokal. Es heißt Löwenzahn. Es ist keine Gaststätte für jedermann, sondern ein exklusives Restaurant, in dem die Mächtigen und Reichen verkehren. Für uns wäre es vorteilhaft, wenn uns dort eine vertrauenswürdige Person wie du helfen könnte, zum Beispiel an der Kasse …« Dann erging sich die Hausherrin in Lobeshymnen über meine Mutter und bot ihr an, das benötigte Geld vorzustrecken, sodass sie es in aller Ruhe würde zurückzahlen können. »Mit der Summe kannst du sicher deinen Vater im Krankenhaus unterbringen und zusätzlich eine Zweizimmerwohnung mieten«, führte die Hausherrin weiter aus. Meine Mutter war davon so gerührt, dass sie sich den ganzen Tag über immer wieder bei ihr bedankte.

Eine Woche später wurde Mutter im Löwenzahn angestellt. Zwei Monate lang saß sie danach an der Kasse. Die Speisen und Getränke aufzurechnen, abzukassieren und in das Kassenbuch einzutragen, war äußerst simpel und ging ihr mühelos von der Hand, sodass ihr viel freie Zeit blieb, weshalb jedoch auch die Bezahlung gering war. Mit diesem Einkommen gestaltete es sich schwierig, neben den ärztlichen Honoraren auch noch die Zinsen für das Geld, das sie sich geliehen hatte, zu begleichen. Es schien ihr unmöglich, in absehbarer Zeit die stetig wachsenden Schulden zurückzuzahlen. Wie schon einmal machte ihre Brotherrin ihr unter vier Augen ein verlockendes Angebot. Wenn sie Gäste bediente, läge der Grundverdienst höher, und dazu käme noch ein erkleckliches Trinkgeld, das das feste Einkommen locker übertreffen könne. Man erzählte sich von einer Frau, die eine ganze Wohnung als Trinkgeld erhalten habe. Doch das war es nicht, was meine Mutter zu diesem Schritt bewog. Das Krankenhaus, in dem ihr Vater lag, verlangte immer neue Behandlungsgebühren, und sie hatte keine Ersparnisse. Der Druck, sich irgendwie Geld beschaffen zu müssen, lastete schwer auf ihr, und es gelang ihr nicht, sich davon zu befreien. Nach drei Monaten begann sie, Gäste zu bedienen. Damals war sie einundzwanzig Jahre alt.

21

Mit einundzwanzig Jahren also war meine Mutter diesem Mann im Löwenzahn begegnet. Zunächst hatte sie keine Vorstellung davon, um wen es sich handelte. Sie interessierte sich nicht für die Menschen, die das Restaurant besuchten. Natürlich erfuhr sie zwangsläufig einiges über die gesellschaftliche Stellung der Gäste, aber sie legte es nicht darauf an.

Die Begleiter, die mit dem Mann zusammen gekommen waren, hatten ihn mit »Sekretär« angesprochen. Ihr war diese Berufsbezeichnung fremd. Sie hatte keine Ahnung, was und wo jemand mit diesem Titel arbeitete, und es war ihr auch gleichgültig. Er war einer von vielen Gästen, die im Löwenzahn verkehrten. Und er war seit Langem Stammgast, daher konnte man nicht behaupten, dass er nur kam, um sie zu sehen.

Doch irgendwann begann er, Interesse an ihr zu zeigen. Immer wenn er das Löwenzahn besuchte, wollte er von meiner Mutter bedient werden. Er kam meistens am Abend in Begleitung von drei, vier oder noch mehr Leuten, nahm sein Mahl zu sich, trank dabei Alkohol und ging einige Stunden später wieder. Gelegentlich blieb er bis über Mitternacht, aber das war sehr selten. Dass seine Besuche im Löwenzahn ein wenig zunahmen, fiel nicht weiter auf. Auch früher war so etwas schon öfter vorgekommen. Eine Weile zeigte er sich fast jeden Abend, danach ließ er sechs Monate lang nichts mehr von sich sehen. Dann jedoch erschien er zu später Stunde allein im Löwenzahn, nur um etwas zu trinken, was bis dahin noch nie der Fall gewesen war. Diese Veränderung seiner Gewohnheiten konnte nicht unbemerkt bleiben. Meine Mutter wurde zur Zielscheibe von Neid und Getuschel, nachdem zunächst der Besitzer des Restaurants und seine Angestellten, später auch die Gäste merkten, dass sie der Grund für das veränderte Verhalten war.

Er war kein Mensch der vielen Worte. Er mochte gerne Alkohol, trank aber nicht im Übermaß. Wenn sie seinen Becher füllte, nippte er nur, jeden Schluck genießend, und goss auch meiner Mutter ein. Doch er verlangte nicht von ihr mitzutrinken. Selbst in angeheitertem Zustand erlaubte er sich keine Vertraulichkeiten ihr gegenüber. Dieser Punkt nahm sie ganz besonders für ihn ein, denn von unanständigen Gästen, die sich unter Alkoholeinfluss ausfällig benahmen, war sie gewohnt, zum Mittrinken genötigt zu werden. Die beiden sprachen wenig miteinander. Meist betrachtete er ihr Gesicht, während er ruhig zu Abend aß oder seinen Drink genoss, dann erhob er sich mit den Worten: »Ich muss gehen« und zog sich zurück. Einmal blieb er höchstens zwanzig Minuten, bevor er wieder aufbrach. Nicht weil ihn ein Notfall zum Gehen gezwungen hätte, kaum dass er sich gesetzt hatte, sondern weil er trotz seiner Termine kurz ihr Gesicht sehen wollte. Diese Stippvisiten kamen nun öfter vor. Es gab niemanden im Löwenzahn, der nicht darüber Bescheid gewusst hätte, dass er sich bewusst Zeit nahm und dorthin kam, um sie zu sehen. Allerdings sagte er das so nicht.

Außergewöhnlich war, dass er nichts von ihr verlangte. Hätte er im Zustand der Trunkenheit angefangen, ihr Avancen zu machen, wäre sie sofort in Abwehrstellung gegangen. Er verhielt sich so, als wäre ihm die Art und Weise nicht geläufig, in der sich Männer gewöhnlich an Frauen heranmachten. Wenn er schon etwas angeheitert war, bat er nur, seinen Kopf in ihren Schoß legen zu dürfen. Seit sie zu einer gewissen Vertrautheit gefunden hatten, ließ sie ihn diesbezüglich gewähren. Wenn er mit geschlossenen Augen auf ihrem Schoß lag, sah er friedlich aus, wie ein Kind. Befreit von der Last des Tages, waren seine Züge ganz entspannt. Dann empfand sie Mitleid mit ihm, der ohne Unterlass arbeitete und der nicht unbesorgt schlafen konnte. Sie war stolz darauf, dass sie ihm, wenngleich nur vorübergehend, etwas Ruhe geben konnte. Während er etwa eine halbe Stunde entspannt und friedlich schlummerte, empfand sie ein Gefühl des Glücks. Ihn in ihrem Schoß fest schlafen zu lassen, erfüllte sie zunehmend mit Zufriedenheit.

So entwickelte sich allmählich eine tiefe Zuneigung, wie eine Knospe, die sich unbemerkt entfaltet. War das Liebe? Wenn nicht, was war es dann?

Eines Abends kam er allein ins Löwenzahn. In dieser Nacht hatte er schon irgendwo gezecht. So etwas hatte meine Mutter bis dahin noch nicht erlebt, zumindest soweit sie sich erinnerte. Zwar war er nicht so betrunken, dass er sich nicht mehr aufrecht halten konnte, aber seine Zunge war schwer. Kaum hatte er sich gesetzt, verlangte er Alkohol und begann zu trinken. Sie versuchte, auf ihn einzuwirken, lieber aufzuhören, er habe offenbar schon genug, doch er hörte überhaupt nicht zu. Aus irgendeinem

Grund schien er erregter als sonst. »Jetzt ist Schluss!«, sagte er einmal und rief dann: »Haltet ihr mich für einen Clown?« Oder er murmelte vor sich hin: »Ich fühle mich erbärmlich, wenn ich Yun-Hee gegenübersitze. Ich will kein Feigling mehr sein!« Yun-Hee, damit war meine Mutter gemeint. Es war der Name, den sie im Löwenzahn trug. Heutzutage benutzt sie ihn nicht mehr. Eigentlich heißt sie Seo Young-Suk. Seine Worte waren völlig zusammenhangslos, deshalb begriff meine Mutter den Sinn nicht. Sie erinnerte sich nur daran, wie er ihre Hände so fest gepackt hielt, dass ihre Finger taub wurden.

Dann konnte er sich nicht länger aufrecht halten und sackte zu Boden. Nie zuvor hatte er sich in ihrer Gegenwart so gehen lassen, doch an diesem Tag konnte er sich der Wirkung des Alkohols nicht entziehen und war schließlich zusammenklappt. Aus seinem zusammenhangslosen Gebrabbel zuvor hatte sie geschlossen, dass der Alkohol nicht die eigentliche Ursache für den Zusammenbruch war. Sie legte seinen Kopf in ihren Schoß. Doch anders als sonst schien er nicht in der Lage zu sein, nach einer halben Stunde wieder aufzuwachen. Sie brachte es nicht über sich, ihn gewaltsam zu wecken, konnte ihn aber auch nicht auf ihrem Schoß schlafen lassen, bis er von selbst erwachte. Daher bereitete sie ihm in seinem Séparée ein improvisiertes Lager und legte ihn hin. Sie zog ihm den Anzug und die Socken aus und wusch ihm die Füße. Und während sie dabei war, die verschwitzten Füße dieses Mannes zu waschen, realisierte sie plötzlich, dass sie ihn liebte. Sie wusste nicht, wie er sich anderen gegenüber gab, aber vor ihr zeigte er sich schwach und verletzlich. So sehr, dass sie beschloss, ihn zu behüten und zu beschützen. Das war es gewesen, was in ihr die Liebe zu ihm auslöste. Seine Position oder sein gesellschaftliches Ansehen seien ihr völlig egal gewesen, sagte meine Mutter entschieden, um jeder Frage zuvorzukommen.

Als der Mann am nächsten Morgen erwacht war, hatte er eine ganze Weile gedankenverloren dagesessen. Nachdem er bemerkt hatte, wo er sich befand, schien er verlegen, weil er langsam begriff, was vorgefallen war. Jedenfalls in der Erinnerung meiner Mutter. Das Frühstück wurde ihm serviert, aber er rührte es nicht an. Er schien über etwas nachzudenken, weshalb meine Mutter versuchte, sich leise aus dem Zimmer zu stehlen. Da rief er nach ihr: »Yun-Hee!« Als ob sie seine Stimme noch genau in Erinnerung habe, sprach meine Mutter diesen Namen mit einer besonderen Betonung aus. Sie schien den Namen regelrecht zu liebkosen und ihr Gesicht verklärte sich dabei. In dem Moment, als er ihren Namen rief, spürte sie am ganzen Körper ein Prickeln, wie von einem Stromstoß. Meine Mutter erstarrte.

Den Kopf in seine Richtung gedreht, hatte sie gewartet, doch der Mann fuhr nicht sogleich fort. Eine ganze Weile hatte beklemmendes Schweigen geherrscht. Bange wartete meine junge Mutter auf seine nächsten Worte. Sie ahnte, was kommen würde, sonst hätte sie nicht dieses beengte Gefühl in der Brust verspürt. Schließlich kam ihm zögerlich die Frage über die Lippen: »Könntest du mir etwas deiner Zeit widmen?« Als sie überhaupt nicht darauf reagierte, schwieg auch er. Das waren nicht die Worte, die sie in Gedanken vorweggenommen und erwartet hatte. Doch sein inständiger, Zustimmung heischender Blick passte zu ihrem Gefühl. In ihrer Erinnerung kam Mutter zu dem Ergebnis, dass in diesem Blick etwas Gehetztes gelegen hatte, wie bei einem Tier, das auf einen Abgrund zugetrieben wird. Ihr schien es zumindest so, dass er dem Abgrund nahe war und dass er hinunterstürzen würde, wenn sie seiner Bitte nicht nachkommen würde. Daher nickte sie mehrmals mit dem Kopf, ohne lang zu überlegen. Er dankte ihr und erhob sich. »Gehen wir!«, rief er entschieden und nahm ihre Hand, die sie – gebannt von seiner Ausstrahlung – nicht mehr losließ, während sie ihm ohne weitere Fragen zu einem unbestimmten Ziel folgte.

22

Er setzte sich mit ihr in den Fond seiner Limousine und wies dem Fahrer das Ziel an. Doch sie achtete nicht auf den Ort, den er nannte. Nie hätte sie gedacht, dass sie Seoul verlassen und Richtung Süden ans Meer fahren würden. Sie wusste nicht, was genau er von ihr wollte und welche Absicht er verfolgte. Sie nahm an, dass er etwas geplant hatte, doch darüber hinaus war ihr alles unklar. Banale Fragen, etwa, ob er nicht zur Arbeit gehen müsse, waren da fehl am Platz. Ihr war, als nähme das Schicksal seinen Lauf und risse sie einfach mit sich, und es sollte sich herausstellen, dass dem auch so war.

Trotz des Winters war es warm in Namcheon. »Hier schneit es nie«, behauptete er, »denn die Temperaturen bleiben stets über dem Gefrierpunkt.« Sie ließen sich von der Sonne bescheinen und schlenderten am Strand entlang. Sie fühlten nicht, ob es kalt war oder warm. »Das hier ist der Himmel auf Erden«, stellte er fest. Sie empfand das auch so und nickte mit dem Kopf. Wie zur Bestätigung seiner Worte war an einer Stelle ein Meer von violetten Feldblumen erblüht. Er blieb stehen und sagte: »Hier blühen die Blumen sogar im Winter.« Seine Worte klangen kein bisschen eigenartig, weil sie die Blütenpracht mit eigenen Augen sah. »Niemand außer mir kennt diese Stelle«, erklärte er weiter. »In gewissem Sinne bedeutet das, dieser Ort ist kein Teil der Welt«, fügte er hinzu, »dieser Ort ist nicht für Menschen gemacht und gehört daher zum Paradies.« Auch heute noch erinnerte sich meine Mutter lebhaft an das, was er gesagt hatte. Nicht an die genauen Worte oder Sätze, aber an deren tieferen Sinn.

Die Stelle befand sich unweit seines Heimatdorfes. Doch die Gegend war unbewohnt, es gab weder Äcker noch Reisfelder. Als Kind war er nach eigenem Bekunden auf den Berg gegangen, um Brennholz zu suchen, und hatte sich dort gewöhnlich eine Zeit lang hingesetzt. Er erzählte: »Hier war es immer mild. Selbst an Tagen, an denen überall der Wind pfiff, regte sich erstaunlicherweise kein Lüftchen. Es war für mich das größte Glück, von der Klippe auf das Meer zu schauen, und ich fühlte mich geborgen, wenn ich hier war. Ich dachte im Geheimen, wie schön es wäre, da ein Haus zu bauen. Vor einigen Jahren habe ich mich an meine Kindheit erinnert und bin hierher zurückgekommen. Alles war unverändert, wie früher. Da ließ ich heimlich ein Haus bauen, ganz für mich allein. Gelegentlich gibt es Momente, in denen ich unauffindbar sein möchte. Dann komme ich her und verbringe mehrere Tage hier, stelle mir vor, ich wäre für den Rest der Welt tot, bevor ich wieder nach Seoul zurückkehre. Das meinte ich, als ich sagte, dies sei kein irdischer Ort«, erklärte er.

Und im nächsten Moment brachte er mit leiser Stimme hervor: »Willst du hier mit mir leben?« Mutter erinnerte sich, dass seine Miene dabei irgendwie schwermütig und einsam gewirkt hatte. Dass sie nicht sofort geantwortet hatte, lag nicht daran, dass sie an der Ernsthaftigkeit des Gesagten zweifelte, sondern dass der Vorschlag so plötzlich gekommen war. Doch schließlich festigte die Überzeugung, dass diese unwirkliche Umgebung nur ihnen gehörte, ihr Vertrauen in seine Worte. Dass der Mann bereits verheiratet war und Familie hatte, war eine irdische Angelegenheit aus der realen Welt. Aber sie beide waren den irdischen Sphären und der Wirklichkeit entrückt. Sie befanden sich an einem Ort, der für niemand anderen existierte. Daher brauchten sie keine Rücksicht auf solche Tatsachen zu nehmen. Hätte sie ihm geantwortet, wenn er die Frage wiederholt hätte? Er machte keinen Versuch, sie noch einmal zu fragen. Bestimmt schämte er sich im Nachhinein. Denn sein Vorschlag war nicht sehr ehrenhaft, für keinen von beiden. Eine so unmögliche Frage stellt man kein zweites Mal.

Stattdessen breitete er seine Arme aus, und sie fiel ihm um den Hals. Auf keine Äußerung kann man mehr vertrauen als auf die Körpersprache eines Menschen. Als er sie in die Arme nahm, spürte sie nichts Fremdes. Seine Umarmung fühlte sich so natürlich an. Ihre beiden Körper ergänzten sich vollkommen. »Aristophanes sagte, die Liebe sei Begierde und das Streben zweier Körper nach ihrer ursprünglichen Einheit«, bemerkte er, während er sie fest an seine Brust drückte, als wolle er in ihren Körper eintauchen. »Und das schrieb Plato in seinem Buch *Das Gastmahl*«, griff sie seinen Faden auf. »Am Anfang hatte der Mensch zwei Köpfe, vier Hände, vier Füße, vier Augen und beiderlei Geschlechtsteile. Dann haben die Sterblichen die Götter herausgefordert, weshalb Zeus nach reiflicher Überlegung den Menschen zweigeteilt hat«, setzte er ihre Worte fort. »Nun liebt der Mensch, damit er die verlorene Hälfte seines Körpers und Geistes finden und wieder zu einem Ganzen verschmelzen kann«, ergänzte sie diesmal. »Das ist wohl das höchste Stadium der Liebe. Doch es ist nicht leicht, die andere Hälfte zu finden, die zum eigenen Körper passt. Das ist der Grund, warum es nicht viele glückliche Menschen auf der Welt gibt«, fügte er hinzu, während er ihr sanft über die langen Haare strich. »Jetzt im Augenblick bin ich der glücklichste Mensch auf Erden«, flüsterte sie scheu. Er lächelte sie an. Dann vereinigten sie sich, als wäre es die einzige Möglichkeit, ihr Glück festzuhalten. Sie verschmolzen miteinander, um so ihre ursprüngliche Einheit wiederzuerlangen. Im Höhepunkt erkannten sie, dass sich der Geist dem Körper unterordnen musste und nur ein Teil dessen war. Jede einzelne ihrer Berührungen legte Zeugnis davon ab.

An diesem Punkt der Erzählung machte meine Mutter eine Pause. Sie holte tief Luft, um wieder zu Atem zu kommen. Ich wusste nicht, wie es meinem Bruder ging, aber ich war durstig. Ich sah zum Himmel auf. Die Sonnenstrahlen blendeten mich, und ich schloss die Lider. Lichtblitze zuckten vor meinen Augen wie Angelwürmer. Was erzählte meine Mutter da? Ich konnte sie unmöglich unterbrechen. Ich hatte mich getäuscht. Es war nicht ihre Pflicht, sich zu erklären, sondern ihr gutes Recht. Hingegen waren mein Bruder und ich es ihr schuldig, ihr zuzuhören. Ich wusste nicht, wie mein Bruder empfand, doch mir wurde diese Aufgabe allmählich unerträglich. Wenn es möglich gewesen wäre, hätte ich an diesem Punkt ihren Redefluss gestoppt. Ich blickte verstohlen zu meiner Mutter und meinem Bruder hin. Mein Bruder hatte den Mund fest geschlossen, starrte seit geraumer Weile auf die brandende See, die ihre silbrig glänzenden Schuppen hin und her wälzte. Meine Mutter blinzelte mit den Augen und blickte ins Leere. Im Hintergrund schwebte der Palmenbaum. Es war unschwer zu erkennen, dass ihr Blick in die weit zurückliegende Vergangenheit gerichtet war.

»Ich wollte hier leben. Nein, ich wollte, dass die Zeit stehen bleibt«, sagte Mutter mit verträumter Stimme.

In dem Winter ihres zweiundzwanzigsten Lebensjahres hatte sie jegliches Zeitgefühl verloren. Es war auch gar nicht nötig, sich die Zeit einzuteilen. Sie verging nicht. Mutter erinnerte sich noch daran, dass sie damals keine Ahnung gehabt hatte, wie lange sie dort gewesen war. An einem Ort, an dem die Zeit nicht verrinnt, an dem alle Fäden zur Außenwelt abgeschnitten sind, tritt alles außer dem schieren Dasein in den Hintergrund. So, wie er es ausgedrückt hatte, befand sich dieser Ort nirgendwo in der Wirklichkeit und nicht auf diesem Planeten.

Aber plötzlich drang die Zeit wieder in diese Idylle ein und begann zu laufen. Sie mussten feststellen, dass ihre Zufluchtsstätte, dieser ganz besondere Ort, nicht länger den Menschen verborgen geblieben war. Nur im Traum hätten sie es vermocht, sich der Realität weiter zu entziehen.

Eine schwarze Limousine hielt vor dem Haus, um ihn abzuholen. Die Männer in schwarzen Anzügen zeigten sich zunächst höflich. Sie führten ein ernstes Gespräch mit ihm. Es war offenkundig, dass sie ihn zu irgendetwas überreden wollten, doch ihr war nicht klar, wozu. Sein Chauffeur, der zusammen mit den schwarz gekleideten Männern gekommen war, stand abseits und machte ein Gesicht, als habe er eine Todsünde begangen. Der Fahrer wagte nicht einmal, seinem Chef in die Augen zu blicken. Als er mit gesenktem Kopf tausend Entschuldigungen murmelte, konnte sich meine Mutter zusammenreimen, was passiert war. Der Chauffeur hatte wohl keine andere Wahl gehabt, als das Versteck preiszugeben. Dennoch war die Lage, in die er die beiden gebracht hatte, äußerst schlimm. Da der Geliebte meiner Mutter Widerstand leistete, wandten die Schwarzgekleideten Gewalt an. Sie packten ihn und zerrten ihn ins Auto. Auch meine Mutter nötigte man einzusteigen.

Dann raste der Wagen in Richtung Seoul davon. Seoul, das war das Zentrum der wirklichen Welt, die sie völlig ausgeblendet hatten. Während der Fahrt hielt er fest ihre Hand. Sie sah ihn die ganze Zeit über mit innigem Blick an. Egal, was er zu sagen hatte, sie war bereit zuzuhören. Sie wusste nicht, was da um ihn herum geschah, aber sie würde zu ihm halten, ganz gleich, was passierte. Wenn er es von ihr verlangte, würde sie sogar für ihn sterben. Ihr Vertrauen zu ihm war tief und unerschütterlich.

Während der Wagen zurück in die Wirklichkeit raste, beichtete er ihr, dass das Leben, das er bisher geführt hatte, falsch und nutzlos gewesen sei. »Du wärst schockiert, wenn du erführst, womit ich meinen Lebensunterhalt verdient und wie ich gelebt habe. So will ich nicht weiterleben. Yun-Hee, du bist meine einzige Hoffnung.«

Es gab so viel, das sie wissen wollte, doch sie fragte nicht, sie war an Politik überhaupt nicht interessiert. Stattdessen schmiegte sie sich an ihn zum Zeichen, dass sie ihm vollkommen vertraute. Auf diese Weise teilte sie ihm mit, dass er nichts zu sagen brauchte, und er verstand ihre Botschaft. Sie schwiegen lange Zeit.

»Du bist genauso meine Hoffnung, wie ich die deine bin. Ich werde immer für dich da sein«, sagte sie ihm, bevor sie aus dem Wagen stieg. Er dankte ihr. Als sie seine Worte hörte, brach sie in Tränen aus. Er gab ihr sein Taschentuch. Sie trocknete sich damit die Augen und knüllte es dann in ihrer Hand zusammen. Sie wusste nicht, dass dies der Beginn eines langen Abschieds war. Bestenfalls ahnte sie es. Meine Mutter konnte ihre unaufhörlich fließenden Tränen nicht zurückhalten, selbst als der Wagen längst verschwunden war. Eine abgrundtiefe, schmerzvolle Traurigkeit breitete sich in ihr aus, die ihr die Brust zu sprengen drohte und ihr den Hals zuschnürte. Sie versuchte sich zu beherrschen, aber es gelang ihr nicht. Ihre Tränen, zunächst dünn wie ein Sommerregen, strömten immer heftiger, bis alle Dämme brachen und sie zu Boden sank. Mutter sah darin ein Omen für ihr und sein Schicksal.

23

»Und danach habe ich ihn nicht mehr gesehen.« Mutter bemühte sich, den Kloß, der ihr im Hals zu stecken schien, hinunterzuschlucken. Ich spürte, dass sie nahe daran war zu weinen, und fürchtete, dass sich aus den Tropfen in ihren Augenwinkeln ein Tränenfluss entwickeln würde. Ich zweifelte daran, dass ich einer solchen Situation gewachsen sein würde, und fragte daher hastig, wie lange es denn gedauert habe, bis sie ihn wiedergetroffen habe.

»Bis gestern«, antwortete sie knapp und brach ab.

Ich spürte, dass sie die Erinnerungen, die sie in diesem Moment überwältigten, am Reden hinderten. Auch ich war sprachlos. Mein Gott!, schoss es mir durch den Kopf. Mutter richtete ihren Blick auf den Horizont und stand eine Weile regungslos da. Es war unschwer zu erkennen, dass sie auf diese Art und Weise versuchte, die Fassung zu bewahren, um nicht in Tränen auszubrechen. Ich ahnte, wenn die Tränen einmal flossen, würde es mit einem Nervenzusammenbruch enden. Weder ich noch mein Bruder konnte sich das wünschen. Wir konnten nur hoffen, dass es Mutter auf ihre Art und Weise gelang, sich wieder zu fangen. Indem sie uns ihr Geheimnis preisgab, folgte Mutter einem tiefen Bedürfnis, und niemand hatte das Recht, sie zu bedrängen und zu einer Antwort zu nötigen.

Nach einer langen Pause fuhr sie schließlich fort zu erzählen. »Seit jenem Tag, an dem wir uns getrennt hatten, kam er nicht mehr, um mich zu sehen.« Genau genommen kam er nie mehr ins Löwenzahn, weil er dazu nicht in der Lage war. Aber er ließ auch nichts mehr von sich hören. Immerhin war sie nicht von allen Informationen abgeschnitten. Zuerst kam ihr zu Ohren, dass er nicht mehr Staatssekretär war. Es hieß, dass er nicht nur seinen Posten verloren hatte, sondern auch im Zuge einer strengen Untersuchung aus irgendeinem Grund verhaftet und in ein Gefängnis oder Krankenhaus gebracht worden war. Es hieß, er sei körperlich wie geistig ein gebrochener Mann. Es hieß, er gliche nur mehr einer wandelnden Leiche, er habe das Land verlassen, ja sogar, er sei bereits tot. So ausufernd diese Gerüchte waren, so unbestätigt war jedes einzelne. Es dürfte einige unter den Gästen des Löwenzahn gegeben haben, die etwas über ihn wussten, doch sie schwiegen eisern und gingen meiner Mutter insgeheim aus dem Weg.

Mutter war schon im fünften Monat schwanger, als sie einigermaßen Klarheit darüber gewonnen hatte, was passiert war. Der Chauffeur hatte sie ins Bild gesetzt. Derselbe, der die schwarz gekleideten Männer an die Küste geführt hatte.

»Ganz genau weiß ich es auch nicht, aber …« Mit diesem Satz begann er sehr zögerlich und unschlüssig, ihr mitzuteilen, was er wusste, wobei er sich sehr respektvoll und voller Mitgefühl und Sympathie über seinen ehemaligen Chef äußerte. Zugleich war er froh, einmal offen über seine Gefühle gegenüber seinem Vorgesetzten sprechen zu können. Dieser stand den Worten des Fahrers zufolge unter einem sehr schwerwiegenden Verdacht, der ihn das Leben kosten konnte. Einige Jahre zuvor war ein Gesetz verabschiedet worden, mit dem Ziel, kommunistische Aktivitäten, die eine Gefahr für den Staat darstellten, zu unterbinden und somit den Frieden im Land und die Freiheit der Bürger zu sichern. Der ehemalige Staatssekretär war im Stab gerade jener Kommission gewesen, welche die Verordnung durchsetzen sollte und direkt dem Staatspräsidenten unterstellt war. Es entbehrte nicht einer gewissen Ironie, dass ausgerechnet er dieser Verordnung zum Opfer fiel. Unter zahllosen Beteuerungen, wie »Genaues kann ich nicht sagen« und Ähnliches, erzählte der Fahrer meiner Mutter, dass ihr Geliebter verdächtigt wurde, Staatsgeheimnisse verraten zu haben. Er habe die Informationen einer radikalen Gruppe von Leuten pronordkoreanischer Gesinnung zugespielt. Der Verdächtigte sei von einer Extremistengruppe gekauft gewesen, die direkte Anweisungen aus Nordkorea erhielt, um soziale Unruhe im Land zu schüren. Die furchtbaren Neuigkeiten erschütterten meine Mutter zutiefst. »Ich kenne den wahren Sachverhalt nicht genau, aber zweifellos scheint er momentan immer noch unter diesem Verdacht zu stehen«, murmelte der Chauffeur Verständnis heischend und verabschiedete sich eilig.

In der Tat berichteten die Zeitungen einige Tage später davon, dass eine Reihe von Oppositionellen, unter ihnen Studenten und Arbeiter, wegen des Hochverrats inhaftiert worden waren. In der abgedruckten Organisationsstruktur der Gruppe tauchte der Name des ehemaligen Staatssekretärs allerdings nicht auf. Meine Mutter empfand das aber keineswegs als beruhigend. Dass sie völlig isoliert war ohne einen Hinweis, was mit ihm geschehen war, ängstigte sie und war kaum zu ertragen. Ihr schwindelte bei dem Gedanken, dass man so einfach spurlos verschwinden konnte, und sie war maßlos entsetzt darüber. Allein wegen des Kindes, das in ihrem Bauch heranwuchs, musste sie ihn treffen. Sie war rastlos auf der Suche nach Menschen, die ihr Nachricht über ihn geben konnten. Doch vergeblich – seltsamerweise wurden alle Informationen über ihn vollkommen abgeblockt.

Einige Monate später erfuhr der Besitzer des Löwenzahn Neuigkeiten von einer vertrauenswürdigen Person. Das war die einzige Nachricht, die sie jemals erhielt. Eine Welle von Sehnsucht und Gram überrollte sie in dem Moment, in dem sie hörte, was er mitzuteilen hatte.

»Man sagt, er habe sich von seiner Frau getrennt«, eröffnete ihr der Besitzer des Restaurants. »Eigentlich verdankt er seinen kometenhaften Aufstieg der Familie seiner Frau. Sein Schwiegervater zieht ja die Strippen in dieser Regierung. Ich verstehe nicht, wie er so etwas aufgeben konnte. Selbst wenn seine Frau anmaßend ist, die Hosen anhat und ihren Mann wie einen dahergelaufenen Straßenköter behandelt. Anscheinend ist es genau das, was sie tut. Was solls? Mit so einem Benehmen kann man sich doch arrangieren. Ich weiß, du warst etwas Besonderes für ihn. Er hat offensichtlich eine romantische Ader. Nun, ich weiß nicht, ob das für einen Mann, der Großes vorhat, von Vorteil ist. Angeblich hat er sie sitzen lassen, weil er es bei ihr nicht mehr aushielt. Mut hat er ja, aber damit gibt er seinen Posten auf, und wozu? Denn seien wir mal ehrlich: Hat er etwa aufgrund seiner Fähigkeiten Karriere gemacht? Ich hätte an seiner Stelle den Mund gehalten und duldsam an der Seite dieser hochmütigen Frau mein Amt behalten. Was für unglaubliche Beziehungen man da hat! Ich verstehe ihn jedenfalls nicht. Meine Vermutung ist ja, dass das der eigentliche Grund dafür ist, was er jetzt alles durchmachen muss. Das Antikommunismus-Gesetz und Hochverrat? Was für ein Unsinn! Ich glaube, er hat sich selbst die Grube gegraben, in der er jetzt sitzt. Wer über das Schwert gebietet, kann ganz leicht Menschen vernichten oder verschonen. So einfach, wie man ihn an die Spitze gebracht hat, kann man ihn auch still und heimlich aus dem Verkehr ziehen. Sogar ich bin mir darüber im Klaren, wie furchtbar Macht sein kann. Warum hat er sich so verhalten, wo er die Verhältnisse doch viel besser kannte? Ich kapiers wirklich nicht. Wenn diese Leute wüssten, wie sehr er dich ins Herz geschlossen hat, würden sie dich auch nicht in Ruhe lassen. Du solltest aufhören, auf der Suche nach Neuigkeiten überall herumzufragen. Ich rate dir, ihn zu vergessen. Er ist am Ende. So gut wie tot.«

Sie wollte ihren Ohren nicht trauen, aber es blieb ihr nichts anderes übrig. Als ihr bewusst wurde, welche Rolle sie bei seiner Entscheidung gespielt hatte, gesellschaftlichen Selbstmord zu begehen, packte sie eine unüberwindbare Sehnsucht nach ihm. Wenn ihr Brötchengeber seine Geschichte in der Absicht erzählt hatte, sie von ihrem Geliebten abzubringen, so war das misslungen. Mit seiner Behauptung, der ehemalige Staatssekretär sei am Ende, hatte der Restaurantbesitzer die Flamme in ihrem Herzen noch weiter entfacht. Gerade weil er am Ende war, konnte sie ihm nicht den Rücken kehren. Für die anderen bedeutete sein Ende einen Schlussstrich. Für sie beide aber könnte es ein Anfang sein, dachte sie jedenfalls. Ihre Sorge um ihn und ihre Nachforschungen dauerten fort, doch leider ohne Erfolg. Dennoch gab sie nicht auf, bis sie ihr Kind geboren hatte, und auch nach der Niederkunft hörte sie nicht auf, nach ihm zu suchen.

»Ich bin mehrmals hergekommen, da ich dachte, dass er vielleicht hier auf mich warten würde«, erinnerte sich meine Mutter, »aber vergeblich.« Sich zurückzuerinnern war eine traurige, mühsame und einsame Angelegenheit. Sie hatte nicht aufgehört, nach ihm zu suchen. Wie ein Wanderer, der ein Ziel hat und der den Weg, wie beschwerlich er auch ist, bis zum bitteren Ende geht. Dann sagte sie: »Hier habe ich mein erstes Kind geboren.«

Hier habe ich mein erstes Kind geboren. Ihre Worte klangen wie der erste Satz der Genesis. Sie kamen einer Verkündigung gleich, wie der Satz »Am Anfang erschuf Gott die Welt«. Die Worte trafen mich bis ins Mark. Mir wurde warm ums Herz. Ihre Stimme hatte einen unerwarteten Unterton angenommen, der Selbstbewusstsein und Überlegenheit vermittelte und dessen Ursprung ich nicht begriff. Steckte dahinter das Selbstvertrauen einer Mutter? Diese Urkraft, derer sie sich selbst wahrscheinlich gar nicht bewusst war, war dadurch zutage getreten.

Dieser großartige und absolute Satz, der alle Fragen und Zweifel verpuffen ließ, verschlug sowohl mir als auch meinem Bruder die Sprache. Hatte ich ihn angeschaut? Ich glaube schon. Doch da ich mich nicht mehr daran erinnern kann, täusche ich mich diesbezüglich vielleicht. Und meine Mutter? Sie hatte von Anfang an nicht zu uns hergesehen. Nun löste sie sich aus der Macht ihrer Erinnerungen. Sie sah uns abwechselnd an und sagte: »Mein erstes Kind.« Dabei lag in ihrer Miene der Stolz eines Seemanns, der alle Klippen umschifft und endlich den sicheren Hafen erreicht hatte. Mehr brauchte sie nicht zu sagen. Wenigstens in diesem Moment nicht. Sie hatte noch mehr zu sagen, und wir hatten noch mehr zu hören, doch für diesmal gab es nichts hinzuzufügen.

24

Nachdem wir Namcheon hinter uns gelassen hatten und wieder nach Seoul zurückgekehrt waren, kam mir unser zweitägiger Ausflug vor, als hätte er zwei, wenn nicht gar zwanzig Jahre gedauert.

Mein Bruder und ich hatten in der Kammer, in der der Leichnam des Mannes bis zum Begräbnis aufgebahrt gewesen war, Weihrauch entzündet. In dem schäbigen Raum war es still gewesen, und die wenigen Beileidsbesucher schwiegen, als hätten sie sich abgesprochen. Dabei schien es mir, als würden sie uns heimlich beobachten und hinter unserem Rücken tuscheln. Meine Mutter hatte sich in der einen Ecke des Zimmers auf den Boden gesetzt. Sie war elend anzusehen, wie ein an den falschen

Platz verpflanzter Baum. Die Anwesenheit meiner Mutter in dem Trauerhaus wirkte störend und deplatziert. Und was mich anbelangte, so war mein Hiersein genauso unangebracht wie ihres. Meine Gedanken waren so durcheinander, dass ich nicht wusste, wie ich mich verhalten sollte. Es war auch nicht leicht zu beurteilen, ob wir dort willkommen waren.

Am meisten verwirrt und ratlos musste mein Bruder gewesen sein. Und dennoch wirkte er äußerlich viel gelassener als ich. In Anbetracht der Sorgen, die ich mir darum machte, er könnte einen Schock erlitten haben und einen Anfall bekommen, erstaunte mich seine Gelassenheit. Er hatte Räucherstäbchen entzündet, hatte am Altar des Verstorbenen eine ganze Weile mit vornübergeneigtem Kopf gesessen und dann still den Platz neben Mutter eingenommen. Erstaunlich war, dass er ihre Hände hielt. Es schien, als habe er alles schon lange vorausgesehen. Das Bild vom »ersten Sohn«, der meine Mutter mit Stolz und Selbstbewusstsein erfüllt hatte, schwebte mir in diesem Moment vor Augen, aber ich spann diesen Gedanken nicht weiter.

In einem Zustand von Ratlosigkeit und Befremden beobachtete ich, wie einige Leute meine Mutter erkannten, zu ihr hingingen und sich höflich vor ihr verbeugten. Einer der Kondolierenden trat besonders in Erscheinung. Es war ein grauhaariger, buckliger Mann mit vielen Falten. Er hatte meine Mutter beim ersten Anblick erkannt. Ohne zu zögern, war er auf sie zugegangen und hatte sich unter Tränen vor ihr auf die Knie geworfen. Meine Mutter ergriff ihn bei den Armen und bemühte sich, ihn auf die Beine zu ziehen, aber der alte Mann wollte nicht aufstehen. Schließlich ließ sich auch meine Mutter wieder auf den Boden zurücksinken.

Zwischen seinen Tränen presste der alte Mann hervor: »Ich habe mich Ihnen und meinem Herrn gegenüber versündigt.« Sein Weinen war so heftig, dass er nicht leicht zu verstehen war. Dennoch war es unschwer zu erahnen, dass die alte Geschichte, die in seinem Herzen vergraben gewesen war, aus ihm herausbrach und er meine Mutter um Verzeihung bat. Mehrfach wiederholte er, dass er eine schwere Schuld auf sich geladen habe. Er bedauerte, dass sein unwürdiges Leben so hartnäckig fortdauerte, wo er doch schon lange hätte dahinscheiden müssen. Trotz alledem versäumte er nicht, sich zu rechtfertigen: »Wie Sie wohl wissen, waren die Zeiten damals einfach furchtbar.«

Mir war nun klar, um wen es sich handelte. Der einzige Mensch, der im Zenit ihres Lebens, als sich meine Mutter am glücklichsten fühlte, den Ort Namcheon kannte, der nicht in dieser Welt existierte, sondern nur für sie bestand. Er war es, der die Männer in schwarzen Anzügen dorthin gebracht hatte, die das Paar in die harte Realität zurückbrachten. Diese Männer hatten ihnen deutlich gemacht, dass es keinen Himmel auf Erden für die beiden geben würde, und meine Mutter verlor ihren Liebsten. Nachdem man diesen aus dem Verkehr gezogen hatte, gebar Mutter ihr Kind, und die Zeit ging ins Land, ohne dass der Verschollene wiederauftauchte. Sie verstand nicht, wie er so vollkommen hatte verschwinden können, doch sie fügte sich in das Unvermeidliche und heiratete schließlich. Daraufhin verstrich erneut viel Zeit, bis meine Mutter – Jahrzehnte später – ihren Liebsten an dem Ort jenseits der Wirklichkeit wiedertraf. »Dieser Herr hat mich vor einigen Tagen benachrichtigt, dass ich hierherkommen möge …«, sagte meine Mutter zu uns gewandt. Der alte Mann weinte daraufhin noch kummervoller, als sei dies die schwerste seiner Sünden. »Ich hatte Ihnen noch früher Bescheid geben wollen, doch mein Herr hielt mich beharrlich davon ab. Ich sollte keinesfalls mit Ihnen Kontakt aufnehmen. Daher …« Der alte Mann seufzte. Er verneigte den Kopf abwechselnd vor meinem Bruder und mir, was uns unangenehm war. »Er wollte keine weiteren Therapien mehr bekommen und bat mich darum, ihn nach Namcheon zu bringen. Vor sechs Monaten hatte er den Wunsch geäußert, dass er seine letzten Stunden hier verbringen möchte.« Der alte Mann wischte sich die Tränen ab.

»Dreißig Jahre sind nun vergangen«, sagte meine Mutter mit einer Stimme, in der viel Bedauern lag. »In dieser langen Zeit hat mein Herr immer an Sie gedacht«, schluchzte der alte Mann. »Auch ich habe ihn nicht vergessen«, entgegnete meine Mutter. »Die Welt hat sich gewandelt, und er hatte geglaubt, nun zurückkehren zu können. Doch als er wieder zurückgekommen war, war seine Krankheit schon weit fortgeschritten.« Der alte Mann sprach, als sei er für den Ausbruch der Krankheit verantwortlich.

»Er war im Ausland gewesen. Eine Art Exil wohl. Man hatte ihm sowohl die Rückkehr als auch jegliche Kontaktaufnahme untersagt«, erklärte diesmal Mutter zu uns gerichtet.

»Wenn mein Herr gestorben wäre, ohne Sie wiederzusehen, wäre sein Groll allzu groß gewesen, dachte ich mir. Nein, vor allen Dingen hätte ich das nicht ertragen können, daher widersetzte ich mich seinem Willen. Er hat es wohl geahnt. Am Tag Ihrer Ankunft waren seine Gedanken ganz klar, und als er am Morgen erwacht war, äußerte er den Wunsch zu baden. Dann bat er mich darum, ihn an den Fuß der Palme zu bringen«, brachte der alte Mann mühsam hervor.

»Ich hätte mir nie träumen lassen, dass der Baum so wunderbar gewachsen sein könnte. Als ich ein paarmal voller Hoffnung hierhergekommen war, konnte ich die Pflanze nicht finden …«

»Mein Herr war auch davon überrascht. Als er hier ankam, betrachtete er den himmelhoch gewachsenen Baum und sagte mehrmals: Unglaublich, einfach unglaublich.«

»Es ist wirklich unfassbar. Aber da steht er fest verwurzelt und beweist, dass das Unmögliche möglich und der Glaube an die unerklärlichsten Dinge gerechtfertigt ist.«

»An sonnigen Tagen saß der Herr Staatssekretär gerne lange unter der Palme. Eines Tages erzählte er mir Ihre Geschichte.«

»Ich war mit ihm am Strand spazieren gegangen, als wir eine fremde Frucht im Sand entdeckten«, erklärte meine Mutter und sah zwischen meinem Bruder und mir hin und her.

»Er vermutete, dass sie aus Brasilien oder Indonesien über den Pazifik getrieben worden war«, fügte der alte Mann staunend hinzu.

»Den Kern der Frucht pflanzte er hier vor dem Haus auf der Klippe in die Erde. Er wollte wohl herausfinden, ob die tropische Pflanze an der Küste von Namcheon, an unserem Ort, gedeihen würde«, seufzte meine Mutter, während sie an dem Stamm entlang hochblickte.

Der Gedanke, dass die Frucht den langen Weg über den Pazifik zurückgelegt hatte, war ihnen wie ein Symbol für ihre bedingungslose Liebe erschienen und hatte sie in eine feierliche Stimmung versetzt. All ihre Hoffnungen in Bezug auf die Liebe hatten sie in diesen Baum gesetzt. Doch laut meiner Mutter hatte sie nicht damit gerechnet, dass die Pflanze tatsächlich wachsen würde. »Weil der Boden und das Klima so anders sind …« Bei diesen Worten musste sie schlucken und ein Aufwallen der Gefühle unterdrücken. Den klimatischen Bedingungen und dem andersgearteten Erdreich trotzend, reckte sich die Palme stolz zum Himmel und rührte meine Mutter zu Tränen. Mir selber steckten die Worte von der Symbolhaftigkeit des Baumes wie ein Kloß in meinem Hals. Allmählich begann ich zu begreifen, warum mir die Umgebung der Klippe, auf der der Baum stand, unter dem ich Mutters eigenartiges Verhalten beobachtet hatte, unwirklich vorgekommen war. Ich erkannte ansatzweise, weshalb ihr nackter Körper, mit dem sie sich Arm auf Arm und Brust auf Brust, von Angesicht zu Angesicht auf den eines kranken alten Mannes gelegt hatte, überhaupt nicht hässlich gewirkt hatte, sondern vielmehr unschuldig und rein.

Auf der Rückfahrt nach Seoul schwiegen alle. Mutter wirkte erschöpft, und mein Bruder schien seine Gedanken sortieren zu müssen. Es herrschte eine bleierne Atmosphäre. Ich lenkte das Fahrzeug und starrte nur nach vorne. Doch ich konnte nicht ordentlich fahren, denn immer wieder tauchte die hochgeschossene Palme vor meinem geistigen Auge auf, die aus dem dichten Urwald von Brasilien oder Indonesien über den Pazifik gekommen war, um auf der Steilküste von Namcheon stehend den Ozean zu betrachten. Jahrelang ruhte sie in einem fremden Land abwartend in der Erde, bis sie unter widrigen Bedingungen einen Keim trieb. Nein, sie ruhte nicht nur, sie hatte sich angepasst und geduldig gewartet, bis sie reif war für die vegetativen Gegebenheiten ihrer Umgebung.

Die Wurzeln des Palmenbaums reichten bis ins Meer, und das Wasser umfing ihn. Nein, es verhielt sich genau anders herum – es war der Baum, der das Meer umarmte. Der Baum war größer und weiter als das Meer. Ich sah es genau vor mir, wie die langen und tiefen Wurzeln der Palme durch den Pazifik krochen und im Urwald Brasiliens oder Indonesiens anlangten. Wer konnte schon sagen, ob nicht der Baum nachts den Grund des Ozeans kreuz und quer durchwanderte? Es gibt kein ärgeres Vorurteil als die Vorstellung, ein Baum wäre reglos an einer Stelle festgewachsen. Seht euch die Palme an, die quer über den Pazifik gekommen war! Warum sollte sie nun nicht zurückkehren können? Ich kam zu dem Schluss, dass der Baum nicht unbeweglich war, sondern seine Bewegungen lediglich nicht erkennbar waren. Glücklicherweise unterbrachen meine Mutter und mein Bruder meinen Gedankenfluss nicht. Mein Bruder wirkte erschöpft und meine Mutter in Gedanken versunken. Die Stimmung war niedergedrückt. Ich sah nur nach vorne und fuhr.

25

Nachdem wir aus Namcheon zurückgekommen waren, verhielt sich jeder in der Familie, als lebte er allein daheim. Meine Mutter ging früh aus dem Haus und kehrte erst spät zurück. Mein Bruder kam kaum aus seinem Zimmer heraus, und mein Vater hielt es ebenso. Wir aßen so gut wie nie gemeinsam. Weil sie viermal den Frühstückstisch decken musste, hörte ich unsere Hausangestellte eines Tages lamentieren, sie hätte noch nie solch eine seltsame Familie gesehen. Sie hatte recht. Wenn ich aber genauer darüber nachdachte, so war das eigentlich keine Veränderung, die sich erst aus der Fahrt nach Namcheon ergeben hatte. Vielleicht hatte es sich ein wenig verstärkt, aber die Gleichgültigkeit, mit der wir einander begegneten, und dass wir uns nicht in die Belange der anderen einmischten, war nicht erst über Nacht entstanden. Das hatte sich langsam über Jahre hinweg entwickelt, wie eine dicke Staubschicht, die sich Lage für Lage mit der Zeit in einer Ritze hinter dem Schrank aufbaut. Was für Außenstehende eigenartig und unnatürlich wirkte, erschien uns selbstverständlich und in keiner Weise seltsam.

Während ich in Namcheon gewesen war, hatte mein Anrufbeantworter mehrere Nachrichten aufgezeichnet. Die Stimme einer Frau mittleren Alters ersuchte mich, nach ihrer Tochter zu fahnden, die von zu Hause fortgelaufen war, und eine junge männliche Stimme trug mir auf, ihm für die Weihnachtsfeiertage ein Flugticket nach Chejudo zu besorgen. Die Anrufe waren für Bienen und Ameisen bestimmt. Der Mann, der das Flugticket in Auftrag gegeben hatte, hatte später noch einmal eine Nachricht hinterlassen und mit einer Flut von Beschimpfungen seinem Ärger Luft gemacht. Ob ich verdammt noch mal überhaupt jemals zu arbeiten gedächte und was für ein Saftladen dies sei. Dann hatte er den Hörer aufgeknallt.

Ich hatte heimlich darauf gehofft, Sun-Mis Stimme zu hören, doch sie war leider nicht unter den Anrufern. Auch der Mann, der mich mit der Observation meiner Mutter beauftragt hatte, fehlte in der Liste. Ich war ein wenig enttäuscht. Mir kam der Gedanke, dass dieser Kerl womöglich mehr über meine Mutter und unsere ganze Familie wusste als ich, was mich ein bisschen peinlich berührte, ja mich geradezu beängstigte. Ich musste herausfinden, was der Mann wusste, was er wissen wollte und was er damit vorhatte. Ich konnte nicht glauben, dass er mir rein zufällig den Auftrag gegeben hatte. Wenn es aber kein Zufall gewesen war, was steckte dann dahinter? Wenn er sich der Tatsache bewusst war, dass ich ihr Sohn bin, verfolgte er gewiss eine bestimmte Absicht. Zielte er etwa darauf ab, dass ich das erfuhr, was er schon wusste? Welchen Nutzen konnte er daraus ziehen? Die Antwort auf diese Frage hing wohl von der Identität des Mannes ab. Daher war ich so versessen darauf zu erfahren, wer er war.

Nun, da ich auf seinen Anruf wartete, meldete er sich nicht. Die Bedingung, dass die Kontaktaufnahme nur von seiner Seite erfolgen konnte, ärgerte mich, aber ich konnte nichts daran ändern.

Etwa zwei Tage später vernahm ich Sun-Mis Stimme auf meinem Anrufbeantworter. Als ich sie hörte, begann mein

Herz zu klopfen, was bewies, dass meine Gefühle ihr gegenüber noch keinesfalls erloschen waren. Das wollte ich eigentlich nicht mehr zulassen, weswegen ich mich ertappt fühlte und es mir ganz heiß wurde. Obwohl es eigentlich unwahrscheinlich war, fürchtete ich, dass mein Bruder draußen womöglich ihre Stimme hören konnte, und ich drehte die Lautstärke des Anrufbeantworters herunter. Ich verstand selbst nicht, weshalb ich mich so verhielt. »Ich bins, Yun Sun-Mi.« Nach diesem Satz zögerte sie einen Moment, und ich hielt den Atem an. »Ich würde dich gerne treffen«, setzte sie erneut an und stockte wieder. Einige Augenblicke später machte sie hastig einen Rückzieher, »Nein, vergiss es«, und legte auf. Sie hatte sich offensichtlich dazu durchgerungen, wegen einer Sache Kontakt aufzunehmen, doch dann war ihr Mut nicht groß genug, um ihre Ängste zu überwinden. Das war, was ich mir zusammengereimt hatte. Als ich sie später traf und die Beweggründe für ihr beherztes Handeln erfuhr, war ich über ihren Mut erstaunt. Doch bis dahin hatte ich keine Ahnung, was sie zu diesem Schritt bewogen hatte.

Ihr Zögern konnte mich nicht davon abhalten, umgehend zu ihr zu fahren. Bevor ich aus dem Haus ging, hinterließ ich auf meinem Anrufbeantworter noch meine Handynummer. Für den Fall, dass sie noch einmal versuchen würde, mich zu erreichen. Ich wollte es ihr erleichtern, sich doch noch einen Ruck zu geben und mir mitzuteilen, was sie auf dem Herzen hatte. Ich hielt es für sehr unwahrscheinlich, dass die Kundin, die mir die Nachricht mit der davongelaufenen Tochter hinterlassen hatte, mich nochmals anrufen würde. Doch ich wollte unter keinen Umständen verpassen, wenn der Mann sich meldete, der mich auf meine Mutter angesetzt hatte. Doch weder Sun-Mi noch die Frau mit der Tochter riefen in dieser Zeit an. Zum Glück auch mein Auftraggeber nicht.

Ich fand sie in der Bibliothek. Als ich den Lesesaal betrat, saß sie an ihrem Platz und tippte auf der Tastatur ihres Computers herum. Vielleicht bildete ich mir das ein, aber sie sah betrübt und blass aus. Genau wie beim letzten Mal hielt sie ihren Kopf gesenkt. Ich räusperte mich einige Male. »Bitte geben Sie mir Ihren Bibliotheksausweis«, sagte sie leise, ohne aufzublicken. Ich nahm meinen Führerschein aus dem Geldbeutel und schob ihn ihr hin. Sie betrachtete mein Foto und meinen Namen und reagierte eine Weile nicht. Daran, dass ihre Hand über der Tastatur innehielt, merkte ich aber, dass sie mich erkannt hatte. Ihre Wimpern zitterten leicht.

Sie schob den Führerschein zurück und stand schweigend auf. Ich folgte ihr. Die Selbstverständlichkeit ihrer Bewegungen ließ mich vermuten, dass sie auf mich gewartet hatte. Sie ging in ein Bürozimmer, zog sich einen Mantel über und kam wieder heraus. Der beige Trenchcoat passte gut zu ihrem ungeschminkten Gesicht, fand ich. Ein Sonnenstrahl fiel durch eine Wolkenlücke wie durch einen Trichter und tauchte die Straße in gleißendes Licht. Sie schnitt eine Grimasse. Schwer zu sagen, ob es an der Helligkeit lag.

Sie führte mich zu einem kleinen Teehaus in der Nähe der Bücherei. Die Decke war niedrig, und die Deckenbalken aus unbearbeiteten Baumstämmen waren unregelmäßig angeordnet. Der Raum roch nach Holz, was darauf schließen ließ, dass das Gebäude noch nicht lange fertig war. Ein englischsprachiger Song, den ich irgendwann schon einmal gehört hatte, dessen Titel mir jedoch entfallen war, plätscherte im Hintergrund dahin. Wir nahmen am Fenster Platz. Ein Mann mit Kinnbart kam zu uns, begrüßte Sun-Mi und fragte, ob sie einen Kaffee trinken wollte. Sie nickte, und der Mann reichte mir eine Getränkekarte, nicht größer als meine Handfläche. Ich bestellte ebenfalls eine Tasse Kaffee.

Während wir auf die Getränke warteten, herrschte zwischen uns ein verlegenes Schweigen. Mit einem Mal überkam mich ein Gefühl der Erschöpfung. Die Erlebnisse von Namcheon vor einigen Tagen waberten mir durch den Kopf wie Traumbilder. Eine bleierne Müdigkeit machte sich in mir breit und drückte mir schwer auf die Lider. Ich stellte mir vor, wie ich dort unter der Palme in Sun-Mis Armen einschlief. Mir kam der absurde Gedanke, der Schlager, der den Raum erfüllte, enthielte irgendein Beruhigungsmittel, das in meine Adern gesickert war.

Es dauerte eine ganze Weile, bis der Bärtige den Kaffee servierte. Mit stolzgeschwellter Brust verkündete er: »Ich habe den Kaffee gerade frisch gekocht, er sollte ein besonderes Aroma haben.« Seine dünne und sanfte Stimme passte nicht zu seiner äußeren Erscheinung. Er verhielt sich uns gegenüber äußerst zuvorkommend, vielleicht weil wir die einzigen Gäste waren. Bevor er von unserem Tisch wegging, beugte er sich ein wenig zu Sun-Mi hinab und sagte verschwörerisch zu ihr: »Soll ich das Lied spielen?« Sie machte ein verlegenes Gesicht und wehrte hastig mit den Händen ab, um dem Mann zu bedeuten, dass sein freundliches Angebot im Moment nicht gewünscht sei. Der Mann zog sich nun rasch zurück, dennoch wich die Röte nicht so schnell aus ihrem Gesicht. Natürlich erkundigte ich mich, was er gewollt hatte. Doch ihr war die Antwort offensichtlich peinlich, und sie versuchte, das Thema zu wechseln. »Worum geht es denn?« Ich sprach mit kräftiger Stimme, zielte dabei aber nicht auf sie, sondern auf den Besitzer des Teehauses. Ich rechnete damit, dass er meine Frage aufgreifen würde, und behielt recht mit meiner Annahme.

»Es gibt da ein Lied, das sie immer hören möchte, wenn sie allein hierherkommt«, erwiderte er freundlich, während er Kaffeetassen in heißem Wasser ausschwenkte. Ich verstand nicht, was daran peinlich sein sollte, weshalb ich noch einmal zu Sun-Mi hinübersah, die mit gesenktem Blick am Griff ihrer Tasse herumspielte. Ich rief dem Mann zu: »Ich weiß nicht, um welches Lied es sich handelt, aber legen Sie es ruhig auf. Das stört mich nicht.« Anstatt meiner Aufforderung gleich zu folgen, reckte er den Hals und sah zu uns herüber. Offensichtlich wartete er auf ein Zeichen von Sun-Mi, die ihre Verlegenheit, die sich nach wie vor in ihrem Gesicht spiegelte, zu verbergen suchte. Ihm war wahrscheinlich egal, ob er nun diese oder jene Musik abspielte, ob ein bestimmtes Lied gewünscht war oder nicht. In diesem Fall war es wohl als besonderes Entgegenkommen einem Stammgast gegenüber gemeint. Vielleicht lag seine besondere Aufmerksamkeit uns gegenüber aber auch darin begründet, dass es im ganzen Teehaus keine anderen Gäste gab, um die er sich hätte kümmern können.

Der Mann schien sich dafür entschieden zu haben, mir den Gefallen zu tun. Er trocknete seine feuchten Hände ab und machte einige Schritte in Richtung der Stereoanlage. Gleich darauf brach der Popsong ab, der bis dahin vor sich hingedudelt hatte, und nach einer Pause begann ein anderes Lied. Ich beobachtete, dass Sun-Mi ihren Kopf zum Fenster hin wandte und immer weiter senkte, bis er beinahe den Tisch berührte. Als die ersten Takte der Gitarre erklangen, verstand ich, warum sie so verlegen war. Text und Melodie waren mir wohlbekannt: »Ich hab mein Innerstes nach außen gekehrt für dich, mein Schatz. Wie lange soll ich noch auf dich warten, bis du mich mal beachtest? Wie lange noch muss ich so stehn, was meinst du? Mach ein Bild von meinen Gefühlen, bevor sie vergehen, ja, nimm sie auf, bevor sie ganz verschwunden sind, Mann mit der Kamera …«

Ich wusste natürlich, wer der Fotograf war, von dem das Lied handelte, und für wen das Lied komponiert und gespielt worden war. Doch ich verstand nicht, wie das Lied seinen Weg in die Stereoanlage des Teehauses gefunden hatte. Doch was mich eigentlich irritierte, war etwas anderes. Es handelte sich bei der Sängerin nicht um Sun-Mi. Die Qualität der Aufnahme war erheblich besser als auf meiner Kassette, und es war schwer zu glauben, dass so etwas in Heimarbeit hatte entstehen können. Eine Erklärung von Sun-Mi erwartend, sah ich sie unverwandt an.

Durch meinen bohrenden Blick beunruhigt, strich sie sich mit der Hand, die zuvor an dem Henkel der Kaffeetasse gespielt hatte, die Haare nach hinten und sagte kaum hörbar: »Es war reiner Zufall. Als ich zum ersten Mal in diesen Laden kam, lief gerade das Lied.« Diese Antwort war keine ausreichende Erklärung. Das musste sie selbst bemerkt haben. »Ich habe das Lied einer jüngeren, talentierten Kommilitonin aus einem Studentenklub geschenkt«, fügte sie flüsternd hinzu, als hätte sie einen schweren Fehler begangen. »Sie hat mit dem Lied dann an einem Gesangswettbewerb unter Studenten teilgenommen. Dabei erhielt sie einen Förderpreis. Ich hatte schon gehört, dass man die Stücke der Preisträger auf CD aufgenommen hat, und hier in der Teestube habe ich sie dann gehört. Da …«

Wie überrascht musste sie gewesen sein? Ja, verblüfft und erfreut zugleich. Sie hatte sich von dem Inhaber des Teehauses die CD zeigen lassen und darum gebeten, das Lied noch einmal hören zu dürfen. Vielleicht hatte sie sich als Urheberin der Melodie und des Textes zu erkennen gegeben. In der Annahme, ihr damit einen Gefallen zu tun, legte der Mann seither das Lied immer wieder auf, wenn sie seinen Laden betrat, ohne zu wissen, wer der »Mann mit der Kamera« war, geschweige denn, welchen Bezug Sun-Mi dazu hatte und welche alten Erinnerungen das Lied in ihr hervorrief.

Ich war neidisch auf den Mann mit der Kamera, der immer noch einen Platz in ihrem Herzen einnahm. Seit meinem einundzwanzigsten Lebensjahr, als ich heimlich gelauscht hatte, wie sie ihm Lieder vortrug, war ich von dem Wunsch erfüllt, dass sie vor mir und ganz für mich allein sänge. Doch das war ein unerfüllbarer Traum von mir gewesen. Offenbar konnte ich nicht verhindern, dass ich ihm noch immer erlag, sobald sich die Gelegenheit dafür bot. Es war wie bei einer Sucht.

Mich widerte es an, dass meine Gedanken schon wieder in diese Richtung liefen, weswegen ich schnell und halb im Scherz sagte: »Der Mann mit der Kamera fotografiert zurzeit nicht.«

»Deswegen dachte ich …«, begann sie, sie hatte wohl nur auf meine Worte gewartet. Da erkannte ich ihren Wunsch, diese unangenehme Sache so schnell wie möglich hinter sich zu bringen. Im nächsten Augenblick fragte mich Sun-Mi, ob ich meinte, dass mein Bruder wirklich wieder zu fotografieren anfinge, wenn er sie wiedersähe. Diese Frage war für mich so schmerzhaft, als wenn ich mir einen Spreißel unter den Fingernagel gezogen hätte. Dabei war ich es ursprünglich gewesen, der sie darum gebeten hatte. Ich dachte daran, dass sich viel verändert hatte, seit ich sie kürzlich aufgesucht hatte. Ich hatte geglaubt, sie sei die einzige Person, die meinen Bruder dazu bringen könnte, die Kamera wieder in die Hand zu nehmen. Aber vielleicht war ja auch meine Sehnsucht nach ihr der eigentliche Antrieb dafür gewesen, sie wiederzusehen. Hatte ich das Ziel, meinen Bruder zum Fotografieren zu bringen, was ich ja wirklich wollte, nur als Vorwand benutzt, um meinen verborgenen Sehnsüchten nachgeben zu können? Ich wollte bewusst nicht zu tief in mein Innerstes blicken, weil ich mich davor fürchtete. Ihre plötzliche Frage brachte mich durcheinander. Vielleicht lag es daran, dass ich erst seit Kurzem aus Namcheon zurück war. Es kam mir allerdings so vor, als seien seitdem Jahrzehnte vergangen. Nicht nur der Ort war der Wirklichkeit entrückt, auch die Zeit verging dort anders. Ob die Zeit dort voranschritt, sich immer nur im Kreise drehte oder ganz stillstand, wusste niemand zu sagen.

»Lass mich deinen Bruder treffen«, bat sie mit leiser Stimme. Im Hintergrund lief der Refrain von *Mann mit der Kamera:* »Mach ein Bild von meinen Gefühlen, Mann mit der Kamera! Mach ein Bild von meinen Gefühlen …« Meine Gedanken liefen im Kreis, aber ich summte beiläufig die Melodie mit.

»Bring mich in das Hotel!«

Da hörte ich auf zu summen. Nicht nur weil das Lied zu Ende war, hörte ich auf. Ich glaubte meinen Ohren nicht zu trauen. Fragend hob ich die Augenbrauen.

Sie formulierte ihre Bitte noch einmal klar und deutlich und hätte sie wahrscheinlich so lange wiederholt, bis ich es verstand: »Bring mich in das Hotel, in dem U-Hyeon auf die Frauen wartet!« Ich spürte, wie ihre Stimme leicht bebte. Als sie ein drittes Mal »Bring mich hin« sagte, spuckte sie die Worte regelrecht aus. »Ich bin ja doch nur eine Hure!« Anscheinend wollte sie sich absichtlich besudeln.

Ich war den Tränen nahe und sagte ihr, dass sie aufhören solle, so zu reden. Meine Stimme geriet ins Stocken, und mein Herz klopfte zum Zerspringen. Ratlos winkte ich dem Besitzer der Teestube und sagte ihm, er solle Kaffee nachschenken. Dabei war meine Tasse noch halb voll, und Sun-Mi hatte keinen Schluck getrunken.

26

»Ich bin eine Hure, nicht mehr wert als eine Hure«, sagte sie. Diese Worte klangen in meinen Ohren unerträglich. Ich bat sie, damit aufzuhören, nicht aus Schamgefühl, sondern weil ich es nicht mehr aushielt. Aber sie hörte mich gar nicht. Sie war wild entschlossen, sich herabzusetzen und zu entwürdigen. Sie fuhr lautstark fort, als Hure sei es ihr gutes Recht, sich zu meinem Bruder ins Hotel bringen zu lassen. Offensichtlich wollte sie sich unbedingt auf die unterste Stufe der Gesellschaft stellen. Ich sagte, ich würde mir das nicht länger anhören, worauf sie erwiderte, ich solle genau aufpassen. Schließlich sei ich es gewesen, der sie aufgesucht und über meinen Bruder geredet hätte, und ich habe dafür gesorgt, dass sie sich selbst erkannt und zu sich gefunden hätte. Mir verdanke sie die Erkenntnis, dass sie eine Hure sei. Ich konnte ihrem Gedankengang weder in Bezug auf die Hure noch hinsichtlich meiner angeblichen Verantwortung dafür folgen. Sie war keine, und sie durfte auch keine sein. Ich hatte sie weder so behandelt noch so über sie gedacht.

Ich schlug ihr vor, ein Treffen zwischen ihr und meinem Bruder zu arrangieren, was ohnehin von Anfang an mein Wunsch gewesen war, aber nicht in der Rolle einer Prostituierten. Dies würde ihr nicht gerecht, erklärte ich ihr, und vor allem wünsche sich das ganz bestimmt auch mein Bruder nicht. Es könne weder in ihrem noch in seinem Interesse sein, wenn sie sich auf diese Art und Weise erniedrigte. Leider konnte ich sie nicht umstimmen. Mit einer ihr eigenen Starrköpfigkeit beharrte sie auf ihrer Meinung. Ich konnte es mir nicht anders erklären, als dass krankhafte Schuldgefühle sie in diese Enge trieben. Wenn ich noch länger da sitzen bliebe, würde ich unweigerlich durchdrehen, weshalb ich mich abrupt erhob. Der Bärtige, der sich gerade mit der Kaffeekanne unserem Tisch näherte, sah ratlos zwischen ihr und mir hin und her.

Inzwischen erfüllte ein anderes Lied den Raum. Die Melodie war so schräg wie das zu grelle Make-up im Gesicht eines Freudenmädchens. Erst jetzt bemerkte ich Sun-Mis Tränen. Ruckartig fiel ich auf den Stuhl zurück wie ein gefällter Baum. Sun-Mi, die abgewartet hatte, bis ich wieder saß, sagte melancholisch: »Nachdem ich U-Hyeon nicht mehr treffen konnte, lief mein Leben aus dem Ruder. Das soll aber nicht heißen, dass das wegen ihm war. Es hat sich einfach so entwickelt. Genau genommen war mir vollkommen egal, was aus mir wurde.«

Ich erzählte ihr nicht, dass ich ihre Wohnung ausgespäht hatte. Auch nicht, dass ich sie dort in Begleitung eines Mannes gesehen hatte, der sich überraschend als ihr Schwager entpuppte. Der einzige Hinweis, den ich ihr gegeben hatte, war die Frage, ob die falschen Informationen über meinen Bruder von ihrem Schwager stammten. Ich war mir dabei wie ein ausgebuffter Detektiv vorgekommen. Sie war in Verlegenheit geraten, hatte aber zugleich Argwohn erkennen lassen. Jetzt kam mir der Verdacht, dass ich ihr allein schon durch meine Frage ein schlechtes Gewissen verursacht hatte. »Ich habe meinen Schwager getroffen«, sagte sie. Ich begriff nicht sogleich, auf welchen Zeitraum sich ihre Aussage bezog, denn zuletzt hatte sie über Dinge geredet, die zehn Jahre zurücklagen. »Wann?«, fragte ich wie aus der Pistole geschossen und hoffte, sie würde das nicht als Verhör auffassen. Zum Glück schien sie es nicht so aufgenommen zu haben. »Nachdem du mich letztes Mal in der Bibliothek aufgesucht hattest. Ich wollte von ihm wissen, was da vorgefallen war.« Mit diesen Worten gab sie zu, dass tatsächlich ihr Schwager der Mann vom Geheimdienst war, der ihr damals die falschen Informationen über meinen Bruder zugespielt und die Trennung von U-Hyeon untermauert hatte. »Was da vorgefallen war und warum er das getan hatte … mich anzulügen. Erst leugnete er, die Unwahrheit gesagt zu haben. Als ich ihm aber eröffnete, dass du mich getroffen hättest und ich die Wahrheit wüsste …«, fuhr sie mit ihren Enthüllungen fort. Das sei eine Notlüge gewesen, und er habe das nur für sie getan, redete er sich heraus. Er habe nicht zulassen wollen, dass sie sich die Zukunft mit einem Krüppel verbaut.

»Er ist sehr selbstlos, dein Schwager«, sagte ich mit einem süffisanten Lächeln. Sie konnte bestimmt nicht umhin, die Spitze in meiner Bemerkung wahrzunehmen. Gerne hätte ich noch betont, dass nicht mein Bruder, sondern er ihre Zukunft zerstört hatte. Sie schien aber meine Anspielung schon verstanden zu haben. Ich hielt mich zurück, ihr zu sagen, dass ich an jenem Abend von der Dachterrasse der Einkaufspassage in ihr Appartement geschaut hatte. Sie wiederum schien sich die Frage zu verkneifen, wie viel ich eigentlich wusste. Jetzt erst trank sie einen Schluck Kaffee, offenbar weil sie eine Pause brauchte, bevor sie weiterredete.

»Noch erstaunlicher daran ist«, fuhr sie fort, als sie die Kaffeetasse ruhig auf den Tisch zurückstellte, »dass der Geheimdienst ein Treffen mit eurer Mutter arrangiert hat.«

»Meiner Mutter?«, rief ich. »Warum sollte er meine Mutter getroffen haben? Was hatte er von ihr gewollt?«

»Wie sich herausstellte, war alles, was deine Mutter mir erzählte, von diesem Mann vorgegeben worden. Er hatte sie dazu gebracht, mir diese Geschichte zu erzählen, indem er sie mit Drohungen eingeschüchtert hatte.« Sun-Mi holte Luft, als schnüre ihr etwas die Kehle zu.

Ich fragte mich, ob ihr klar war, dass sie über ihren Schwager sprach, wenn sie von »dem Mann« redete. Ganz gleich, ob es bewusst oder unbewusst geschehen war, man konnte es gewiss als Ausdruck ihrer Gefühle für ihn deuten. Schließlich schien er für sie mehr als nur der Schwager zu sein. Doch auf diesen Punkt konnte ich nicht nachdrücklicher eingehen. »Warum tut er denn so etwas?«, fragte ich. Das war die einzige Reaktion, die ich mir erlauben konnte. Sie antwortete, ohne zu zögern: »Er ist sehr habgierig. Was dieser Mann will, holt er sich.« Ich wusste nicht, ob ich ihre Worte richtig verstand oder nicht. Aber ich hatte von Anfang an einen gewissen Verdacht gegen ihn gehegt, und indem ich ihre Antwort in meinem Sinne deutete, fühlte ich mich darin bestätigt. Aus meiner Sicht war er ein abscheulicher Mensch. Nicht weil er mir gegenüber gewalttätig geworden war und mich gedemütigt hatte. So etwas konnte ich ertragen und sogar vergessen. Es war ihre Aussage, dass er sich nehme, wonach ihn verlange, die durchblicken ließ, dass er einen miesen Charakter hatte. Man konnte sich leicht ausmalen, wie sehr er Sun-Mi verletzen konnte.

In diesem Augenblick erklang unpassenderweise wieder das Lied *Mann mit der Kamera.* Der Besitzer des Ladens war vielleicht ein netter Kerl, aber Gespür für Situationen hatte er keines. Ich sah, wie Sun-Mis Wimpern fast unmerklich zuckten. Das Lied ließ sie verstummen. Durch das grobe Gewebe der wollenen Vorhänge sickerte Sonnenlicht herein. Staubpartikel schwirrten durch die Luft wie Eintagsfliegen, die es zum Licht drängt. In ihrem Sog schwebte die Melodie daher, träge und melancholisch. Sun-Mi schwieg beharrlich, bis das Lied verklungen war. Und ich konnte nur hoffen, dass dieser freundliche, aber unsensible Wirt das Stück nicht noch einmal auflegte. Glücklicherweise betraten während der letzten Takte fünf junge Frauen geräuschvoll das Teehaus. Ich war ihnen äußerst dankbar für ihr Geplauder, denn dadurch wurde die Aufmerksamkeit des Besitzers von uns abgelenkt und ersparte uns weitere Freundlichkeiten.

Nachdem ich meinen kalten Kaffee ausgetrunken hatte, fragte ich: »Ach, und deshalb meinst du, eine Hure zu sein? Deshalb hast du dich erniedrigt und beschimpft?« Ich musste sie unbedingt aus dem Kreislauf ihrer selbstzerfleischenden Gedanken herausreißen, daher schlug ich bewusst einen lockeren Ton an, als nähme ich das im Grunde genommen nicht richtig ernst. Sie antwortete nicht auf meine Frage. Ihre angespannten Gesichtszüge verrieten, welche Qualen sie litt. Dennoch durfte ich mich davon nicht beeindrucken lassen. Entschlossen erklärte ich, ich könne ihren Vorschlag nicht annehmen, wenn das ihre Motivation sei. »Mein Bruder ist weder körperlich noch geistig in Ordnung. Ich bringe ihn zwar einmal im Monat in der Hoffnung in das Hotel, dadurch einen Anfall verhindern zu können, als Therapie sozusagen, aber weder er noch ich sind von ihrer Wirksamkeit hundertprozentig überzeugt. Warum ich dir die ganze Geschichte erzählt habe, liegt daran, dass er mir leidtut. Und weil ich dir ein klares Bild davon vermitteln wollte, was bei uns los ist, wenn ich dich schon um Hilfe bitte. Du, Sun-Mi, beschimpfst und quälst dich selbst, doch damit ist niemandem geholfen. Dadurch kannst du meinen Bruder nicht retten. Das ist kein guter Weg, und darum solltest du diese Worte nie mehr in den Mund nehmen.« So redete ich auf sie ein.

Sun-Mi, die mir bis dahin schweigend zugehört hatte, begrub schließlich ihr Gesicht zwischen den Armen und schluchzte: »Was soll ich tun? Was kann ich denn tun…?«

Ich hätte ihr gerne den Arm um die Schulter gelegt. Aber meine Hände waren unter dem Tisch und rührten sich nicht von der Stelle. Sie waren zu Fäusten geballt, und meine Handflächen waren schweißnass. Ich öffnete die Hände und trocknete sie an meinen Hosenbeinen ab. Als hätte ich es mit meiner Befürchtung heraufbeschworen, erklang wieder ihr Lied im Teehaus: »Ich hab mein Innerstes nach außen gekehrt für dich, mein Schatz. Wie lange soll ich noch auf dich warten, bis du mich mal beachtest? Wie lange noch muss ich so stehn, was meinst du? Mach ein Bild von meinen Gefühlen, bevor sie vergehen, ja, nimm sie auf, bevor sie ganz verschwunden sind, Mann mit der Kamera …«

27

Ich weiß nicht, ob ich das Richtige getan habe. Ich glaube nicht, dass ich mich dessen schämen müsste, aber ich bin nicht sicher, ob es gut war. Zumindest handelte ich in dem Augenblick aufrichtig, so viel kann ich sagen. In irgendeinem Buch habe ich einmal gelesen, dass die Situation darüber bestimmt, ob eine Handlung richtig oder falsch ist. Dort stand auch geschrieben, dass jede Tat, die aus Liebe geschieht, gut ist. Im Umkehrschluss müsste das bedeuten, dass jedes Handeln schlecht ist, das nicht durch Liebe motiviert ist. Sollte also tatsächlich Liebe die schlimmste Untat rechtfertigen können und umgekehrt die edelste Tat nichts wert sein, wenn sie ohne Liebe vollbracht wird? Über solche Fragen habe ich mir früher den Kopf zerbrochen. Aber jetzt nicht mehr. Diese außergewöhnliche These eines Philosophen war mir wie in Stein gemeißelt erschienen. Mir kam sie vor, als sei sie speziell für mich geschrieben. Solange es aus Liebe geschieht, kann man alles entschuldigen. Denn die Liebe ist das einzige Kriterium, nach dem man alle Situationen und Probleme beurteilen kann.

Ich konnte Sun-Mi jetzt nicht im Stich lassen. Mir klang immer noch ihre Stimme im Ohr, als sie im Teehaus den Kopf auf den Tisch gelegt hatte und schluchzte: *Was soll ich tun? Was kann ich denn tun …?* Ich weiß nicht mehr, wann ich den Entschluss fasste, sie zu beschützen, und weshalb ich dachte, als Einziger dafür infrage zu kommen. Wahrscheinlich war es im Teehaus gewesen. Ich glaube, als ich meine schweißnassen Hände an meiner Hose abwischte, wurde mir klar, dass ich mich ihrer annehmen musste. Nachdem wir uns verabschiedet hatten und ich die sonnendurchflutete Straße, auf der die Sonnenstrahlen wie Spinnweben an der Haut zu kleben schienen, entlangging, sagte ich mir immer wieder vor: Mir ist das Recht zuteilgeworden oder vielmehr die Pflicht auferlegt worden, sie zu beschützen, und wenn ich mein Leben dafür opfern muss. Ich traue mich fast nicht, es zu sagen, aber nie zuvor hatte ich mich Sun-Mi so nahe gefühlt wie in dem Moment, als sie zusammengesunken am Tisch saß, ihr Gesicht verbarg und schluchzte.

Jedoch hatte ich zu diesem Zeitpunkt noch nicht daran gedacht, etwas zu unternehmen. Sie kehrte in die Bibliothek zurück, und ich ging ein Stück zu Fuß. *Was soll ich tun …?* Wieder und wieder schlichen sich ihre Worte mit Macht in meine Gedanken, sodass ich mehrfach stehen blieb und mich umdrehte. Ich konnte ihn vor mir sehen, den Abgrund der Qualen, in den Sun-Mi hineingeraten war. Gerne hätte ich sie aus diesem tiefen Tal befreit, wenn es irgendwie möglich gewesen wäre. Aber wie? Dann plötzlich wusste ich: Die Wurzel allen Übels war niemand anderes als ihr Schwager. Er war der Grund, weshalb sie sich für eine Hure hielt. Er hatte sie zu einer Prostituierten gemacht. Ich spürte, wie in mir brennender Hass auf diesen Kerl aufstieg.

Sun-Mi war nicht die einzige Person, die durch ihn unglücklich geworden war. Vor meinem geistigen Auge tauchte das Gesicht meines Bruders auf. Auch meine Mutter fiel mir ein, die für den Rest ihres Lebens leiden würde, gequält durch die Verstümmelung meines Bruders, ihres Erstgeborenen, ihres ganzen Stolzes. Ich dachte auch daran, wie der Kerl mich gedemütigt hatte. Mein Herz, mein Blut, jede Faser meines Körpers wurden von Hass zerfressen. Ich trat mit dem Fuß gegen einen Baum am Straßenrand. Ich hatte das Verlangen, den Kerl meinen Hass spüren zu lassen. Meine Liebe zu Sun-Mi und mein Hass auf ihren Schwager nährten sich gegenseitig. Ich wollte mir meine Liebe zu ihr dadurch erhalten, dass ich ihn verabscheute. Gleich einer Beschwörungsformel wiederholte ich murmelnd: Hass als Quelle der Liebe ist etwas Reines, Schönes und Heiliges. Mir war bewusst, dass ich mit diesem Gedanken einen äußerst schmalen Grat beschritt. Wenn aber der einzige vorhandene Weg steinig und schwer ist, so bleibt nichts anderes zu tun, als ihm zu folgen.

Ich beschloss, dem Kerl einen Besuch abzustatten. Jemanden ausfindig zu machen gehörte zu meinem Beruf und war eine meiner leichteren Übungen. Ich konnte mich an das Autokennzeichen des Mannes erinnern. Also rief ich bei Die Laufburschen an und bekam so seinen Namen samt Alter, Adresse und Telefon heraus. Ohne zu zögern, rief ich ihn zu Hause an.

Eine Frau ging an den Apparat. Der Klang ihrer Stimme erinnerte ein wenig an Sun-Mi, was mich vermuten ließ, dass es sich vielleicht um ihre Schwester handelte. Ich sagte ihr, dass ich nach Herrn Chang Young-Dal suchte. Das war der Name des Kerls. Die Frau fragte zurück, wer ich denn sei. Ich log ihr vor, ein gewisser Manager Cheong zu sein. Bei Die Laufburschen hatte ich gelernt, dass es in solchen Fällen äußerst wirkungsvoll war, sich einen nebulösen Titel zu geben, den man nicht so einfach zuordnen kann. Zwar sollte man darauf vorbereitet sein, das Netz aus Lügen weiterzuspinnen, wenn man gefragt wird, um welche Art von Manager es sich handelt, aber den meisten Hausfrauen genügte das, um ihren Argwohn zu zerstreuen. Es ist ganz typisch für die Frauen dieses Landes, sich nicht in die Belange der Männerwelt einzumischen.

Doch meine Gesprächspartnerin schien sich sehr wohl mit der Welt ihres Mannes auseinanderzusetzen: »Mit Verlaub, worum geht es denn?« Ihre Frage war vorsichtig. »Ach, ich habe ihm etwas mitzuteilen. In meinem Notizbuch steht nur seine private Telefonnummer. Ich bin im Moment unterwegs ...«, unterbreitete ich ihr unaufgeregt meine Lügengeschichte. »Rufen Sie ihn im Büro an!«, erwiderte sie unerwartet kurz angebunden und legte den Hörer auf. Mit einem Klick wurde die Verbindung getrennt. Ich hatte zwar eilig begründet, weshalb ich die Büronummer nicht kannte und ihn deshalb daheim zu erreichen versuchte, doch meine Worte drangen gar nicht bis ans andere Ende der Leitung, sondern verhallten im Nichts.

Böse starrte ich den stummen Telefonapparat an, während ich mich fragte, ob sie von der Beziehung ihres Mannes zu der jüngeren Schwester wusste. Es war unmöglich, allein aufgrund dieses kurzen Gesprächs Rückschlüsse zu ziehen. Ich war zwar neugierig, inwieweit diese Frau über die Beziehung Bescheid wusste, beherrschte aber meine Wissbegier, um meinen schönen, reinen und heiligen Hass nicht durch solche Nebensächlichkeiten zu beschmutzen.

Ich hätte Sun-Mi anrufen und auf diese Weise problemlos herausfinden können, wo der Mann arbeitete, doch ich entschied mich dagegen.

Gegen Abend begab ich mich zu ihrer Wohnung. Mein Hass trieb mich dazu. Ich war sein Knecht und im Übrigen bereit, mich von ihm leiten zu lassen. Der Hass in mir war nicht nur makellos, unbefleckt und heilig, sondern auch weise. Ich erinnere mich daran, den Spruch »Rein wie eine Taube und weise wie eine Schlange« in einem Abschnitt der Bibel meiner Mutter gelesen zu haben. Ich hatte dieses widersprüchliche Bild nicht begriffen.

Was mich störte, war selbstverständlich nicht die Verbindung von Reinheit und Weisheit, sondern deren Verknüpfung mit den Sinnbildern Taube und Schlange. Nun aber wurde mir die Bedeutung des Satzes mit einem Schlag klar. Er erklärte hervorragend den Hass, der in mir brodelte. Als sei er für mich und meine Situation geschrieben worden, ergab auf einmal alles einen Sinn.

Wie beim letzten Mal erklomm ich die Dachterrasse der Ladenpassage gegenüber Sun-Mis Appartement. Ich versuchte, mein Vorgehen damit moralisch zu rechtfertigen, dass dies die einzige Möglichkeit sei, Sun-Mi zu schützen. Dennoch fühlte ich mich ausgelaugt wie ein alter Lumpen. Offenbar war es mit der Sache der Gerechtigkeit doch nicht so weit her. Ich kaufte mir vorab einige Bierdosen und lehnte mich an das Geländer der Terrasse. Sie kam spät nach Hause. Ich hatte bereits zwei Dosen Bier geleert. Als ich das Gesicht des Mannes erkannte, der sie begleitete, war ich wie vom Blitz getroffen. Ich fühlte mich verraten und verletzt, und ich begann, in meinem Zorn rastlos auf der Dachterrasse hin und her zu laufen. Ich kam mir vor wie ein Tiger im Käfig. Da ich meine Schreie zurückhalten musste, artikulierten sie sich in Form eines anhaltenden Knurrens.

Der Mann nahm auf dem Sofa Platz und schaltete den Fernseher ein. Zufällig erschien eine Werbung für das Bier, das ich gerade trank. Offensichtlich gefiel dem Kerl der nächste Spot über eine Wertpapieranlagegesellschaft nicht, denn er wählte einen anderen Kanal. Nun flackerten Baseballspieler in einem Stadion über den Bildschirm, die bald verschwanden, um von einer Fußballmannschaft abgelöst zu werden. Anscheinend hatte er endlich ein Programm nach seinem Geschmack gefunden, denn er legte die Fernbedienung auf den Couchtisch.

Sun-Mi lief hin und her: Sie öffnete eine Tür, vielleicht die zum Schlafzimmer, verschwand dahinter und kehrte bald darauf in anderer Kleidung zurück. Sie öffnete eine andere Tür – das

Badezimmer? –, und als sie wieder erschien, hatte sie ein Handtuch um ihren Kopf gewickelt. Sie ging in die Küche, betrat den Balkon und kehrte wieder in die Küche zurück. Sie kam ins Wohnzimmer, verließ es aber sogleich und stand wieder in der Küche. Mein Blick folgte ihr heimlich in alle Räume, wobei ich mich abwechselnd über die Brüstung lehnte und davon zurückwich. Entsprechend ihren Bewegungen wechselten die Bilder, die ich sah: Mal zusammenhängende Sequenzen, mal Momentaufnahmen. Ich war von Sun-Mi tief enttäuscht und auf den Kerl extrem wütend. Wenn ich die Möglichkeit gehabt hätte, wäre ich zwischen die beiden gefahren. So aber war ich ratlos, was ich tun sollte. Mein Zorn und meine Enttäuschung waren meine Angelegenheit und konnten den beiden gleichgültig sein. Mir war bewusst, dass man schwerlich von anderen erwarten konnte, dass sie sich in einen hineinversetzen.

Mit einem Mal wurde ich Zeuge einer unglaublichen Szene, als ich dicht an die Brüstung gepresst dastand und hinüberstarrte. Ich hatte angenommen, die beiden würden bald die Vorhänge zuziehen und sich in die Arme fallen. Auch das Licht würden sie löschen. Doch ich sollte mich irren. Sie umarmten sich nicht und schlossen auch nicht die Gardinen. Ebenso wenig ging das Licht aus. Stattdessen standen sich beide aufrecht gegenüber, starrten sich an und hatten dann anscheinend ein heftiges Wortgefecht. Nach einer Weile versetzte der Mann Sun-Mi mit der Hand einen heftigen Schlag ins Genick. Sie langte sich an den Kopf und fiel zu Boden. Der Mann trat ihr mit dem Fuß in die Seite. Dabei schien er etwas zu schreien, aber seine Stimme drang nicht bis zu mir. Mir wich alles Blut aus den Gliedern. Das konnte er doch nicht tun. Nein, niemand durfte sie schlagen, und er schon gar nicht. Unter keinen Umständen konnte ich sie seiner Gewalt ausgesetzt lassen. Ich knirschte mit den Zähnen. Inzwischen hatte er sie mit einer Hand an den

Haaren gepackt, während er ihr mit der anderen Hand ununterbrochen ins Gesicht, an die Brust und in den Leib schlug. Sun-Mi wehrte sich nicht. Sie lag lediglich auf dem Boden und schluchzte. Ich konnte es hören, obwohl kein Laut nach außen drang. Das war ein Signal, ja, ein Signal, das an mich gerichtet war. Ich fühlte Demütigung, als wäre ich in ihrer Seele, und ich empfand Schmerz, als wäre ich in ihrem Körper. Wie hätte ich diesen Hilferuf ignorieren können.

Ich kramte hastig mein Mobiltelefon hervor und tippte ihre Nummer ein. Am anderen Ende der Leitung sollte es jetzt klingeln, doch an den Geschehnissen in ihrer Wohnung änderte sich nichts. Wie Schauspieler auf der Bühne, die getreu ihre Rolle weiterspielten, fuhr er fort, auf sie einzuschlagen, und sie ließ es widerstandslos über sich ergehen. Mein aufgewühltes Herz schrie: Nimm den Hörer ab, bitte! Bitte geh ran …! Doch sie schienen sich nicht um das lang anhaltende Klingeln zu kümmern. Zu sehr waren sie in ihr Stück vertieft.

Ich ließ eine halb leere Bierdose auf der Dachterrasse zurück und hastete die Treppe hinunter. Ich hatte noch keinen Plan, außer dem Gedanken, dass ich sie irgendwie aus der Gewalt dieses Kerls befreien musste. Ohne anzuhalten, rannte ich bis zu ihrer Wohnung und drückte auf die Klingel. Ich klingelte und klingelte, immer wieder. »Ist da drinnen jemand?«, schrie ich, während ich mit den Fäusten wummernd an die Tür trommelte. »Wer ist da?« Die Stimme des Mannes klang genervt. Das war nicht verwunderlich, und so wie sich die Situation entwickelte, war nicht damit zu rechnen, dass er die Tür ohne Weiteres öffnen würde. Spontan log ich, ich sei der Wächter der Anlage, und fügte hastig hinzu, es sei Feuer im unteren Stockwerk ausgebrochen, jeder möge sich in Sicherheit bringen. »Was für ein Feuer soll denn da ausgebrochen sein?«, murrte der Kerl zwar vor sich hin, doch die Verärgerung wich zunehmend aus seiner Stimme. Ich hatte gute Lust, tatsächlich Feuer zu legen. »Beeilen Sie sich! Schnell!« Ich spulte weiter meinen Text ab und fand, dass ich die Rolle ganz vorzüglich spielte. Das steigerte mein Selbstbewusstsein und meine Zuversicht. Ich starrte unruhig auf die stahlgraue Tür, als sähe ich das mürrische Gesicht dieses unangenehmen Zeitgenossen, und der Hass, der in mir schwelte, rückte wieder in mein Bewusstsein. Hass als Keim der Liebe, heiliger, reiner und schöner Hass, das zweite Gesicht der Liebe. Ich würde alles tun, um Sun-Mi zu beschützen. Egal, was wäre, ich würde es tun. Ich spürte, dass mein Hass zu explodieren drohte.

Kurz bevor er zum Ausbruch kam, öffnete sich zögerlich die abweisende, stahlgraue Tür. Als sie halb aufgegangen war, schob der Kerl seinen Kopf heraus, und ich wusste augenblicklich, auf welche Weise sich mein Hass Luft machen würde. Mithilfe meiner Muskeln, genauer gesagt meiner Fäuste. Ich spürte, wie der Hass die Muskeln meiner Arme hart wie Stahl werden ließ. Ich malte mir aus, wie meine Fäuste auf seine Fratze, seine Brust und seinen Magen trafen und dass sie womöglich tödlich sein könnten. Als ich meine Fäuste dann auf ihn niederprasseln ließ, war mir das völlig egal.

28

Sun-Mi weinte. Weinen war das Einzige, zu dem ihre verwundete Seele noch fähig war.

Ohne weiteren Plan holte ich sie aus der Wohnung und setzte sie in mein Auto. Doch bevor ich losfuhr, suchte ich den braunen Wagen ihres Schwagers und zerstach alle vier Reifen. Das beschwichtigte meinen Zorn nicht sonderlich, weshalb ich die eiserne Umzäunung einer Blumenrabatte herausriss und damit fünfmal auf die Windschutzscheibe einschlug, bis sich die Risse wie ein Spinnennetz über das ganze Glas verteilten. Sun-Mi heulte nur. Wie ein Kind, das keine andere Möglichkeit hat, sich mitzuteilen, heulte sie nur. Aus der Dunkelheit kam schreiend der Wächter der Anlage auf mich zugerannt, und so startete ich den Motor und trat entschlossen aufs Gaspedal. Augenblicke später schoss mein Auto durch das Wohnviertel.

Die Welt um uns herum war stockdunkel. Kaum hatten wir den Appartementkomplex hinter uns gelassen, gab es nicht eine einzige Straßenlaterne mehr. Ohne zu wissen, wohin die Straße führte und wohin ich fahren sollte, gab ich Gas. Nur weg von hier. Sun-Mi weinte noch immer. Ich spürte, dass sie am ganzen Körper bebte. Das Zittern störte mich. Die Heulerei war mir egal, aber das Zittern störte mich. »Hör bitte auf zu zittern!«, rief ich, »hör damit auf!« Noch während ich sie anschrie, wurde mir klar, warum ich mich aufregte. Denn ich selbst zitterte. Ohne dass ich etwas dagegen tun konnte, zitterte ich am ganzen Körper. Ich fragte mich, ob es Angst war, die mich zu meiner rasenden Fahrt antrieb. Wie ein Jagdflugzeug zerteilte ich die Dunkelheit vor mir und schoss durch die Nacht. Bereit, irgendwo eine Bombe abzuwerfen. Vielleicht war es genau das. Mein Körper war womöglich nur eine Hülle, die eine Bombe in sich barg, und ich auf dem Weg nach irgendwo, um sie dort zu zünden und mit ihr in die Luft zu fliegen.

Sun-Mi hörte nicht auf zu zittern und zu weinen. Ich schrie sie an, während ich das Gaspedal mit aller Kraft durchtrat: »Was willst du denn? Weißt du nicht, dass er ein Schwein ist? Merkst du nicht, dass er dich körperlich und geistig fertiggemacht und deine Seele zerstört hat? Warum bist du so geworden? Warum tust du das? Warum ausgerechnet dieser Dreckskerl? Ich kapier nicht, wieso du dich nicht wehrst, wieso du dich selbst aufgibst? Weißt du nicht, dass du dich mit einem Teufel eingelassen hast? Dieser Typ ist der Teufel.«

Sie hörte nicht auf zu weinen, offensichtlich zu keiner anderen Reaktion fähig. Ich wurde von einer Welle des Mitleids überschwemmt und hätte am liebsten mitgeweint. Glücklicherweise gelang es mir, mich zu beherrschen, und mit sanfterer Stimme sagte ich ihr, dass sie sich nun keine Sorgen mehr zu machen brauche: »Hab keine Angst! Von nun an werde ich dich beschützen. Ich kann es nicht ertragen, wenn du leidest. Ich verzeihe niemandem, der dir wehtut. Sei unbesorgt. Ich werde immer bei dir sein …« Ich sprach so pathetisch, um mich gewissermaßen selbst zu überzeugen. Dennoch hörte sie nicht auf zu heulen. Ihr Schluchzen wurde sogar noch lauter. Da traten mir Tränen in die Augen. War ich von dem, was ich gesagt hatte, dermaßen ergriffen? Eher lag es daran, dass ich meine Worte selbst nicht recht glaubte. Mir wurde klar, wie groß die Kluft zwischen Wunsch und Wirklichkeit war. Ihre Tränen waren mir so nahegegangen, dass ich einfach drauflosgeredet hatte. Dass ich ihren Schwager als Teufel bezeichnet hatte, war meiner heftigen Erregung zuzuschreiben. Als ich ihr dann aber schwor, sie auf ewig zu beschützen, war mir mein Herz schon ganz tief in die Hose gerutscht.

Wohin führte dieser Weg? Wege kreuzen sich oder enden. Sie führen überall und nirgends hin. Blindlings raste mein Wagen auf unbekannten Straßen, mal hierhin, mal dahin, dann bog er in die Auffahrt zu einer Schnellstraße, ohne das Tempo zu verringern. Erschrockene Autofahrer wichen hastig auf die andere Fahrbahn aus. Einer bremste mit lautem Quietschen ab, ein anderer hupte. Doch ich nahm nichts davon richtig wahr. Jeder, der uns auf der Straße begegnete, hätte Veranlassung gehabt, Polizei oder

Feuerwehr zu melden, dass ein Fahrzeug mit defekten Bremsen in aberwitziger Geschwindigkeit über die Autobahn raste. Entgegen aller Wahrscheinlichkeit folgte uns aber kein Blaulicht. Eigentlich war das auch völlig nebensächlich.

Mich beschäftigten wichtigere Dinge. Ziellos fuhr ich umher, bis der Morgen anbrach. Glücklicherweise, ohne einen Unfall zu verursachen, was allerdings an der Vorsicht der anderen Autofahrer lag. Inzwischen hatten wir die Autobahn verlassen, und irgendwann schlief Sun-Mi, erschöpft vom vielen Weinen, auf dem Beifahrersitz ein, auf den Wangen die Spuren ihrer Tränen. Etwa zu der Zeit, als der Himmel sich im Osten rötlich zu färben begann, blieb mein Fahrzeug auf einer ruhigen Nebenstraße stehen. Der Tank war leer. Ohne einen Mucks war das Auto, das so schnell dahingerast war, von selbst eingeschlafen.

Ich fühlte mich leer, wie ein Ballon, aus dem die Luft entwichen ist. Ich lehnte meinen Kopf an die Nackenstütze des Sitzes und schloss erleichtert die Augen. Was nur wenige Stunden zuvor geschehen war, erschien mir wie eine Geschichte aus längst vergangenen Tagen. Sie schien so weit weg, als hätte ich sie bloß geträumt, als hätte sie in einem anderen Jahrtausend stattgefunden, oder gar in einer anderen Galaxie.

Ich öffnete die Augen, hob meinen Kopf von der Nackenstütze und sah zur schlafenden Sun-Mi hinüber. Sie sah überraschend friedvoll aus. Das Gesicht der Frau, die ich liebte, war direkt neben mir. Ich konnte kaum fassen, dass sie vertrauensvoll an meiner Seite schlief. Es kam mir unwirklich vor, dicht neben ihr zu sitzen und ihr im Schlaf so liebliches Gesicht anzustarren. War ich vielleicht noch nicht wach, träumte ich noch immer? Am liebsten hätte ich mit meiner Hand ihre Wange berührt, auf der die Tränen ihre Spuren hinterlassen hatten. Wie gerne hätte ich sie abgewischt. Aber ich tat es nicht, denn ich hatte Angst, der Traum würde zerplatzen, wenn ich ihre Wange berührte. Ruhig zog ich meine über ihrem Gesicht schwebende Hand zurück, die sich nach der Berührung sehnte, und legte ganz leicht meine Stirn an ihre, während ich die Augen schloss. Ich spürte den sanften Hauch ihres Atems. Ein unbeschreibliches Glücksgefühl erfüllte mich. Wäre das Ende der Welt nahe gewesen, es hätte mich nicht berührt. Ich wollte nichts mehr denken.

29

»Ich habe geträumt«, sagte Sun-Mi.

Ich hatte gehofft, so verharren zu können, meine Stirn an ihre gelehnt, bewegungslos bis zum Ende der Welt. Doch anscheinend war ich eingeschlafen. Allerdings nicht sonderlich tief, denn jedes Mal, wenn sie sich bewegt hatte, war ich aufgeschreckt.

Tatsächlich hatte ich mich zu einer sonderbaren Vorstellung hinreißen lassen, während ich ihren regelmäßigen Atem spürte. Der Gedanke, die aussichtslos geglaubte Liebe könne wahr werden, war berauschend, und mein Herz hämmerte wie wild. Ich hatte mir, während ich mit geschlossenen Augen an ihr lehnte, vorgestellt, sie gehöre ganz mir, und war mir dabei keineswegs unverschämt vorgekommen. Als ich jedoch erschrocken die Lider aufriss, weil Sun-Mi sich bewegte, schien die Idee absurd zu sein, auch wenn sie sich ganz richtig anfühlte. Sie richtete sich kerzengerade in ihrem Sitz auf und starrte nach vorne.

Die Straße vor uns schlängelte sich in unzähligen Kurven bis zum Horizont. Die Sonne, deren Strahlen den Asphalt entlangwanderten, wurde noch halb von den Berggipfeln verdeckt, und Sun-Mis Blick folgte dem Schattenverlauf bis zum Sonnenaufgang in der Ferne. Die Fahrbahn war menschenleer. Zum Beweis der wilden nächtlichen Fahrt war die Windschutzscheibe dicht übersät von großen und kleinen Flecken, Überreste von Insekten. Als leere Hüllen ohne Substanz klebten sie in Scharen auf dem Glas, leicht wie getrocknetes Gras. Ich dachte an das Gewicht der Fliegen und die Geschwindigkeit des Fahrzeugs. Wie hoch muss das Tempo sein, um den Insekten den tödlichen Schlag zu verpassen? Die Sonnenstrahlen brachen sich auf den feinen Flügeln der aschfarbenen Insekten und ließen sie silbrig schimmern. Ab und zu fuhr ein Auto an uns vorüber.

»Ein seltsamer Traum«, sagte Sun-Mi versonnen mit schläfriger Stimme. Sie schien noch gar nicht wach zu sein, den Traum mit in die Wirklichkeit gebracht zu haben. Im Gegensatz zu ihrer verschlafenen Verfassung wirkte ihr Gesicht wach und frisch. Es schien zu leuchten, was wahrscheinlich daran lag, dass die Sonnenstrahlen sie im Profil trafen.

Mühsam versuchte ich, das Verlangen zu unterdrücken, mit meinen Lippen ihre Wange zu berühren, und fragte: »Was hast du geträumt?«

»Ein seltsamer Traum war das«, wiederholte sie mit derselben halb wachen Stimme, noch ganz unter dem Eindruck des Traumes. »War ich diese Frau gewesen? Die Perspektive in dem Traum hat dauernd gewechselt, von meinem Blickwinkel zu dem einer anderen. War ich diese Frau?«, fuhr sie leise fort, indem sie den Weg zurück in den Traum wanderte.

Ich betrachtete wie verzaubert ihr Profil, das sich durch die schrägen Sonnenstrahlen genau abzeichnete. Ich wusste nicht, was sie für einen Traum gehabt hatte, aber mir kam es so vor, als träume ich gerade von ihr.

»Es geht um zwei Menschen, die sich sehr lieben«, fuhr sie fort, »der Mann ist ein Musikant. Er spielt Trompete. Mit dieser verkündet er dem Volk, wann es Zeit ist aufzustehen und wann sie zu Bett gehen sollten, wann die Arbeit beginnt und wann sie endet. Alle Menschen im Schloss bewegen sich auf Kommando des Trompeters. Auch bei besonderen Anlässen am Hofe bläst er die Trompete. Er liebt eine Frau, doch sie ist die Tochter eines Adligen. Sie ist liebreizend und wohlgestalt. Ihre Liebe zu ihm steht seiner Liebe in nichts nach. Darum sind sie glücklich. Sobald der Mann den Bewohnern des Schlosses den Zapfenstreich geblasen hat, geht er zu ihr. Jede Nacht schwören sie einander unter dem Sternenzelt die ewige Liebe, jeder Stern ein Schwur. Da der Himmel voller funkelnder Gestirne hängt, ist ihres Schwörens kein Ende. Doch mit einem Mal ziehen dichte Wolken auf und werfen Schatten über ihr Liebesglück. Der Herr des Schlosses begehrt die Frau und macht ihr den Hof. Sie weist ihn natürlich mit den Worten ab, sie liebe einen anderen. Der Schlossherr hält an seinem Verlangen fest. Doch sie bleibt unbeirrt: Ich liebe einen anderen. Der Schlossherr erteilt ihrem Vater, seinem Gefolgsmann, das Geheiß, die Tochter umzustimmen. Dieser dringt in die Holde, was denn der Grund sei, sich dem Liebeswerben ihres Herrn zu verweigern. Warum nicht annehmen, ihr läge die Welt zu Füßen. Sie schüttelt ihren Kopf – nein, sie habe einen Liebsten. Der Vater gibt es auf, sie umstimmen zu wollen, nicht so jedoch der Schlossherr.«

Ein voll beladener Lastwagen donnerte laut hupend mit hohem Tempo an uns vorüber, sodass mein Wagen wackelte. Dies war ein klarer Hinweis, denn mein Auto stand gefährlich mitten auf der Straße, aber ich konnte das Fahrzeug kein Stück weit bewegen, also auch nicht an den Fahrbahnrand. Ich schaltete den Warnblinker ein. Der Wagen war von selbst stehen geblieben. Im Tank kein Tropfen Benzin mehr. Nicht einmal die rote

Warnleuchte der Tankanzeige hatte ich bemerkt. Wo befanden wir uns eigentlich?

»Das klingt nach einem Märchen«, sagte ich wahrheitsgemäß. Vielleicht war es, wie sie gesagt hatte, ein seltsamer Traum, aber zumindest schien es kein Albtraum zu sein.

»Ein Märchen?« Sie lächelte melancholisch.

»Oder etwa nicht?« Mein Lächeln war bewusst breit und aufheiternd. Sie stimmte weder zu noch verneinte sie. Stattdessen stieß sie einen Seufzer aus und öffnete das Fenster einen Spalt.

»Wo sind wir?«, fragte sie, nachdem sie tief Luft geholt hatte. Ich entgegnete ihr, dass ich keine Ahnung hätte. Sie drehte den Kopf und sah mich an.

»Wir sind die ganze Nacht gefahren und haben kein Benzin mehr.« Ich grinste verlegen. Sie reagierte nicht. »Der Vater hat sie in Ruhe gelassen, der Schlossherr aber nicht. Bis dahin hast du erzählt«, fügte ich hinzu. Nicht aus Neugier auf die Fortsetzung ihrer Traumgeschichte, sondern weil ich nicht wusste, wie ich mich verhalten sollte. Am liebsten wäre es mir gewesen, sie wäre gar nicht erst aufgewacht!

»Möchtest du noch mehr hören?«, fragte sie.

Ich nickte.

»Der Schlossherr scheint von jenem Menschenschlag zu sein, dem nie ein Wunsch verwehrt geblieben ist. Er holt sich alles, was er will, wozu ihm jedes Mittel recht ist. Er ist hartnäckig, zudringlich und gierig«, fuhr sie fort. Ich spürte in ihren Worten einen Anflug von Angst. »Dem Schlossherrn kommt zu Ohren, dass es sich bei ihrem Geliebten lediglich um einen gemeinen Musikanten handelt, der für seine Untertanen, das Volk und die Armee Trompete bläst. In seinem Stolz verletzt und seiner Ehre gekränkt, lässt der Schlossherr dem Trompeter das Instrument wegnehmen. Stattdessen gibt er ihm einen Speer in die Hand und schickt ihn aufs Schlachtfeld. Der

Kampf tobt heftig und grausam. Der junge Mann, der sein Leben lang nur Trompete geblasen hat, ist ungeübt im Gebrauch mit dem Wurfspieß. Im Gefecht verliert er die Arme und sein Augenlicht. Blind und ohne Arme kehrt er zurück, doch die Frau liebt ihn noch immer. Er jedoch leidet. Er klagt, sie solle aufhören, ihn zu lieben: ›Dass du mich weiter begehrst, blind und armlos wie ich bin, quält mich. Liebe mich nicht, verlass mich!‹ So ruft er. Sie schüttelt den Kopf, das sei ihr nicht möglich. Sie entgegnet ihm: ›Erinnere dich, wie wir uns nächtens bei den Sternen schworen, die wir am Firmament geschaut. Erst wenn der letzte Stern vom Himmelszelt verschwunden ist, kann auch meine Liebe schwinden. Solange die Sterne dort oben funkeln, so lange bleibt auch meine Liebe dir treu. Erinnerst du dich nicht? Wo immer du auch hingehen magst, stets werde ich dich begleiten.‹ Eines Tages steht der unglückliche Musikant, der keine Musik mehr machen kann, am Meer und bittet den Gott der Meere, er möge ihm helfen, ihrer Liebe zu entfliehen. Er möge ihn an einen Ort bringen, an dem die Liebste ihn nicht finden könne, weit, weit weg. Daraufhin springt er ins Meer. Der Gott der Meere versteht die Trauer. Er ist ergriffen von der großen und tiefen Liebe des Jünglings, die dieser bereit ist zu opfern. Der Meeresgott verwandelt den jungen Mann in ein Samenkorn in Form einer Trompete und lässt ihn in den Wellen treiben. So durchquert der Samen, von Wellen getragen, den Ozean. Nach einiger Zeit wächst an entfernten Gestaden des Meeres ein Bäumchen heran. Bald schießt es gen Himmel, um nach den Sternen zu greifen, die das Paar zuvor jede Nacht als Zeugen ihres Eides betrachtet hatte. Wenn der Abend sich senkt, ertönt von dem Baum ein Trompetensignal. Durch die Wellen davongetragen, schweben die Töne über das Meer. Die Frau indessen nimmt seit dem Verschwinden ihres Geliebten keine Nahrung mehr zu sich, und auch des Schlafens enthält sie sich, sodass sie bald ganz dünn und ausgemergelt ist. Da erhaschen ihre Ohren von weit her den wohlbekannten Klang einer Trompete, und sie folgt ihm ans Ufer. Sie weiß genau, von wem diese Töne stammen. Weinend fleht sie den Gott der Meere an: ›Lass mich dorthin übersetzen. Mein Geliebter ruft mich von jenseits des Meeres. Lass mich zu ihm!‹ Der Meeresgott aber schüttelt sein Haupt: ›Das geht nicht.‹ Er kann sein Versprechen gegenüber dem unglücklichen, blinden und armlosen Musikanten nicht brechen. Sosehr es ihn schmerzt, ignoriert er dennoch ihre Tränen. Aber sie kehrt dem Ufer nicht den Rücken und fleht weinend weiter. Der Gott der Meere antwortet nicht einmal. Es dauert nicht lange, bis sie, ausgezehrt vom Mangel an Schlaf und Essen, mit einer letzten Träne, die zu Boden fällt, all die Flüssigkeit ihres Körpers vergossen hat und stirbt …«

Beklommen öffnete Sun-Mi das Seitenfenster noch ein Stückchen weiter. Die Sonnenstrahlen streckten ihre unsichtbaren Fühler durch das offene Fenster herein. Die Flügel der Eintagsfliegen auf der Frontscheibe schimmerten in silbernem Glanz. Ich fühlte mich an die See erinnert, die ihren Körper in der Morgensonne wälzt. In diesem Moment schoss mir durch den Kopf, dass womöglich das Meer in der Nähe sein könnte. Die Luft, die der Wind hertrieb, roch salzig.

Ihr Traum hatte am Ende nicht viel mit einem Märchen gemein. Sie hatte recht, wenn sie diesen Traum als seltsam bezeichnete. Hatte sich die Unruhe in ihrer Stimme auf mich übertragen? Meine Nerven vibrierten wie elektrisiert, die Sinne waren überreizt. Ich wusste, was sie noch nicht wusste. Ich begriff, was sie nur vermutete. Ihr Traum wartete auf meine Auslegung. Sie hatte geträumt, und ich war derjenige, der ihr den Traum erklären sollte. Ich war nicht Bestandteil ihres Traumes, sondern stand außerhalb, um ihn zu deuten. Die Vorstellung, lediglich als Traumdeuter zu fungieren und für nichts anderes da zu sein, gab mir ein elendes Gefühl. Mir brannten die Wangen.

Ihre Geschichte war noch nicht zu Ende. Nach kurzer Pause fuhr sie fort.

»Obwohl er so kaltherzig gewesen ist, geht der Tod der Frau dem Gott der Meere nahe. Er bereut seine Unnachgiebigkeit. Und so verwandelt er auch sie in einen Samen. Nach einer Weile sprießt an der Stelle, an der sie gestorben ist, ein Bäumchen. Der Baum wächst zum Himmel empor, um die Sterne zu erreichen, die das Paar früher bei seinen Treueschwüren nachts betrachtet hatte. Zwei große Bäume, die Himmel und Erde miteinander verbinden, stehen auf gegenüberliegenden Ufern und wirken, als würden sie sich im nächsten Augenblick in die Fluten stürzen. Doch Bäume können weder laufen noch fliegen, sondern stehen fest verwurzelt an einer Stelle. Wie es scheint, ist das Glück den beiden selbst nach ihrer Verwandlung nicht hold, und ihre Liebe bleibt unerfüllt. Aber so ist es nicht. Das ist noch nicht das Ende. Das Ende meines Traums ist geheimnisvoll, wundersam und merkwürdig. Wenn die Nacht anbricht, zu der Zeit, zu der sie sich unter freiem Himmel zu treffen pflegten und einander Liebe gelobend die Sterne betrachteten, bewegen sich die beiden Bäume erstaunlicherweise kraftvoll und flink. Alle Energie und alle Sinne konzentrieren sich dann auf die Wurzeln, die sich pfeilschnell unter dem Meeresboden durchgraben. Mitten im Meer treffen sich die Wurzelspitzen der beiden Bäume und verschränken sich miteinander. Wie Hände liebender Menschen strecken sie sich einander sanft entgegen, liebkosen und umfassen sich. Die Berührung ist zart und die Umarmung leidenschaftlich. Wie kann ein Traum so sein? Er war so deutlich. Er war so lebhaft und spürbar wie die Wirklichkeit. Mir war im Schlaf, als taste jemand wirklich nach meinem Gesicht. War ich diese Frau? Warum habe ich so einen sonderbaren Traum geträumt?«

Sie war am Ende ihrer Geschichte angelangt. Überrascht stellte ich fest, dass mir der Schlussteil ihres Traumes nicht fremd war. Nach der Trauerfeier des alten Mannes hatte ich mir im Auto auf dem Weg nach Seoul Gedanken über die Palme in Namcheon gemacht: In meiner Vorstellung erreichten die Wurzeln das Wasser und der Ozean umarmte den Baum, nein, es war umgekehrt. Die Palme war größer und breiter als das Meer. Ich hatte mir ausgemalt, dass die langen und tiefen Wurzeln den Pazifik durchschwimmen und den Urwald in Brasilien oder Indonesien erreichen. Wer weiß, hatte ich den Gedanken weitergesponnen, ob nicht der Baum nachts ein- oder zweimal unter Wasser den Pazifik überquert. Dass ein Baum, ohne sich rühren zu können, an einem Ort feststeht, war mir zu einfach erschienen. Ich hatte mich gefragt, warum ein Baum, der den Weg über den Pazifik zurückgelegt hatte, die Strecke in Gegenrichtung nicht auch schaffen sollte, und war zu dem Schluss gekommen, dass der Baum nicht bewegungslos war, sondern man seine Bewegungen lediglich nicht sehen konnte.

Damals habe ich mir vorgestellt, dass die Palme nachts einmal hin und zurück das Wasser durchquerte, aber über den Grund hatte ich nicht weiter nachgedacht. Es wäre vermessen zu denken, dass ihr Traum den Zweck gehabt hatte, mein unvollkommenes Gedankengebilde zur Vollendung zu bringen. So überheblich wollte ich nicht sein.

Jeder Baum ist Sinnbild einer gescheiterten Liebe. Dieser Satz ging mir mit einem Mal durch den Kopf, als hätte er dort die ganze Zeit gelauert, um auf einen Schlag plötzlich präsent zu sein. Als ich den Satz so hin und her wendete, durchzuckte es mich. Das war eine Formulierung meines Bruders. Irgendwann hatte ich diesen Satz gelesen, als ich heimlich in seinen

Unterlagen herumgestöbert hatte. Die Niederschrift war zweihundert Seiten stark gewesen, und das war der erste Satz. Ich erinnere mich nicht ganz genau, aber ich glaube, die nächsten Sätze lauteten in etwa folgendermaßen: »Das Motiv von Nymphen, die sich in Bäume verwandeln, ist in der Mythologie häufig zu finden. Die Nymphen verlassen ihren Körper und werden zu Bäumen, um der Begierde und Besitzgier von Göttern zu entkommen. Denn die Götter sind mächtig und wie alle Mächtigen fast ausnahmslos von Habgier getrieben. Ihre Begehren müssen unbedingt erfüllt werden. Der einzige Weg, sich ihren absoluten Besitzansprüchen zu entziehen, ist die Verwandlung. Daher werden Nymphen notgedrungen zu Bäumen, um ihre eigene Liebe vor dem Verlangen der übermächtigen Götter zu beschützen. Das ist der Grund, warum jeder Baum eine traurige Geschichte von unerfüllter und schmerzvoller Liebe erzählen kann.« In dieser Weise fuhr mein Bruder fort, über Verwandlungsgeschichten von Blumen und Bäumen zu schreiben. Die Seiten des Manuskripts waren randvoll mit solchen Erzählungen, die er über Pflanzenverwandlungen gesammelt hatte.

Ich hatte mich gewundert, weshalb mein Bruder all das zu Papier gebracht hatte. Vielleicht hatte er sich nur die Zeit vertreiben wollen, aber wieso trug er ausgerechnet solche Geschichten über Bäume zusammen? Wenn ich nicht überzeugt gewesen wäre, dass jede Beschäftigung ihm guttat, hätte ich ihn gefragt, wozu er daran arbeitete. Ich wusste, dass er extrem an dem Storaxbaum und der Kiefer in dem Wald in unserer Nähe hing, ja er hatte dafür eine außergewöhnliche Leidenschaft entwickelt. Und ich sah keine Notwendigkeit, ihn davon abzubringen.

Doch was hatte Sun-Mis Traum zu bedeuten, der sich anhörte wie aus seinem Text kopiert? Sie hatte gesagt, der Traum sei so real und greifbar gewesen, aber natürlich beschrieb er einen Mythos. Ich konnte nicht umhin, auch meinen Gedanken um diesen Mythos herum weiterzuspinnen. Was wäre, wenn mein Bruder sich womöglich selbst in einen Baum verwandeln wollte? Vielleicht hatte er diesen Wunsch in ihren Traum projiziert. Doch wie hätte das gehen sollen? Befand er sich inmitten ihrer Träume, während es mir nur vergönnt war, um ihre Gedankenwelt herumzuschleichen? Angesichts der wunderbaren, geheimnisvollen Kraft, die meinen Bruder mit Sun-Mi verband, kam ich mir vor wie ein Fußabtreter. Er inszenierte ihren Traum, und ich sollte ihn dann deuten.

»Genau dafür bin ich da«, murmelte ich gequält vor mich hin.

Sie schien mich gehört zu haben und erkundigte sich: »Was hast du gesagt?«

»War das eine Palme?«, entfuhr es mir zu meiner eigenen Verblüffung.

»Wie bitte?«, fragte sie.

Aus der Fassung gebracht, stotterte ich: »Der Baum in deinem Traum – war das eine Palme?«

Das Sonnenlicht brach sich in Sun-Mis Augen. Sie reflektierten die Strahlen und sahen kristallklar und schön aus. In diesem Augenblick traten mir die Tränen in die Augen. Ich zwinkerte, um meine Gefühle unter Kontrolle zu bringen.

»Woher weißt du das?« Sie riss die Augen weit auf und starrte mich an. Ich hatte diese Antwort erwartet, doch als ich sie aus ihrem Munde vernahm, wurde mir ganz elend zumute. Es bestand kein Zweifel mehr, welche Rolle mir in diesem Spiel zugedacht war. Ich war überzeugt, dass eine unsichtbare Macht die Fäden zog, der ich mich nicht widersetzen durfte. Ich glaubte nicht, dass diese von meinem Bruder ausging. Andererseits konnte ich das auch nicht mit Sicherheit ausschließen. Mir wurde klar, dass es mein Auftrag war, Sun-Mi nach Namcheon in das Haus auf der Klippe zu bringen.

Ich starrte auf die Fliegen, die als gewichtslose Hüllen an der Windschutzscheibe klebten, und stieg aus dem Wagen. Mit der Hand versuchte ich, sie abzukratzen. Das war nicht so einfach. Ich holte einen öligen Lappen aus dem Kofferraum und wischte die Scheibe damit ab. »Ich muss mich erst mal erkundigen, wo wir hier sind. Vor allem muss ich tanken«, sagte ich zu Sun-Mi, während ich den Druck meiner Hand auf den Lappen erhöhte.

»Weißt du nicht, wo wir sind?« Sie stieg ebenfalls aus.

»Noch nicht … Ich bin ja blind drauflosgefahren«, erwiderte ich. Da trieb mir der Wind wieder den Salzgeruch in die Nase. Wie der Blitz durchfuhr es mich. Ich hob augenblicklich den Kopf und folgte mit den Augen der kurvenreichen Straße vor mir, die mehr und mehr von der Sonne beschienen wurde. Das Ende der Fahrbahn verschwand geheimnisvoll zwischen den Hügeln. Ich hatte gedacht, dass meine gehetzte Fahrt völlig planlos war, aber es war nicht der Zufall gewesen, der mich hierhergeführt hatte. Ich zweifelte keinen Moment daran, dass hinter dem letzten Hügel das Meer und die Palme auftauchen würden. Wir waren in Namcheon angekommen.

30

Mit einem Fünkchen Hoffnung betätigte ich den Anlasser, aber der Wagen rührte sich nicht. Ich blickte erneut die sich schlängelnde Straße entlang, wie sie zwischen den Hügeln verschwand, dann schlug ich Sun-Mi vor, ein Stück zu laufen. Sie fragte mich, wohin ich gehen wolle. »In deinen Traum«, entgegnete ich mit einem wehmütigen Lächeln. Sie starrte mich mit einem Ausdruck an, als würde ich sie auf den Arm nehmen wollen. Ich setzte eine ernste Miene auf und schritt voran.

»Sagtest du nicht, du wüsstest nicht, wo wir sind?« Sie war mir zwar auf den Sattel gefolgt, von dem aus man das Meer sehen konnte, doch als ich den schmalen Pfad betrat, der weiter den Hügel hinaufführte, konnte sie ihr Misstrauen nicht länger verbergen. Sie sah mich schräg von der Seite an. Ich hätte fast gelacht, aber ich hielt mich zurück, denn ich dachte mir, es würde sie noch mehr beunruhigen. »Wir sind gleich da. Wir müssen nur noch um die nächste Biegung.« Das Meer war ganz in Silber getaucht. Die Sonnenstrahlen brachen sich tausendfach auf der Wasseroberfläche und glitzerten im Rhythmus der auf und ab wogenden Wellen. Einen Moment war ich unentschlossen, ob ich ihr von der Palme erzählen sollte, bevor wir über die Kuppe kamen. Doch ich konnte mich nicht entscheiden, wie ich anfangen sollte. Schließlich kam ich zu der Überzeugung, dass es eigentlich keiner Erklärung bedurfte. Was man mit eigenen Augen sieht, begreift man meistens besser als durch Beschreibungen. Sobald sie den Baum entdecken würde, würde sie intuitiv verstehen.

»Das gibts doch nicht!«, stieß sie hervor. Sie blickte zu der Palme hin. Der Baum, der an der Steilküste stand und das Firmament stützte, entsprach genau dem Baum, den sie in ihrem Traum gesehen hatte.

»Ich glaube, ich träume noch.« Sun-Mi betrachtete ungläubig die Szene, die sich ihr darbot. »Vielleicht bist du wieder in den Traum versunken.« Meine Worte waren ohne Bedeutung. »Mein Gott! Wie ist das möglich … so was …?« Sie konnte nicht weitersprechen. »Entweder bist du wieder in deinem Traum, oder der Traum, den du erlebt hast, ist gar keiner …«, wandte ich sibyllinisch ein. Irgendwie machte der Zauber des Ortes mich zu einem Mystiker. *Jeder Baum ist Sinnbild einer gescheiterten Liebe.* Meine Gedanken kreisten ununterbrochen um diesen Satz meines Bruders. »Der Ort hier ist nicht von dieser Welt. Das hier ist eine Bühne und die Kulisse für deinen Traum. Auch die Palme ist nur ein Trugbild«, sagte ich, während ich weniger das Gefühl hatte, ihren Traum zu deuten, als vielmehr selbst einen zu träumen. Und ich fügte hastig hinzu: »Aber ich bin nicht die Hauptfigur. Ich stehe außerhalb des Traums.« Sie fragte nicht, wer der Protagonist war. Sie sah mich auch nicht an. Offenbar hatte sie meine Worte verstanden und die Zusammenhänge begriffen. Ich fühlte mich einsam und überdachte die Rolle, die ich hier spielte. Ich hatte mich zunächst auf die Suche nach Sun-Mi begeben, um sie mit meinem Bruder zusammenzubringen. Auch sie hatte ihn schließlich treffen wollen, während sie sich einredete, sowieso nur eine Hure zu sein. So wie ich einen Grund benötigt hatte, nach ihr zu suchen, hatte sie einen Vorwand gebraucht, um mit meinem Bruder zusammenzukommen. Nun stand ich zwischen den beiden, zwischen meinem Bruder, der wünschte, ein Baum zu werden, und Sun-Mi, die sich zur Hure machen wollte. Was die beiden innerlich antrieb, hatte denselben Ursprung, die Liebe. Genauer gesagt, war es der Wunsch nach Wiedergutmachung für das Scheitern ihrer Liebe. Indem sie sich verwandelten, wollten sie verwirklichen, was ihnen zuvor verwehrt geblieben war. Da in der realen Welt die Wünsche der beiden unerfüllbar waren, brauchten sie eine Traumwelt. Einen unwirklichen Raum, eine Bühne, die nicht auf dieser Welt existierte. Meine Rolle in dem Stück war klar festgelegt, und ich war entschlossen, ihr gerecht zu werden.

»Die Palme da drüben wurde vor dreißig Jahren als Samenkorn an diese Küste getrieben. Zu der Zeit, als die Frucht nach einer langen Reise auf dem Meer unter der Klippe gestrandet ist, verweilten gerade ein Mann und eine Frau hier. Ihre Liebe stand unter einem schwierigen Stern, und sie suchten nach einem Ort, der nicht von dieser Welt ist. Sie hatten wohl geglaubt, ihn hier gefunden zu haben oder diesen Ort dazu machen zu können. Doch ihre Hoffnung wurde enttäuscht. Die reale Welt holte sie mit aller Gewalt ein und zerstörte ihre Liebe. Dafür trieb der Keimling der tropischen Pflanze aus. Sun-Mi, es ist dieser Baum, den du gerade betrachtest. Du siehst die Wünsche und Träume der beiden Menschen vor dir, die sich in dieser Palme manifestieren. Du siehst auch ihre baumgewordene, gescheiterte Liebe.«

Noch während ich sprach, fiel mir ein, dass ich ja angenommen hatte, Sun-Mi würde durch den bloßen Anblick des Baumes seine Geschichte erahnen und die Aura wahrnehmen, die ihn umgibt. Genauso wie die magische Verbindung, die zwischen ihr und dem Baum bestand. Trotzdem konnte ich nicht umhin, darüber zu reden. Vielleicht sprach ich gar nicht zu ihr, sondern mit mir selbst. Ich hatte den Eindruck, dass das, was ich sagte, nicht aus mir selbst kam. Die Art zu sprechen und die Wortwahl passten nicht zu mir. Außerdem klang es nicht so, als würde ich jemanden erhellen, sondern als würde mir von einem anderen etwas erklärt. Sun-Mi stand nur staunend da und blickte zum oberen Ende der Palme. Sie schien mir gar nicht zuzuhören. Oder hatte ich meine Gedanken etwa gar nicht laut ausgesprochen?

»Kannst du dir vorstellen, dass sich die beiden Menschen nach dreißig Jahren unter diesem Baum wiedergetroffen haben? Es klingt unglaublich, aber es ist wahr. Der Mann war alt und schwer krank, die Frau war zwar nicht krank, aber alt. Das Schicksal hat ihnen wenig Zeit übrig gelassen. Denn der alte Mann starb kurz nach ihrem Wiedersehen, als hätte er nur noch auf diesen Moment gewartet. Bevor er starb, wurde ich aus einem Versteck heraus Zeuge, wie die beiden Menschen am

Fuße des Baums zu einem Körper verschmolzen, nackt wie im Garten Eden. Dieser Akt war schön und ergreifend gewesen. Bis vor Kurzem war ich mir nicht darüber im Klaren, warum ich das so empfunden hatte. Wenn du mir nicht von deinem Traum erzählt hättest, wäre ich nie dahintergekommen. Es hatte daran gelegen, dass sich die beiden Menschen an einem Ort befanden, an dem die Zeit keinen Einfluss nehmen konnte. Die Zeit mischt sich ein, regelt die Abläufe und beschränkt die Menschen. Die Palme war die Metamorphose ihrer Wünsche und ihrer Liebe. Sie befanden sich, umgeben von der Wirklichkeit, an einem verborgenen Platz, einem heiligen Ort, der nur für sie bestimmt gewesen war. Die Zeit konnte nicht bis dahin vordringen, und sie hatten keine Einmischung, keine Gängelung und keine Zwänge zu fürchten. Das hat mich berührt.«

Ich stand unter der Palme. Auch Sun-Mi stand da. Der Schatten des Baumes hüllte uns ein. Er bedeckte die breite Bank halb. Die Sitzfläche am Fuße der Palme, auf der zwei Körper zu einer vollkommenen Einheit verschmolzen waren, war leer. Ich fuhr mit meiner Hand darüber. Sie war bedeckt von feinem Sand. Ich wischte den knisternden Sand weg und bot Sun-Mi an, sich zu setzen. Sie schien mich nicht zu hören. Schweigend stand sie im Schatten der Palme, und ich spürte, dass die unwirkliche Stimmung des Ortes sie in ihren Bann gezogen hatte. Es wirkte, als habe sie den ganzen Ort in einen Traum verwandelt, nicht als hätte sie eine Traumwelt betreten.

Es war ihr Traum, der sich jetzt fortsetzte. Solange sie träumte, hatte sich der Raum, der sie umgab, vergrößert. Sie passte in die Szenerie wie eine Hauptdarstellerin.

31

Im Supermarkt der landwirtschaftlichen Genossenschaft eines Dorfes an der Küste von Namcheon kaufte ich ein: Reis, Kimchi, Spinat, Tofu und gefrorenen Degenfisch, dazu Brot, Milch und Instantcurryreis. Außerdem besorgte ich eine Zahnbürste, Zahnpasta, Seife und Shampoo, Handtücher, zwei Paar Socken, eine Hautmilch, Taschentücher, Instantkaffee in Beuteln, Zucker, Kaffeesahne, Pappbecher sowie Saft.

Eine Verkäuferin fragte: »Haben Sie vielleicht gerade einen Hausstand gegründet?«

Anstatt ihr zu antworten, fragte ich zurück, ob sich eine Tankstelle in der Nähe befinde.

»Eine Tankstelle gibt es in der Stadt. Warum?«

»Mein Wagen ist mitten auf der Straße stehen geblieben«, erklärte ich und erzählte ihr, was vorgefallen war.

»Und was machen Sie nun?« Sie war besorgt, als ginge es um ihre eigenen Angelegenheiten. »Hier in der Nähe gibt es ein Öldepot, aber vermutlich verkaufen die kein Benzin. Andererseits weiß man nie, ob sie nicht doch etwas dahaben. Sie können ja einfach mal hingehen.« Die Verkäuferin beschrieb mir die Lage des Depots. Mit zwei Einkaufstüten in den Händen verließ ich den Supermarkt und strebte dem Öllager zu.

Wie die Verkäuferin vermutet hatte, wurde dort kein Benzin verkauft. Der Besitzer musterte mich von oben bis unten und fragte: »Wofür brauchen Sie Benzin?« Ich erzählte ihm, dass ich mit meinem Auto liegen geblieben war.

Der Mann wischte sich mit dem Ärmel seiner öligen Arbeitskleidung den Schweiß von der Stirn und sagte: »Ich fahre später in die Stadt, um Öl abzuholen. Haben Sie es eilig? Wenn nicht, können Sie warten, ich bringe Ihnen einen Kanister Benzin mit.«

Ich nahm sein Angebot dankend an. »Mein Auto steht am Fuß des großen Hügels. Sie können es nicht übersehen.« Ich teilte ihm noch das Kennzeichen mit. Der Ladenbesitzer sagte, er würde den Benzinkanister neben dem Wagen abstellen, und ich gab ihm Geld für seine Auslagen.

Sun-Mi war einverstanden mit meinem Plan. Ich hatte mich dazu entschlossen, meinen Bruder nach Namcheon zu bringen. Ich wollte, dass er Sun-Mi fotografiert. Der Ort ihrer Begegnung sollte kein Hotel sein. Sun-Mi war keine Hure, und es durfte auch nicht dazu kommen. Es gab keinen passenderen Platz dafür als die Küste von Namcheon. Ein Ort, an dem die Zeit stillstand und der nicht von dieser Welt war. Die Tatsache, dass Sun-Mi keine Einwände erhob, wertete ich als Beleg, dass sie meine Meinung teilte.

Sun-Mi sagte, sie werde nicht nach Seoul zurückkehren, sondern lieber an Ort und Stelle bleiben, wenn es ginge. Es sprach nichts dagegen, aber ich war besorgt, ob sie allein zurechtkäme. Sie entgegnete, ich bräuchte mir darüber keine Gedanken zu machen. Und da es mir auch nicht sicherer schien, sie nach Hause zu bringen, willigte ich ein. Das war auch der Grund für meine Lebensmitteleinkäufe im Supermarkt gewesen. Sie wollte nichts essen, doch ich packte die eingekauften Sachen aus und zwang sie, wenigstens Brot und Milch zu sich zu nehmen.

Das Haus war sauber und aufgeräumt. Ich hatte erwartet, dass ein Verwalter über das Anwesen wachen würde, doch es war niemand da. Da der alte Mann, der in dem Haus gelebt hatte, verstorben war, gab es keinen Menschen mehr, der sich darum kümmerte. Auch sein Chauffeur, der den Kranken gepflegt hatte, sah wohl nun keinen Grund mehr, länger hier zu verweilen.

»Ist das wirklich in Ordnung für dich?«, fragte ich, denn obwohl ich alles für sie vorbereitet hatte, zögerte ich loszufahren. Sie nickte mit dem Kopf, ohne mich wahrzunehmen. »Morgen bin ich wieder zurück, spätestens in zwei Tagen. Das heißt, du musst ein bis zwei Tage hier allein verbringen. Ist das in Ordnung für dich?«, wiederholte ich meine Frage. Mein Entschluss war gefasst, und ich hatte ihre Zustimmung erhalten, aber jetzt ließ es mir doch keine Ruhe, dass ich sie hier allein zurücklassen und wegfahren musste. Bald würde es Abend sein. Genau vor einem Tag hatte ich geschworen, dass ich sie in jeder erdenklichen Situation beschützen würde. Gerade einen Tag war das her, obwohl es mir wie eine Ewigkeit vorkam. Kaum ein Tag war vergangen, und schon ließ ich sie allein und fuhr weg. Das schmerzte mich.

»Hier … hier fühle ich mich seltsamerweise ganz wohl. Irgendwie ist mir das hier nicht fremd …«, sagte sie leise, ohne mich anzusehen. Es klang fast, als wolle sie sich für etwas entschuldigen. Obwohl ich aufbrechen musste, zögerte ich. Nicht nur aus Sorge um sie. Ein tiefes Gefühl hielt mich fest, eine Art Verlustgefühl. »Vergiss nicht, dir etwas zu essen zu kochen. Wenn du nicht magst, geh die Straße entlang in Richtung Strand. Etwa zwanzig Minuten von hier taucht neben einem Supermarkt ein Restaurant auf.« So redete ich auf sie ein, zog meine Jacke über und schlüpfte in die Schuhe.

In diesem Moment rief sie meinen Namen: »Ki-Hyeon!« Soweit ich mich erinnerte, war dies das erste Mal, dass sie meinen Namen aussprach. In mir wurde es plötzlich hell, als würde die Sonne in mir aufgehen. Langsam wandte ich mich ihr zu. »Vielen Dank!« Ihre Stimme war so schwach, dass man sie kaum hörte, aber ich konnte in ihrer Miene lesen, dass sie es aufrichtig meinte. Etwas regte sich in mir. Ein tiefes Verlangen, das meine Beine zentnerschwer werden ließ und mich davon abhielt loszufahren. Mein Sehnen, mein lang gehegter Traum, all das, was ich bis dahin geschickt unterdrückt hatte, drängte auf einmal an die Oberfläche. Unvermittelt fragte ich: »Kannst du mir einen Gefallen tun?« Sie blinzelte ängstlich mit den Augen. »Bitte sag Ja! Bitte.« Meine Stimme bebte aus Angst, sie könnte mein Ansinnen abschlagen. Sie nickte schwach mit dem Kopf, und ich wollte glauben, dass nicht mein Drängen sie dazu gebracht hatte, sondern ihr Vertrauen in mich.

»Weißt du, wann ich zum ersten Mal eifersüchtig auf meinen Bruder war? Als du eines Tages in seinem Zimmer für ihn gesungen hast. Ich begann, mich heimlich in sein Zimmer zu schleichen und die Lieder anzuhören, die du ihm auf Kassette aufgenommen hast. Eine davon trage ich bei mir. Ich habe sie geklaut. Sie trägt den Titel ›Sun-Mi singt für U-Hyeon‹. Du kannst dir nicht vorstellen, wie oft ich sie gehört habe. Das Band ist mittlerweile ausgeleiert und nicht mehr abspielbar. Jedes Mal, wenn ich andächtig den Liedern zuhörte, brannte ich vor Verlangen, dass du deinen Gesang mir, nur mir allein vorträgst. Das war die Art und Weise, meiner Liebsten – ach, entschuldige, so habe ich dich schon unzählige Male im Geheimen genannt – meine Liebe auszudrücken. Die Antwort auf meine Gefühle zu dir gaben mir deine Lieder. Würdest du singen? Nur für mich?« Die Worte waren in einem Atemzug aus mir herausgesprudelt. Mir wurde abwechselnd heiß und kalt. Das Blut stieg mir in die Wangen, und kalter Schweiß stand mir auf der Stirn. Sun-Mi sah mich mit Tränen in den Augen an. Sie schien bedrückt und verlegen. Ich weiß nicht, weshalb, doch ich war fest überzeugt, dass sie meine Bitte nicht abschlagen würde – vielleicht, weil die Situation sich zu einer Art Höhepunkt zugespitzt hatte.

Nach einer Weile hauchte sie mit leiser Stimme: »Ich habe keine Gitarre.« Sie kam mir vor wie ein kleines Kind. »Wozu brauchst du die denn?«, sagte ich mit einem schwachen Lächeln auf den Lippen. Die Wellen rollten den Strand entlang. Das Geräusch klang wie die rhythmische Begleitung zu einem Lied. Ich hoffte, sie würde das Rauschen der Wellen als Auftakt zu ihrem Einsatz sehen. Sun-Mi wandte sich dem Meer zu. Der Wind, der vom Wasser her wehte, strich ihr die Haare nach hinten. Sie schienen auf mich zuzufliegen, wurden aber von ihren Wurzeln festgehalten und wehten dann in eine andere Richtung.

»Was soll ich singen?«, murmelte sie vor sich hin. Doch ich hatte ihre Worte gehört. Ohne zu zögern, erwiderte ich, dass ich *Mann mit der Kamera* hören wollte. Sie drehte sich ganz zu mir herum und starrte mich mit einem argwöhnischen Blick an. »Ich weiß, dass du das Stück für meinen Bruder komponiert hast. Dein Gesicht strahlt vor Liebe, wenn du das Lied singst. Ich habe zwar noch nicht gesehen, wie du dabei aussiehst. Doch allein die Stimme vermittelt deine Gefühle beim Singen. *Mach ein Bild von meinen Gefühlen, Mann mit der Kamera* … Bitte sing das Lied!«

Auch wenn sie beim Singen an meinen Bruder denken würde, so konnte ich doch nichts daran ändern. Sie machte die Augen zu und lehnte sich mit dem Rücken an den Stamm der Palme. Der Schatten des Baumes gaukelte mir vor, Sun-Mis Körper regelrecht einzuhüllen, und auch ich schloss die Lider. Mein ganzes Sein war darauf reduziert zu lauschen. Alle anderen Sinne traten dahinter zurück und empfanden nichts mehr. Die Brandung, die regelmäßig die Klippe streichelte, klang wie ein Vorspiel. Ich wartete. Endlich ertönte ihr Gesang und war dabei so gedämpft und zart, als käme er von einem weit entfernten Ort, von den entlegenen Gestaden des Ozeans oder aus einer weit zurückliegenden Vergangenheit. Obwohl das Lied nur schwach und verschwommen zu hören war, nahm ich es deutlich wahr: »Ich hab mein Innerstes nach außen gekehrt für dich, mein

Schatz. Wie lange soll ich noch auf dich warten, bis du mich mal beachtest? Wie lange noch muss ich so stehn, was meinst du? Mach ein Bild von meinen Gefühlen, bevor sie vergehen, ja, nimm sie auf, bevor sie ganz verschwunden sind, Mann mit der Kamera …«

Die Melodie schien von den Wellen weggetragen zu werden, zu einem anderen Ufer oder in eine längst vergangene Zeit. Es wirkte wie eine feierliche Zeremonie. Himmel und Erde und das Meer hielten den Atem an und lauschten Sun-Mis Gesang. Mir war nicht bewusst, dass ich weinte. Und ich merkte auch nicht, dass sie ebenfalls Tränen vergoss. Was ich mir von ihr erhofft hatte, wusste ich. Es war das Lied, das sie für mich vortrug. Ich hatte bekommen, was ich mir gewünscht hatte. Ich konnte nicht anders als weinen. Aber der Ursprung ihrer Tränen war mir unbekannt. Liebte sie mich vielleicht doch ein wenig? Oder empfand sie zumindest in diesem Augenblick so etwas wie Liebe für mich?

32

Ich war fast in Seoul angekommen, als das Handy klingelte. Es war meine Mutter. Sie sprach hastig und mit ängstlicher Stimme. »Wo bist du?«, waren ihre ersten Worte. Ich erkundigte mich, ob etwas passiert sei. Eindringlich forderte sie mich auf: »Komm schnell, bitte komm schnell her…!« Irgendwie klang sie sehr durcheinander. Ich fragte erneut, was denn los sei. »Dein Bruder … er ist verschwunden.« Mein Bruder war weg! Damit hätte ich nie gerechnet. Nicht nur wegen seiner körperlich bedingten Immobilität, sondern weil er unabhängig davon nicht der Typ war, der das Haus verlässt und einfach irgendwohin geht. Ich war durchaus imstande, von daheim abzuhauen und irgendwo unterzutauchen, aber doch nicht er. Ich hatte lange Zeit fern von zu Hause gelebt. Mein Bruder jedoch hatte zeit seines Lebens bei meinen Eltern gewohnt. Er war der Lichtblick unserer Familie. Wenn ich nicht nach Hause kam, kümmerte das meine Mutter und meinen Vater wenig. Letzte Nacht war es genauso gewesen. Ich war mit Sun-Mi quer durch das Land gefahren, bis ich in Namcheon gelandet war. Dennoch fragte mich meine Mutter nicht einmal, wo ich gesteckt hatte. Genau genommen lag das nicht an meinen Eltern. Sie waren es von mir gewohnt. Womöglich wussten sie gar nicht, ob ich in der Nacht zuvor nach Hause gekommen war oder nicht. Doch mein Bruder war anders als ich. Ich konnte nicht glauben, dass er unauffindbar war. Wohin hätte er überhaupt gehen können, mit seinem verkrüppelten Körper?

»Was sagst du da?« Ich war genauso kurz angebunden wie meine Mutter. »Ich weiß es nicht. Angeblich war er bis zum Abend zu Hause gewesen … Wir haben ihn schon überall gesucht, aber ohne Erfolg … Ich habe gar kein gutes Gefühl.« Ich teilte ihr mit, dass ich bald da sein würde, und beendete das Gespräch. Es war dunkel geworden. Die Uhr am Armaturenbrett stand auf zwanzig vor neun. Mutters Einwurf, dass sie ein ungutes Gefühl habe, ging mir nicht aus dem Sinn. Ich gab Gas und überholte das Fahrzeug vor mir.

Meine Mutter erwartete mich schon an der Haustür und brach unvermittelt in Tränen aus, als sie mich durch das Hoftor hereinkommen sah. »Es ist meine Schuld, meine Schuld. U-Hyeon hat sich nicht das Geringste anmerken lassen, daher dachte ich, es ginge ihm gut. Doch offensichtlich war das ein Trugschluss.

Er hat es nicht verkraftet, nicht wahr? Die Sache mit mir, oder? Meinst du nicht auch? Was sollen wir tun? Ich habe mir schon den Kopf zerbrochen, aber mir fällt nicht ein, wo er sein könnte. Wo ist er hin? Hast du eine Ahnung, wo er stecken könnte?« Angesichts ihrer sonst so ruhigen und gelassenen Art war ihre Reaktion mindestens so überraschend wie das Verschwinden meines Bruders. Ich konnte mir gut vorstellen, wie groß der Schock für sie war. Offenbar mischten sich in ihre Verwirrung auch Schuldgefühle, dass sie womöglich der Auslöser für sein Verschwinden war. Doch es konnte auch gut sein, dass sie in Wahrheit mit der Sache wenig bis gar nichts zu tun hatte.

»Dein Vater ist auf dem Weg zum Markt der Lotusblüten. Mir war eingefallen, dass sich dein Bruder vielleicht dorthin begeben hat.«

»Ist U-Hyeon wieder ausgeflippt?« Damit meinte ich, ob er einen Anfall bekommen hatte. Meine Mutter nickte.

»Heute Nachmittag … war es wohl so weit. Danach ist er angeblich in seinem Zimmer geblieben, ohne sich zu rühren. Laut unserer Haushaltshilfe war er dort bis zum Einbruch der Dämmerung. Anscheinend hat sie nicht bemerkt, wie er nach draußen gegangen ist. Sie hat ihn wohl zum Abendessen gerufen und keine Antwort bekommen, weshalb sie seine Zimmertür öffnete, doch er war nicht da. Wo kann er hin sein? Wo steckt er nur? Ich verstehe nicht, weshalb sich dein Vater bis jetzt nicht gemeldet hat.« Meine Mutter lief ängstlich hin und her.

Ich erklärte ihr, dass U-Hyeon meiner Ansicht nach nicht auf dem Markt der Lotusblüten war. Dort hinzugehen hieße, dass er eine Frau treffen wollte, was vor seinem Anfall einen Sinn ergeben hätte, aber hinterher gab es keinen Grund dafür. Das war jedenfalls meine Einschätzung.

»Das stimmt schon, doch wer weiß, was er sich gedacht hat, als er wegging?« Ihrer Stimme war die Unruhe deutlich anzumerken. Dann fügte sie hinzu, dass es besser wäre – man könne ja nie wissen –, in dem Vorortmotel vorbeizuschauen, in dem ich den Bruder jeweils mit Frauen zusammenbrachte. Ich konnte ihre Gefühle gut verstehen, aber unnötige Hast war kein guter Ratgeber.

»Vielleicht hat er sich eingeengt gefühlt. Oder er hatte womöglich in der Stadt etwas zu tun. Wahrscheinlich hat er niemanden gefunden, der bereit war, ihm zu helfen … er wird sicher bald zurückkommen. Mach dir keine Sorgen!« So redete ich zwar auf meine Mutter ein, um sie zu beruhigen, doch ich war selbst besorgt um meinen Bruder. Ich erinnerte mich an seine Selbstverachtung nach einem Anfall oder wenn wir uns auf dem Rückweg vom Motel befanden, und der Gedanke ließ mir das Herz in die Hose rutschen. In der letzten Zeit war er sehr schweigsam gewesen. Es war nicht leicht zu erahnen, was in ihm vorging, und es war nicht ausgeschlossen, dass er einen extremen Entschluss fassen würde. Ich fragte meine Mutter, ob sie in seinem Zimmer nachgesehen habe. Falls er tatsächlich den Plan gefasst hatte, unser Haus zu verlassen, hatte er möglicherweise der Familie einen Hinweis hinterlassen. »Ich war dort, habe aber nichts Besonderes finden können.« Ich ließ sie stehen und ging trotz ihrer Versicherung selbst ins Zimmer meines Bruders.

Ich weiß nicht, wodurch ich geleitet wurde, aber meine Hand griff wie selbstverständlich in die Ablage, die an einer Ecke seines Schreibtischs stand. In einem dicken Umschlag steckte ein Stapel Papiere. Ohne zu zögern, öffnete ich den Umschlag, als sei ich ins Zimmer gekommen, um genau danach zu suchen, nein, als sei ich nur deswegen aus Namcheon hierhergefahren.

Ich kannte den Inhalt des Textes. Da gab es die Geschichte der Nymphe Daphne. Um dem liebestollen Apollo zu entkommen, der ihre fliegenden Haare mit dem Hauch seines Atems liebkost, fleht die schöne und freiheitsliebende Daphne ihren Vater, den Flussgott Peneios, an, er möge sie verwandeln: »Nimm mir die verhängnisvolle Schönheit, die der Grund ist für meine Qual!« Daraufhin verwandelt er sie in einen Baum. Eine weitere Erzählung handelte von Pitys. Pan und Boreas waren beide für die Nymphe entbrannt. Boreas, der Gott des Nordwinds, erkannte bald, dass Pitys dem Pan mehr zugetan war als ihm selbst. Er wurde von Eifersucht gepackt und stieß Pitys von einer Klippe. Pan fand die Sterbende und verwandelte sie in eine schwarze Kiefer. Von einem ähnlichen Schicksal berichtete die Geschichte von Phyllis, einer Prinzessin aus Thrakien, die auf ihren Geliebten wartet, der am trojanischen Krieg teilnimmt. Sein Schiff erleidet Schiffbruch, wodurch sich seine Heimkehr verzögert. Überwältigt von Trauer stirbt Phyllis. Die Göttin Hera verwandelt sie daraufhin aus Mitleid in einen Mandelbaum. Und dann gab es Ia. Ia liebt Attis, einen Schafhirten, der bei Venus in besonderer Gunst steht. Venus bringt Eros dazu, Attis einen bleiernen Pfeil ins Herz zu schießen, der alle Liebe vergessen lässt. Ia kommt darüber nicht hinweg und stirbt, woraufhin Venus die Erbarmungswürdige in ein Veilchen verwandelt. Was mein Bruder da an Verwandlungsgeschichten zusammengetragen hatte, überstieg die Zahl der Pflanzen, die ich kannte. Alle handelten vom Scheitern einer Liebe.

Ohne dass ihn jemand ermuntert hätte, hatte er sich jahrelang dieser Arbeit gewidmet. Wenn er die Aufzeichnungen nun in einen Umschlag geschoben hatte, bedeutete das am Ende, dass er die Arbeiten daran abgeschlossen hatte? Ich blätterte schnell um. Tatsächlich! Das letzte Blatt trug die Seitenzahl 253, und darauf stand »Ende«. Das Wort prangte dort wie ein Menetekel.

Wohin war mein Bruder gegangen, nachdem er sein langwieriges Werk vollbracht hatte? Ich blätterte flüchtig in den Seiten, in der Hoffnung, auf einen noch so schwachen Hinweis zu stoßen. Mein Blick blieb auf dem Titel des letzten Kapitels haften, welches lautete: »Storax und Kiefer«. Er wirkte wie ein Geheimcode. Der Text, der dann folgte, war der Schlüssel dazu. »Dies ist die Geschichte von U-Hyeon und Sun-Mi.« So lautete der erste Satz. Dadurch erklärte mein Bruder überdeutlich, dass es im Gegensatz zu den vorherigen Verwandlungsgeschichten bei diesem Kapitel weder um Mythologie noch um Legenden ging, sondern um wahre Begebenheiten. Beziehungsweise sein Geständnis. Ich überflog den Text.

»U-Hyeon fotografiert. Er betrachtet die Welt durch seine Aufnahmen. Für ihn ist der Umgang mit der Kamera weder Hobby noch Kunst. Jedes Foto ist für ihn ein Dokument, das die Wahrheit und die Fakten der Gegenwart objektiv darstellt. Eine Aufnahme ist das genaueste Auge, mit dem man das, was an einem Ort geschehen ist, sehen kann, und es ist die unvoreingenommenste Stimme, die zu einer bestimmten Zeit von einer bestimmten Stelle berichten kann. Er wollte damit ein Zeuge der Zeit sein. Sun-Mi ist seine Geliebte. Sie spielt Gitarre und singt dazu. Doch die Liebe der beiden gerät in eine Krise, wie die meisten schönen und erhabenen Liebesbeziehungen. U-Hyeon kann nicht mehr fotografieren. Gerade aufgrund der Aufnahmen, mit denen er die Zustände der Zeit dokumentieren will, wird er zusammen mit seinen Mitstreitern, die sich gegen das Regime aufgelehnt haben, von den Schergen dieser Macht festgenommen. Man befragt und foltert ihn. Die Untersuchung und die Folter sind bloß vorgeschoben. U-Hyeon kommt zu dem Schluss, dass es ihnen nicht darum geht, irgendetwas herauszufinden, sondern lediglich darum, ihrer Wut Genugtuung zu verschaffen. Dann steckt man ihn in die Armee. Eine in der Erde vergrabene Mine explodiert und schleudert seinen Körper in die Luft. Während er durch die Luft taumelt, sieht er seine abgerissenen Beine in Fetzen fliegen, und in diesem Augenblick spürt er, dass seine Liebe zu Ende ist …«

So weit war seine Geschichte autobiografisch. Aber sie endete nicht an dieser Stelle. Im letzten Teil wurden Wirklichkeit und Mythologie miteinander verflochten.

»Der Liebe und des Lebens überdrüssig, begibt sich U-Hyeon in den Wald und bittet den Waldgott, dass er ihn zu einem Baum werden lasse: ›In diesem Körper steckt Begierde, und auch von dem Gefühl der Liebe ist noch ein kläglicher Rest übrig. Beides ist mir unerträglich. Bitte erlöse mich davon!‹ Der Waldgott empfindet Mitleid mit ihm und gewährt ihm die Bitte. Augenblicklich umschließt harte Rinde U-Hyeons Körper.

Erst später erfährt Sun-Mi, dass ihr Geliebter sie deshalb gemieden hat, weil er seinen versehrten Körper nicht vor ihr zeigen wollte, und nicht, weil seine Liebe zu ihr erloschen war. Als Sun-Mi sich aufmacht, um ihn zu suchen, ist er bereits ein Baum. Tränenüberströmt geht sie in den Wald hinein, in dem U-Hyeon oft spazieren zu gehen pflegte. Weinend singt sie für ihren Geliebten, der in ihrem Herzen wohnt, das nicht einen Moment aufgehört hat, ihn zu lieben, während er die Welt bereits verlassen hatte. Wie sie so singt, bewegen sich die Äste eines Baumes. Zunächst glaubt Sun-Mi, es sei der Wind, der die Äste neigt. Doch der Wind ist es nicht. Als sie mit ihrem Gesang fortfährt, nähern sich ihr die Wurzeln und Äste wiegend und schlängelnd, bis ihr Körper ganz umschlungen ist. In ihrer Umhüllung atmet sie den Duft ihres Geliebten.

Sie erkennt, dass er es ist, der nun als Baum dasteht, und fleht den Waldgott an: ›Lass mich auch zum Baume werden! Lass mich an seine Seite geschmiegt in diesem Wald leben.‹ Der Waldgott, der mit den Liebenden fühlt, erbarmt sich ihrer, wie er sich seiner erbarmt hat. Ihre zarte Haut behaltend, verwandelt sie sich in einen Baum.

Dieser Baum, zu dem sie geworden ist, klammert sich an jenen Baum, der aus U-Hyeon entstanden war. Wie die Hände von Menschen umfassen ihre Äste den Rumpf des Partners, wie Beine umschlingen sich die Wurzeln. Obwohl sie sich in Bäume verwandelt haben, ist weder ihre Begierde noch das Gefühl der Liebe in ihnen gestorben. Im Gegenteil, erst nach ihrer Metamorphose konnten sie ihre Begierde und ihre Liebe hemmungslos ausleben und vervollkommnen. Als Bäume begehren und lieben sie sich. Ja, sie begehren noch stärker und lieben noch inniger als irgendjemand sonst. Nur durch ihre starke Leidenschaft war es den beiden möglich gewesen, sich in Bäume zu verwandeln.«

Als ich zu Ende gelesen hatte, kam mir plötzlich eine Idee, wo sich mein Bruder aufhalten könnte. Ich ließ das Manuskript auf der Stelle liegen und verließ eilig das Zimmer, wobei ich meiner Mutter laut zurief: »Ich habe eine Ahnung, wo er stecken könnte!« Meine Mutter wollte wissen, wo das sei, und folgte mir in der Absicht mitzukommen, aber ich hatte schon die Taschenlampe auf dem Schuhschrank gepackt und rannte los. Es gab keine Gewissheit. Allein aufgrund der Tatsache, dass er sein Werk mit der großartigen Geschichte von Storax und Kiefer beendet hatte, durfte man nicht erwarten, dass er auch dorthin gefahren war, geschweige denn bis zu dieser späten Stunde dort geblieben sein sollte. Trotzdem tendierte ich zu der Vermutung, dass er sich dort aufhielt. Hatte er nicht geschrieben, dass er selbst zu einer Kiefer geworden war?

Mir fiel jene Nacht ein, in der ich seinen Rollstuhl schiebend den Weg entlanggegangen war. Ich hatte ihn zuvor aus dem Hotel abgeholt. Mein Bruder hatte mich darum gebeten, ihn zu dem Spazierweg zu bringen, der holprig und kurvenreich an der Mauer zu dem königlichen Hügelgrab entlanglief. Dort hatte er mich über die beiden Bäume aufgeklärt, die da in der

Dunkelheit standen. Er hatte von dem Storaxbaum erzählt, der glatt war wie die Haut einer Frau und den dicken Stamm der Kiefer umarmte. Und er hatte hinzugefügt: »Hier bleibe ich stehen und stelle mir das Innere des undurchdringlichen Waldes jenseits dieser Mauer vor. Ich stelle mir vor, wie die hünenhaften Bäume darum wetteifern, wer zuerst den Himmel erreicht, ich sehe eine tiefe Höhle vor mir, die irgendwo da drüben ist. Ich sehe die Bäume und Gräser, die Vögel und Insekten, den Waldboden und die Tiere, die dort aneinandergeschmiegt zusammenleben. Wer weiß, ob nicht irgendwo dort eine riesige Esche steht und das Himmelsgewölbe trägt, wenn man nur immer weiter und weiter geht. Könnte ich sie auch sehen, wenn ich tiefer ins Dickicht vordringen könnte? Ich stelle mir vor, dass ich dort hinübergehe und als irgendetwas unter diesen Geschöpfen lebe. Ich träume, dass ich dorthin gehe und die kolossale Esche berühre, die den Lauf der Zeit ebenso stützt wie den Himmel.« Diese Worte hatten gewirkt, als spräche er mit sich selbst. Ich hatte eine Sehnsucht aus seinen Sätzen herausgehört, die ich nicht richtig zuordnen konnte. Nun glaubte ich, seinen innigsten Wunsch zu kennen.

Ich fürchtete mich vor dem nächtlichen Wald, der von der Finsternis verschluckt wurde. Ich glaube, ein Wald in der Nacht ist eine Welt für sich, jenseits aller Logik, und ein Raum geschaffen für Hexen und Geister. Ich war nie allein bei Dunkelheit in dem Wald gewesen. Ich konnte meine Angst genauso wenig zerstreuen wie die Taschenlampe die Dunkelheit. Diese Furcht ließ mich den Namen meines Bruders rufen, während ich durch den Wald lief. Gleichzeitig hielt sie mich zurück, dies allzu laut zu tun. Ich hoffte, meine Stimme würde die Angst vor der Dunkelheit vertreiben. Andererseits fürchtete ich, das laute Rufen könnte den angsteinflößenden Effekt gar noch verstärken.

An der Stelle, an der der Storaxbaum stand, blieb ich schließlich stehen. Eine Absperrung blockierte den Weg, sodass man nicht weitergehen konnte. Das Dickicht hinter der Barriere lag in der Dunkelheit und war in geheimnisvoller Stille versunken. Finsternis beherrschte den Wald. Sie sperrte ihren dunklen Rachen weit auf, wie ein riesiges Schwarzes Loch. Es war stockdunkel, wohin man auch blickte, weder der Storaxbaum noch die Kiefer hoben sich vom Hintergrund ab. Ich leuchtete mit der Lampe über die Absperrung und rief meinen Bruder: »U-Hyeon! U-Hyeon!« Der Schein der Lampe drang kaum in die dichte Struktur der Finsternis ein, und der Wald verschluckte meine Stimme. Nur ein Vogel stieg flatternd in der Nähe auf. Erschrocken wich ich einen Schritt zurück. Die langen, herabhängenden Äste der Bäume wirkten im Schattenriss der Lampe zusätzlich beklemmend. Ich leuchtete in eine andere Richtung.

Hätte nicht der tanzende Lichtkegel ein metallisch glänzendes Objekt eingefangen und hätte ich nicht vermutet, es könnte sich dabei um den Rollstuhl meines Bruders handeln, dann wäre ich umgekehrt. So aber näherte ich mich dem glänzenden Gegenstand einen Schritt und stellte fest, dass ich recht gehabt hatte. »U-Hyeon!« Doch es kam keine Antwort. Ein Reifen des Rollstuhls steckte in einer Furche, und das Gefährt war umgekippt. »U-Hyeon!«, rief ich erneut, während ich den Rollstuhl aufrichtete. Mein Bruder war nicht da.

Wohin konnte er sich begeben haben? Zumindest war nun klar, dass er es bis hierhin geschafft hatte. Schon dass er dies auf eigene Faust bewerkstelligt hatte, konnte ich kaum glauben, geschweige denn, dass er den Rollstuhl zurückgelassen und irgendwohin verschwunden war. Ich starrte den Zaun an, der den Waldweg von dem Dickicht dahinter trennte. Ich erinnerte mich an seine Worte, wonach er immer weiter und weiter in den Wald hineingehen und selbst irgendein Teil davon werden wollte. »Ich stelle mir vor, dass ich dorthin gehe und die riesige Esche berühre, die seit Anbeginn den Lauf der Zeit ebenso stützt wie den Himmel.« So hatte er sich ausgedrückt. Das ist doch kaum möglich! Ich murmelte vor mich hin, als müsste ich mich selbst überzeugen, während ich mir mit der Zunge über die Lippen fuhr, um sie zu befeuchten. Mein Mund war trocken, und ich hatte Durst. Trotzdem konnte ich nicht anders, der Wald hinter der Absperrung zog mich magisch an. Der Zaun bestand aus Eisenstangen und Stacheldraht. Wenn man die Drähte etwas auseinanderzog, war es wohl möglich, durch den Spalt zu schlüpfen, aber selbst für normale Menschen schien das kein Leichtes zu sein. Ich fragte mich, wie mein Bruder die Stacheldrähte hatte auseinanderbiegen und hindurchkriechen können, ganz ohne Beine. Wohin aber sonst sollte er sich gewandt haben, wenn nicht hierhin? Es gab keinen anderen Ort, an dem er noch sein konnte.

Bevor ich meinen Körper durch eine Lücke in dem Zaun schob, räusperte ich mich, um meine Ängstlichkeit hinunterzuschlucken. Dennoch blieb dieses Gefühl weiter an mir kleben.

33

»Mach das Licht aus«, sagte mein Vater.

Ich hatte nicht mit ihm gerechnet, daher erkannte ich die Stimme zunächst nicht als seine. Ich knipste die Taschenlampe aus, die bis dahin meine Füße angestrahlt hatte, und fragte: »Wer ist da? U-Hyeon, bist du es?«

»Er ist gerade eingeschlafen.« Nun erst begriff ich, dass die Person, die dort kauerte, mein Vater war.

»Papa, du bist es?« In meine Stimme mischten sich ein Teil Verblüffung und ein Teil Freude.

Im Wald war es still. Hin und wieder schlug ein Vogel seinen klagenden Ruf an, und dürre Zweige knackten beim Vorbeigehen, doch das nahm der Stille nichts. Das traf auch auf das Rascheln unter meinen Füßen zu, das bei jedem meiner Schritte hörbar wurde. Diese Geräusche machten die nachfolgende Stille vielmehr deutlicher spürbar. Die Stille war konturlos und angsteinflößend.

Während ich den Stacheldraht auseinandergebogen und unter Mühen mit meinen Füßen nach dem Boden in der Dunkelheit dahinter getastet hatte, war es gewesen, als betrete ich das Urschweigen, das schon vor dem Beginn der Schöpfung bestand. Meine Furcht hatte noch immer angehalten, daher war ich langsam vorangeschritten, während ich mit verhaltener Stimme den Namen meines Bruders gerufen hatte. Der Wald sog meine Stimme auf wie ein Schwamm das Wasser. Die Stille der schwarzen Bäume war so überwältigend, dass ich vergaß, weshalb ich gekommen war. Der ganze Wald war eine riesenhafte Esche und eine tiefe, dunkle Höhle zugleich. Deshalb ging es mir durch und durch, als mich plötzlich jemand mit fester Stimme direkt ansprach.

Mein Vater hockte am Boden, gegen die dicke Wurzel eines Baums gelehnt. Mein Bruder lag mit dem Kopf auf seinem Schoß. Vater strich ihm sanft über die Haare. Eine Szene, so ruhig und gleichzeitig spannungsgeladen, als hätte man einen Kinofilm kurz angehalten. Die Atmosphäre war magisch, und die Stille raubte einem den Atem. Die beiden wirkten, als befänden sie sich in einem Vakuum. Eine unsichtbare Linie schien mich von ihnen zu trennen. Ich wagte nicht, diese Grenze zu überschreiten, und blieb daher auf der Stelle stehen.

Mein Vater sprach ganz leise, während er meinem Bruder über die Haare strich. Ich konnte es kaum hören, aber ich war mir sicher, dass sich seine Lippen bewegten. Er schien etwas zu erklären oder einen liebevollen Rat zu geben. Oder aber er wollte meinen Bruder einlullen, bis dieser einschlief. Ich konnte das Gesicht meines Bruders nicht deutlich erkennen, doch ich war überzeugt, dass seine Gesichtszüge entspannt waren. Mir kam diese Szene nicht fremd vor. Augenblicklich erinnerte ich mich daran, wie mein Vater im Garten die Blätter der Pflanzen gestreichelt hatte. Er hatte mich ermahnt, mein Herz gegenüber den Pflanzen zu öffnen. Ich hatte ihnen sagen sollen, dass ich sie von ganzem Herzen liebte. Er hatte noch hinzugefügt, dass die Pflanzen ein Gespür dafür hätten, ob man lügt oder die Wahrheit sagt. Man müsse zu Pflanzen ebenso aufrichtig sein wie zu Menschen, sonst könne man seine Gefühle nicht mitteilen, hatte er mir geraten. In dem Moment kam es mir vor, als hätte ich ihn gerade eben sagen hören: »Man muss zu den Menschen ebenso aufrichtig sein wie zu Pflanzen, wenn man seine Gefühle übermitteln will.« Genauso wie ich damals im Garten hatte warten müssen, bis er den Pflanzen seine Gefühle mitgeteilt hatte, musste ich jetzt verharren, bis er meinem Bruder gegenüber seine Empfindungen ausgedrückt haben würde.

Da meine Lampe nun schon seit einiger Zeit ausgeschaltet war, konnte ich Konturen in der Dunkelheit ausmachen. Die Äste der Bäume hingen zu Boden. Wie ein großer Parasol schirmten sie meinen Vater und meinen Bruder nach außen hin ab. Sie schienen die beiden gleichzeitig zu beschützen und gefangen zu halten.

»Er möchte ein Baum werden.« Die Stimme meines Vaters wirkte, als käme sie von weit, weit weg. In diesem Augenblick wurde mir bewusst, dass ich schon eine ganze Weile dasselbe zu ihm hatte sagen wollen. Er möchte ein Baum werden. Das war der eigentliche Grund, warum mein Bruder sich mit Geschichten beschäftigt hatte, in denen Menschen zu Bäumen verwandelt wurden.

Ich war glücklich, in das Gebiet vordringen zu dürfen, in das sich mein Vater mit meinem Bruder zurückgezogen hatte, und fragte meinen Vater, ob er es gewesen sei, der meinen Bruder hierhergebracht hatte. Von meiner Mutter wusste ich, dass er fortgegangen war, um U-Hyeon zu suchen. Daher war mir bereits klar, dass die beiden das Haus nicht zusammen verlassen hatten. Aber mein ursprünglicher Gedanke, dass mein Bruder unmöglich ohne Hilfe eines anderen hierhergekommen sein konnte, und die Vertrautheit, die die beiden ausstrahlten, ließen mich dennoch diese Frage stellen. »Nein«, erwiderte mein Vater leise, »ich bin eigentlich von daheim los, um zum Markt der Lotusblüten zu gehen, als mir plötzlich einfiel, dass U-Hyeon diesen Spazierweg gerne mag. Weil ich mir dachte, dass er sich möglicherweise hierherbegeben hat, kam ich auch. Und dann lag da sein Rollstuhl am Ende des Weges. Ich fragte mich, wie er allein den Zaun hatte überwinden können. Hier war er dann gestürzt und liegen geblieben. Am ganzen Leib hat er blaue Flecken und blutet. Es ist mir ein Rätsel, wie er es durch den Zaun geschafft hat, wie er überhaupt hierhergekommen ist. Zweifellos wollte er an einen Ort, an dem weit und breit keine Menschenseele zu sehen ist, weil sich niemand hintraut. Offensichtlich hatte er vor, bis zur tiefsten Stelle im Wald vorzudringen.« Sogar während er mir schilderte, was vorgefallen war, streichelte Vater unablässig meinem Bruder über den Körper, mit derselben Zärtlichkeit wie bei den Pflanzen im Garten.

Plötzlich wurde ich von Mitleid zu U-Hyeon überwältigt. Ich hatte gedacht, ich verstünde seinen Schmerz und seine Trauer recht genau. Tatsächlich hatte ich nur einen armseligen Bruchteil davon begriffen. Dass ihm der rechte Platz auf dieser Welt verwehrt worden war, war nicht so schlimm. Viel schlimmer war, dass er es nicht geschafft hatte, sich mit seiner Situation abzufinden. Ich glaube, er wünschte sich Unempfindlichkeit und einen vom Körper unabhängigen Geist, damit er sich nicht länger quälen musste. Dieser Gedanke bestürzte mich. So etwas ist aber nur möglich, indem man eine andere Daseinsform erreicht. Wie verzweifelt musste er sein und wie stark sein Verlangen, dass er bereit war, sein Leben aufzugeben, und davon träumte, in ein anderes Wesen verwandelt zu werden! Welcher Wunsch wäre extremer als der, seine ganze Wesensform zu verändern.

»Er möchte zu einem Baum werden«, nahm mein Vater den Faden wieder auf. Seine Stimme verblasste im Dunkel des Waldes wie die Blüten einer Blume. »Als ich ihn in meinen Schoß legte, hat er angefangen, zu schluchzen und am ganzen Leib zu zittern. Ich habe ihm die Tränen nicht abgewischt. Ich ließ ihn weinen. Ich hoffte, die Tränen würden ihn reinigen, seinen ganzen Schmerz, all seine Trauer und Sehnsucht aus seinem Körper wegspülen. Als die Tränen nachließen, sagte er, dass er zu einem Baum werden möchte. Er lag auf meinem Schoß und wiederholte es immer wieder. Ich entgegnete ihm, dass er bereits ein Baum sei. Denn wer davon träumt, einer zu sein, der besitzt schon die Seele eines Baums. Und wer die Seele eines Baums hat, der ist bereits ein Baum.« Bei diesen Worten spürte ich die tief verwurzelte Liebe, die mein Vater für U-Hyeon empfand.

»Ich trage ihn. Lass uns nach Hause gehen!« war alles, was ich hervorbrachte. Es waren Worte von jemandem, der weder von Unempfindlichkeit noch von einem unabhängigen Geist träumte. Meine Gedanken und Taten hatten sich nie in höhere Sphären erhoben. Mein Minderwertigkeitskomplex und das Gefühl, ausgeschlossen zu sein, das ich gegenüber meinem Vater und meinem Bruder empfand, hatten darin ihren Ursprung.

»Er schläft tief und fest. Ich glaube, es ist besser, einfach hierzubleiben, bis er aufwacht.« Mein Vater forderte mich weder auf zu bleiben noch zu gehen. Ich dachte an meine Mutter, die sich Sorgen machte, doch ich konnte mich nicht so leicht dazu durchringen, wegzugehen und meinen Vater und meinen Bruder zurückzulassen. Daher stand ich unentschlossen herum. Erneut vernahm ich das Murmeln meines Vaters. Dieser fuhr fort, meinem Bruder etwas zuzuraunen, während er ihn streichelte. Aber mein Bruder schien tief zu schlafen. Da kam es mir vor, als wäre mein Vater in den Traum meines Bruders hineingeschlüpft und würde sich dort mit ihm unterhalten. Vielleicht war dies der Grund, dass das Gefühl der Ausgeschlossenheit in mir so stark war.

34

Der nächtliche Wald war nicht länger beängstigend. Wer lange im Dunkeln gesessen hat, für den verliert die Dunkelheit ihre Schwärze. Sie strahlt ihre eigene Helligkeit aus und verscheucht das Gefühl der Furcht.

Ich setzte mich neben meinen Vater. Erst als ich saß, bemerkte ich, dass er seine Jacke über U-Hyeon gebreitet hatte. Ich zog meine Jacke aus und legte sie meinem Vater über die schmächtigen Schultern. Sie waren so knochig, dass sie sich anfühlten, als berühre man einen dürren Ast. Ich bot ihm an,

U-Hyeon auf meinen Schoß zu nehmen, doch er lehnte ab, woraufhin wieder Schweigen herrschte. An die Dunkelheit hatte ich mich gewöhnt, aber das Schweigen empfand ich nach wie vor als unangenehm.

Als nach einer langen Weile mein Vater anhob zu sprechen und verkündete, meine Mutter sei eine anständige Person, erschrak ich. Mir hatte schon die ganze Zeit etwas auf der Zunge gelegen, das nur darauf wartete, herauszusprudeln. Mit äußerster Anstrengung hatte ich mich beherrscht, damit mir die Worte nicht entschlüpfen konnten. Bis zu diesem Augenblick hatte ich nicht geahnt, dass ausgerechnet mein Vater das Bedürfnis hatte zu reden. Seine Stimme sickerte langsam in die Dunkelheit des Waldes: »Deine Mutter ist ein feiner Mensch.« Warum äußerte er ausgerechnet jetzt diesen Satz? Schon viele Male hatte ich es mit einem Kopfschütteln abgetan und doch den leisen Verdacht gegenüber meinem Vater nicht gänzlich vertreiben können. Den Verdacht nämlich, dass mein Vater womöglich derjenige war, der mich beauftragt hatte, meiner Mutter nachzuspüren. Ich hatte nach einer Gelegenheit gesucht, ihn direkt damit zu konfrontieren, war aber jedes Mal im letzten Moment davor zurückgeschreckt. Wollte er sich in dieser Nacht, in diesem Wald selbst dazu bekennen? »Nein!«, schrie ich, doch er konnte es nicht hören, da ich nur in meinem Inneren gerufen hatte.

»Ich war es, der dich auf deine Mutter angesetzt hat«, eröffnete er mir flüsternd. Er richtete den Blick auf U-Hyeon und fuhr ihm dabei mit seiner Hand durch die Haare. So schien es, als spräche er zu ihm. Oder vielleicht war es tatsächlich so, dass er nicht mit mir redete, sondern mit meinem Bruder. Ich überlegte, dass es wahrscheinlich so wirken würde, als wollte ich meinen Vater drängen, wenn ich unmittelbar darauf reagierte. Deshalb sagte ich kein einziges Wort. Mein Herz schlug zum Zerspringen, aber ich hörte bloß schweigend zu.

»Vor geraumer Zeit besuchte mich ein Mann«, fuhr mein Vater fort. »Es war ein greiser Mann mit schlohweißem Haar und gebeugter Haltung. Ich wusste nicht, wer er war, bis er sich vorgestellt hatte. Der alte Herr war der Untergebene des Mannes, den deine Mutter vor langer Zeit liebte und nie aufgehört hat zu lieben. Er erklärte mir, dass sein Herr sich in Korea befinde, schwer krank sei und nicht mehr lange zu leben habe; dieser habe sich zwar nicht direkt dazu geäußert, aber man könne merken, dass er sehr gerne das Kind sehen würde, das er gemeinsam mit deiner Mutter hat. Ich war dagegen und wollte mich nicht darauf einlassen. Ich wusste nicht, wie ich es euch – vor allem U-Hyeon – erklären sollte. Ich empfand es als falsch, diese alte Geschichte neu aufzuwärmen, Wunden aufzureißen und andere in Aufregung zu versetzen. Ich wollte die ganze Angelegenheit bis zu meinem Tod nicht erwähnen. Wozu sollte es gut sein, wenn man U-Hyeon über die wahre Identität seines Vaters aufklärte? Aber nach drei Tagen des Überlegens willigte ich in den Wunsch des alten Mannes ein. Im Gegenzug hatte ich mir Zeit ausbedungen, um euch Söhnen die Situation klarzumachen. Das war zu der Zeit, zu der du Bienen und Ameisen ins Leben gerufen hast. Es war vielleicht keine gute Idee, aber ich fasste plötzlich einen Plan. Mir schwebte vor, dass ihr das Geheimnis unserer Familie selbst ergründen solltet. Ich stellte mir vor, dass deine Mutter nach Namcheon führe, wodurch du mitbekämest, dass es diesen Mann im Leben deiner Mutter gibt, woraufhin ihr entweder von mir oder von ihr wissen wolltet, was es damit auf sich hat. Über diesen Weg solltet ihr euch auf ganz natürliche Weise der Wahrheit nähern. Daher bat ich den alten Mann, solche Anrufe bei dir zu machen. Er wird sich nicht mehr bei dir melden. Es gibt nun keinen Grund mehr, wie du selbst weißt. Ich hatte keine Ahnung, wie arg es um seinen Herrn stand. Das war mein Fehler …«

Hörte mein Bruder die Worte meines Vaters? Es gab keine Anzeichen dafür, aber mir kam es doch so vor. Ich dachte, er könne sogar wach sein. Oder wer weiß, möglicherweise hatte er die ganze Geschichte schon aus Vaters Mund erfahren. »Hast du alles gewusst? Über Mama und den Mann …?« Ich ließ meinen Satz in der Luft hängen. Ich wollte keine Frage stellen, die meinen Vater unangenehm berührte. Doch er schien entschlossen, meinem Bruder und mir offen alles zu sagen. Er war nicht mehr der Vater von früher.

»Als ich deine Mutter zum ersten Mal sah, war ich fünfundzwanzig und sie einundzwanzig«, erzählte er, ohne zu zögern. »Schon bevor eure Mutter ins Löwenzahn kam, arbeitete ich dort als Koch. Bei unserer ersten Begegnung schlug mir das Herz bis zum Hals. So ein Gefühl kannte ich bis dahin nicht. Vom ersten Tag an war mir klar, dass sie die Liebe meines Lebens würde«, erklärte mein Vater, und seine Stimme bebte kaum wahrnehmbar. »Keine Sekunde verging seither, in der ich sie nicht geliebt hätte, so wie deine Mutter über all die Jahre nie aufgehört hat, diesen Mann zu lieben.« Seine Worte klangen einsam. Dann fuhr er ruhig fort: »So wie ich für keine andere Augen hatte, so nahm mich eure Mutter wiederum nicht wahr. Doch das machte mir nichts aus, denn allein, sie zu lieben, war mir Glück genug. Eure Mutter war die erste und einzige Person, die mich das Glück der Liebe empfinden ließ. Allein deshalb ist sie in meinen Augen so ein wertvoller Mensch. Ich weiß nicht, ob dir bewusst ist, dass sie U-Hyeon in dem malerischen Haus auf der Klippe in Namcheon zur Welt gebracht hat.« An dieser Stelle hielt mein Vater kurz in seiner Rede inne, bevor er fortfuhr: »Es war ihr Wille, das Kind dort zu gebären. Kurz vor der Niederkunft war ich mit ihr dorthin gefahren. Dort habe ich deiner Mutter das Neugeborene eigenhändig aus dem Schoß geholt. Eure Mutter war dagegen, aber ich wollte es so.

Sie versuchte, mich davonzujagen, aber ich blieb trotzig an ihrer Seite. Denn ich konnte sie nicht im Stich lassen. Einen Monat lang kümmerte ich mich um sie. Die Küste war reich an Meeresfrüchten, und ich war ein guter Koch. Außer uns gab es niemanden. Während ich mich um das Essen und den gedeckten Tisch kümmerte, war ich der glücklichste Mensch auf Erden. Namcheon ist nicht nur für eure Mutter ein unvergesslicher Ort, sondern auch für mich. In unserer Erinnerung verbinden wir beide die glücklichste Zeit unseres Lebens mit dieser Gegend. Eure Mutter hatte mich nicht haben wollen, doch ich habe mich von da an immer in ihrer Nähe aufgehalten. Denn sie zu beschützen war mir Pflicht und Freude zugleich. Dass sie mich nicht liebt, ist für mich kein Grund, sie nicht zu lieben«, sagte mein Vater mit feierlicher Stimme. »Später bin ich oft allein dorthin gefahren. Eure Mutter wollte nicht, aber ich schon. Sie fürchtete, sie würde sich dort quälen, aber ich fühlte mich wohl, wenn ich dort war. Deshalb fuhr ich hin, während sie zu Hause blieb. Und dann … ab wann war das? Auf der Klippe wuchs eine Palme empor. Es war ein Wunder, wie der Baum dem Klima und den Bodenverhältnissen zum Trotz aus der Erde schoss. Allein schon um dieses Wunder zu bestaunen, musste ich immer wieder dahin. Erst reichte mir das Pflänzchen kaum bis zu den Knien, wuchs schnell auf meine Größe heran und war bald doppelt, drei- und viermal so hoch wie ich. Vielleicht habe ich darauf gehofft, dass auch mit mir ein Wunder geschieht, während ich den Baum betrachtete. Doch jetzt weiß ich, dass es vergeblich war. Schon bevor ich mit eurer Mutter zusammenlebte, war meine Liebe einseitig, und auch danach gehörte ihr Herz nur diesem Mann«, erklärte mein Vater mit einem leichten Lächeln auf den Lippen und machte eine kurze Pause, damit seine Atmung gleichmäßiger werden konnte. Dann wiederholte er immer wieder: »Deine Mutter ist ein feiner Mensch.

Sie ist ein so reines Wesen, und vielleicht ist es das, was ich so an ihr liebe.«

Es fiel mir nicht leicht zu erfassen, worauf er hinauswollte, wenn er betonte, wie rein meine Mutter sei. Auch der Begriff der Reinheit an sich war mir ehrlich gesagt in diesem Zusammenhang nicht ganz klar. Dennoch verstand ich, was er mir sagen wollte. Einen anderen Menschen zu verstehen geht über den puren Wortsinn des Gesagten hinaus. Es ist nicht unbedingt nötig, die Bedeutung jedes einzelnen Wortes exakt zu durchdringen, um jemanden zu verstehen. Früher hatte ich zuweilen Mitleid mit meinem Vater gehabt. Ich fühlte mit ihm, denn er wirkte nicht besonders glücklich in der Beziehung mit meiner Mutter. Damals wusste ich noch nicht, dass er ein Herz hatte so groß und weit wie der Baum in Namcheon, der das Meer umschließt. Ansatzweise hatte ich vielleicht geahnt, dass er die Seele eines Baumes hatte, aber es war mir kaum wirklich bewusst gewesen.

»Papa!«, rief ich in einem Tonfall der Verbundenheit, die stärker war als sonst. Mein Vater hob seinen Arm und legte mir die Hand auf den Kopf. Es war ein Gefühl, als ob ein Ast voller Blätter meinen Kopf bedeckte. Als hätte ich nur darauf gewartet, lehnte ich mich sanft an seine Brust. Seine Hand strich mir durch die Haare. Da wurde mir bewusst, wie lange ich mich danach gesehnt hatte. Ein Hochgefühl breitete sich in mir aus, und mein Herz fing an zu rasen. An seine Brust geschmiegt, hörte ich nicht nur mein Herz klopfen, sondern auch das von meinem Vater und von U-Hyeon.

Der nächtliche Wald war nicht mehr Furcht einflößend. Der Wald war nun vertraut und die Nacht heimelig. Plötzlich sah ich die riesige Esche aus der Urzeit, die das Himmelsgewölbe trägt. Ich erkannte, dass die riesige Esche, die mein Bruder tief drinnen im Wald vermutete, nicht irgendwo dort wuchs, sondern in den Herzen von uns Menschen. Den Baum kann man nicht im Wald finden, sondern nur in sich selbst, indem man zur Esche wird. Mein klopfendes Herz fand allmählich seine Ruhe wieder.

35

Zwei Tage lag mein Bruder im Bett. Der Arzt empfahl, ihn besser in Ruhe zu lassen. Meine Mutter verließ den Platz an seiner Seite nicht. Soweit ich mich erinnerte, war es das erste Mal, dass sie zwei Tage lang das Haus hütete, ohne auszugehen.

Ich war unruhig wegen Sun-Mi in Namcheon. Nach meinem Plan hätte ich meinen Bruder ins Auto verfrachten und dorthin fahren müssen. Aber ich konnte ihn, bettlägerig wie er war, nicht einfach mitnehmen, und allein zu fahren ergab überhaupt keinen Sinn. Plötzlich fiel mir ein, dass das Haus in Namcheon ein Telefon hatte. Meine Mutter hatte mir eine Nummer gegeben, die ich anrufen sollte, sobald ich in Namcheon angekommen war. Ich war nicht sicher, ob das Telefon noch angemeldet war. Außerdem war der Zettel, auf dem ich die Nummer notiert hatte, unauffindbar. Es blieb mir nichts anderes übrig, als die Mutter nach der Telefonnummer zu fragen. »Wozu?«, wollte sie wissen. »Einfach so.« Meine Antwort stellte sie nicht zufrieden. »Ist dort etwa jemand?«, hakte sie nach, ohne ihren Blick von meinem Gesicht abzuwenden. »Hast du sie oder nicht?« Ich drängte auf eine Antwort in der Hoffnung, sie würde nicht weiter nach dem Grund fragen. »Ja, ich habe die Nummer. Aber da ist bestimmt niemand, der den Anruf entgegennehmen könnte. Der alte Mann ist höchstwahrscheinlich nach Seoul zurückgekehrt«, erwiderte meine Mutter und verschwand in der Küche.

Sie setzte Teewasser auf. Ich saß am Esstisch, beobachtete, wie sie den Tee kochte, und sagte spontan: »Koch doch bitte für Papa auch gleich welchen!« Es musste jemand anderes gewesen sein, der das geäußert hatte. Irgendjemand in mir drin hatte mich zum Sprechen veranlasst. Es war mir nicht aufgefallen, dass Mutter jemals für meinen Vater Tee gekocht hätte. Die beiden tranken ihn auch nie gemeinsam. Sie aßen getrennt und schliefen getrennt. Wie konnte ich sie nur nötigen, ihm Tee zuzubereiten!

»Weißt du, dass Papa die Zeit in Namcheon, als er dich vor Jahrzehnten bekochte und dir das Essen anrichtete, als die glücklichste in seinem Leben ansieht?« Mein Mund war schneller als meine Gedanken. Meine Mutter reagierte nicht. Sie drehte sich noch nicht einmal um. Ich vernahm lediglich das klirrende Geräusch eines Teelöffels, der an eine Tasse stieß. Ich war mir darüber im Klaren, dass sie nicht wusste, wie sie sich verhalten sollte, aber ich konnte die Worte, die aus meinem Inneren kamen, nicht zurückhalten. »Papa hat dich ganz tief in seinem Herzen immer geliebt und tut es noch heute.« Der Wasserkessel auf dem Herd zischte und pfiff. Ich bereute, dass ich mich geäußert hatte. Aber man kann das Gesagte nicht zurücknehmen.

Nach einer Weile entgegnete meine Mutter gefasst, wobei sie sich nicht vom Spülbecken abwandte: »Du sprichst, als ob ich euren Vater hasse.«

»Nein, so habe ich das nicht gemeint …«

Ich machte mit den Händen eine abwehrende Geste, aber meine Mutter fuhr schon fort: »Ich weiß. Euer Vater ist ein wunderbarer Mensch. Ich weiß nicht, was aus mir geworden wäre, wenn ich ihn nicht getroffen hätte. Wahrscheinlich hätte ich nicht überlebt. Er ist mein Lebensretter. Manchmal glaube ich, Gott hat ihn mir gesandt, um mich zu beschützen. Ich hasse ihn nicht, sondern er ist für mich zu respektgebietend. Ich meide ihn nicht, sondern wage es nicht, mich ihm zu nähern. Du kannst das vielleicht nicht verstehen, aber das ist unsere Art, uns zu lieben.« Meine Mutter drehte sich zu mir um und sah mich mit einem durchdringenden Blick an, der zu fragen schien: »Verstehst du, was ich meine?« Ich wich ihrem Blick aus. Sie stellte die Tasse vor mich hin und meinte: »Bring sie bitte deinem Vater.«

»Er würde sich sicherlich freuen, wenn du sie ihm selbst brächtest«, erwiderte ich und sah auf den Tee, der in der Tasse leicht hin und her schwappte. Meine Mutter schloss ruhig die Augen und öffnete sie wieder. Ich zweifelte, ob ich nicht doch ein wenig zu weit ging, kam aber zu dem Schluss, dass ich nichts Ungehöriges verlangte.

»Eurem Vater trete ich …«, begann sie und sah mich an, dann schloss sie wieder die Augen und fuhr fort, »… nur mit gesenktem Kopf gegenüber. Ich habe mein ganzes Leben so verbracht, ohne ihm in die Augen zu sehen. Allen anderen gegenüber habe ich ein reines Gewissen, nur in Bezug auf euren Vater fühle ich mich schuldig.« Allmählich bekam ich eine Vorstellung von dem, was Liebe zwischen meinen Eltern bedeutete.

»Mama!«, rief ich, doch dann konnte ich nicht weitersprechen und nahm stattdessen die Teetasse. Liebe kann sehr unterschiedlich sein, dachte ich bei mir. Vielleicht geht es im Kern stets um das Gleiche, aber jeder liebt auf seine eigene Weise. Hunderte von Menschen lieben auf hundert verschiedene Arten. Daher ist jede Liebe irgendwie besonders. Das waren in etwa meine Gedanken, während ich mit der Tasse in der Hand das Zimmer meines Vaters betrat.

Als ich wieder herauskam, saß meine Mutter am Esstisch und trank ihren Tee. Ich setzte mich ihr gegenüber.

»Kannst du mir sagen, wozu du die Telefonnummer brauchst?«, fragte sie und schwieg wieder, während sie die Tasse mit der Hand umfasste und zum Mund führte. Anfangs hatte ich vorgehabt, niemandem etwas von meinem Plan zu verraten. Ohne jemanden einzuweihen, wollte ich meinen Bruder dorthin mitnehmen. Aber war das nötig? Musste ich den Plan unbedingt vor meiner Mutter verheimlichen?

»Dort ist jemand«, entfuhr es mir. Meine Mutter warf mir einen misstrauischen Blick zu und erkundigte sich, wer das denn sein solle. »Du kennst sie, es ist Yun Sun-Mi …« Dieser Name aus meinem Mund dürfte sie verwirrt haben. Sie riss die Augen auf mit einem Gesichtsausdruck, als versuche sie sich zusammenzureimen, was geschehen war.

Sie fragte verblüfft: »Was macht sie da? Wieso?« Ihre Miene verriet, dass sie keine Idee hatte.

»Sie wartet auf U-Hyeon. Ich habe sie dorthin gebracht.« Meine Mutter verzichtete darauf zu fragen, weshalb. Stattdessen starrte sie mich sprachlos an, stand ruhig auf und brachte einen Zettel mit der Telefonnummer.

Als ich das Stück Papier entgegennahm und vom Esstisch aufstehen wollte, fragte meine Mutter vorsichtig: »Meinst du, das wird funktionieren?« Ich verstand, was sie damit meinte.

»Ich glaub schon«, entgegnete ich in betont lockerem Tonfall.

Ich rief Sun-Mi umgehend an. Ein paarmal ertönte das Freizeichen, dann folgte eine Mitteilung, dass der gewählte Anschluss nicht existiere. Ich versuchte es erneut, mit dem gleichen Ergebnis. Meine Mutter, die vor mir stand, hob fragend die Augenbrauen.

»Der Anschluss scheint nicht mehr zu existieren«, sagte ich.

»Und was jetzt?«, fragte sie mit enttäuschtem Blick.

»Darf ich ihn morgen mit dorthin nehmen?«, wollte ich wissen.

Meine Mutter erwiderte unentschlossen: »Ich weiß nicht.«

36

Mein Vater kochte. Das war mir zu verdanken, denn ich hatte mit viel Tamtam verkündet, dass ich diese Aufgabe übernehmen würde. Die Hausangestellte bekam drei Tage frei. Diese Maßnahme hatte meine Mutter getroffen, nachdem sie beschlossen hatte, in der Zeit nicht ins Löwenzahn zu gehen und stattdessen zu Hause zu bleiben, bis mein Bruder sich besser fühlte. Ich war zum Markt gegangen, hatte eingekauft und Kochbücher gewälzt, war ein ums andere Mal ins Zimmer meines Vaters gegangen und hatte erklärt, ich wolle Lajogi, ein süßsaures, frittiertes Hühnerfleischgericht, kochen und müsse wissen, wie lange die Shiitake-Pilze eingeweicht werden sollten, wie klein das Hühnerfleisch zu schneiden wäre und welche Temperatur am besten zum Frittieren geeignet sei. Schließlich kam er selbst in die Küche, band sich die Schürze um und begann, ordentlich zu kochen.

Meine Rechnung war aufgegangen. Ich war überzeugt, dass sich meine Familie nichts sehnlicher wünschte als ein gemeinsames Mahl, es aber nicht fertigbrachte, dafür zu sorgen, weshalb ich beschloss, die Initiative zu übernehmen. Ich bildete mir sogar ein, der Rest der Familie hoffte insgeheim, dass ich diese Rolle übernahm. Wenn ich damit recht hatte, durfte ich keine

Zeit verlieren. Es war das erste Mal gewesen, dass die Mitglieder meiner Familie ihr Herz geöffnet und ihre Gefühle in Worte gefasst hatten. Eine bessere Gelegenheit würde gewiss nicht kommen. Wenn ich diesen Moment verpasste, war vielleicht die letzte Chance vertan. Ich hatte vor, mir Vaters Kochkünste zunutze zu machen. Ich hoffte darauf, dass ein Essen, das er zubereitete, unsere Familie zusammenschweißen würde.

Mein Vater begutachtete meine Einkäufe und fragte, was ich denn kochen wolle. Ich wies auf ein Kochbuch, in dem Rezepte für Lajogi und Palbochae, ein mit acht Köstlichkeiten gebratenes Meeresgericht, aufgeführt waren. Er schien zu schmunzeln. Dann schrieb er mir eine neue Einkaufsliste. Anschließend besah er sich den Inhalt des Kühlschranks und was ich sonst so besorgt hatte, und bat mich darum, Tofu, Rindfleisch, Shiitake-Pilze, Sellerie, Umberfisch, Brokkoli und Blumenkohl sowie Bohnen, Austern und Milch zu kaufen. Ich fuhr zu einem Kaufhaus, in dessen Lebensmittelabteilung ich alles erwarb und dazu noch eine Flasche Wein. Die Hände meines Vaters waren flink und geschickt. Mir überließ er die einfachen Arbeiten, wie Sellerie zu waschen und Knoblauch auszupressen. Alles andere erledigte er selbst. Meine Mutter wusste natürlich, was in der Küche vor sich ging. Dennoch getraute sie sich nicht, nachzusehen.

Das Abendessen wurde zu einem Festmahl. Als mein Vater die Gerichte auf dem Esstisch anrichtete, musste ich zugeben, dass sie sehr appetitlich aussahen. Er hatte Lajogi, gedünsteten Umberfisch, Eintopf mit Tofu und Austernsuppe zubereitet. Das Ganze sah einem Kunstwerk viel ähnlicher als einer Mahlzeit. Als dächten meine Mutter und U-Hyeon genauso darüber, rührten sie zunächst nichts von dem an, was auf dem Tisch stand. Mir entging nicht der beeindruckte Ausdruck ihrer Gesichter.

»Kommt, lasst uns Platz nehmen und das Mahl genießen, das uns der Sternekoch beschert hat!« Ich redete bewusst großspurig und laut, während ich den Wein in vier Gläser goss. »Das ist ein Château Ausone, ein wunderbarer Wein, wie Kenner wissen, aus Saint-Émilion in der Gegend um Bordeaux. Seinen Namen hat er übrigens von dem römischen Dichter und Generalgouverneur Ausonius, dem einst die Region unterstellt war.« Ich erhob mein Glas, um anzustoßen. Die anderen Familienmitglieder zögerten, taten es mir dann aber nach und hoben ihre Gläser.

Ich hatte schon so viel geredet, daher sagte ich zu meinem Vater: »Papa, sag du ein paar Worte!« Mein Vater errötete verlegen. Ich wartete darauf, dass er etwas sagte. Auch U-Hyeon und meine Mutter warteten. Mein Vater räusperte sich einige Male, als wolle er eine längere Rede halten, sagte aber nur: »Ich liebe euch.« Er sprach diese Worte zwar leise, doch sie erreichten jeden Winkel unseres Hauses. »Jetzt bist du dran, Mama«, wandte ich mich an meine Mutter. »Anscheinend feiern wir ein großes Ereignis«, begann sie zögernd, »das ist schön! Ich weiß nicht, was ich sagen soll, aber lasst uns versuchen, von nun an möglichst gemeinsam zu essen!« Die letzten Worte schluckte sie regelrecht hinunter, daher waren sie kaum vernehmbar. »U-Hyeon, sag du auch noch etwas«, forderte ich meinen Bruder auf. Mein Bruder sah langsam von einem zum anderen und schloss stumm die Augen. Unter seinen geschlossenen Lidern sickerte eine Träne hervor.

Ich wollte nicht, dass die Atmosphäre zu ernst wurde, und lenkte daher eilig von der Situation ab: »Meine Hand wird schwer. Ich habe den Wein nicht eingeschenkt, damit er in die Höhe gehalten wird. Lasst die Gläser klingen!« Ich stieß der Reihe nach mit Vater, Mutter und meinem Bruder an. Mein Vater und meine Mutter stießen miteinander an. Der Wein schwappte hin und her, das Klirren der Gläser klang heiter.

»Das hier ist Umberfisch, und das dort ist Lajogi, da drüben ist Tofueintopf, und jeder hat vor sich eine Schale Austernsuppe. Diese Kunstwerke, die Papa geschaffen hat, sind nicht nur für das Auge gedacht, sondern auch für den Gaumen. Lasst uns essen, auf dass nichts übrig bleibe!« Die anderen lächelten stumm. Das war ihre Anerkennung für meine Anstrengungen. In jedem Fall war das ein deutlicher Beleg dafür, dass sich jeder in der Familie alle Mühe gab.

Keiner sprach darüber, wie es mundete, auch ich nicht. Die Gerichte, die auf dem Tisch standen, hatten für mich symbolischen Charakter. Wie sie im Einzelnen schmeckten, stand nicht im Vordergrund. Zudem hatte ich gar nicht die Muße, darauf zu achten. Der Geschmack machte Platz für andere Sinne. Ich schwelgte in Hoffnung und meine Mutter in Erinnerung. Ich beobachtete sie dabei, wie die Erinnerung an einen vergangenen, bedeutungsvollen Zeitraum ihre Hand verlangsamte und ihre Augen feucht werden ließ, als sie die Austernsuppe aß. Mein Vater hatte mir beim Kochen erzählt, dass er ihr einen ganzen Monat lang beinah täglich diese Suppe zubereitet hatte, während sie sich für die Zeit ihres Kindbetts in Namcheon aufgehalten hatte. Ihm war eingefallen, wie sehr sie die Austernsuppe gemocht hatte. Er war deshalb jeden Tag ans Ufer gegangen, um selbst die Austern von den Felsen zu kratzen, sobald die Ebbe kam. Ich konnte mir gut ihre Rührung vorstellen, die in ihrem Herzen aufwallte wie die Gezeiten.

37

Sobald der Tag anbricht, packe ich meinen Bruder ein und fahre nach Namcheon. Dort ist Sun-Mi. Sie ist die Frau, die ich liebe. Ich liebe sie, wie Vater meine Mutter liebt. Aber Sun-Mi liebt U-Hyeon. Genauso wie meine Mutter jenen anderen Mann liebt, liebt Sun-Mi meinen Bruder. Aber so wenig man behaupten kann, dass Mutter nichts für meinen Vater empfindet, so wenig lässt sich sagen, dass Sun-Mi mich nicht doch ein bisschen liebt.

Die ganze Nacht hindurch konnte ich nicht einschlafen. Ich war ein wenig aufgeregt. Ich versuchte, mich zu beruhigen, aber es gelang mir nicht. Ein Wirrwarr an Gedanken ging mir durch den Kopf. Die letzten Tage fühlten sich plötzlich an wie tausend Jahre. In meinem Herzen und meinem Kopf hatte sich etwas aufgetürmt, das in über tausend Jahren entstanden zu sein schien. Erst in der Morgendämmerung nickte ich endlich ein und träumte einen Traum, der so greifbar war, als wäre er Realität. Er war wie die Vorankündigung des kommenden Tages.

Die Bühne ist Namcheon. Die Wellen des Meeres schlagen beständig gegen die Felsen. Auf der Klippe steht eine Palme, als stünde sie dort von Anbeginn und trage das Himmelsgewölbe und die Zeit. Am Fuße des Baums steht eine Frau. Sie ist nackt. Sie ist die Unschuld in Person, sie heißt Sun-Mi. Mein Bruder steht vor ihr. In der Hand hält er die Kamera, die ich ihm gekauft habe. Den Fotoapparat habe ich ihm gekauft, weil ich ihm seinen eigenen entwendet und verhökert hatte, was in der Folge dazu führte, dass er nie wieder eine Kamera anrühren wollte. Ich fand, dass er wieder fotografieren sollte, und habe alles dafür getan. Das war zwar auch in der Hoffnung geschehen, dass er sich erholt und wieder ins Leben zurückfindet, aber da war noch etwas anderes. Der noch stärkere Antrieb kam aus meinem Schuldgefühl gegenüber U-Hyeon. Ich hoffte, wenn er wieder eine Kamera in der Hand hätte und wieder fotografieren würde, würden meine Schuldgefühle kleiner. Doch tief in meinem Inneren spürte ich, dass es keine endgültige Absolution geben würde. Die Sünde war eingraviert wie eine Tätowierung, die man nicht einfach abwischen kann.

Die Miene meines Bruders strahlt hell wie seit Langem nicht mehr. Seine Kamera nimmt die nackte Unschuld von Sun-Mis Körper in sich auf. U-Hyeon sieht die Welt wieder durch sein Objektiv. Nun sieht er die Welt in Gestalt von Sun-Mi, eine Welt der Liebe. Ich stehe in einiger Entfernung auf einem Hügel hinter dem Baum und beobachte die Szene, genau wie damals, mit angehaltenem Atem. Das ist die Szene, die ich mir gewünscht hatte. Dennoch macht mein Herz jedes Mal klick, wenn mein Bruder den Auslöser betätigt. Die Palme, die Stütze von Himmel und Zeit, regt sich nicht, auch wenn der Wind weht. Die Strahlen der Sonne treffen auf das Wasser und werden zu Tränen. Glitzernde Tränen, wie Edelsteine. Aber ich, ich weine ja nie.

Weiterlesen mit dem Unionsverlag

Leonardo Padura *Ketzer*

Havanna, 27. Mai 1939: Die MS St. Louis fährt im Hafen ein. An Bord: 937 jüdische Flüchtlinge aus Deutschland. Daniel Kaminsky wartet an Land auf Eltern und Schwester. Doch die Einreise wird allen verweigert, das Schiff fährt zurück nach Europa.
Amsterdam, 1648: Elias, ein Schüler Rembrandts, wird vom mächtigen Rabinerrat aufgrund seiner Malerleidenschaft aus der Stadt verstoßen. Der Meister selbst gibt ihm sein Porträt mit auf den Weg ins Exil.
London, 2007: Sensation auf dem Kunstmarkt: Ein bislang unbekanntes »Christus-Porträt« von Rembrandt taucht bei einer Auktion in London auf. Wer ist der Eigentümer?
Mario Conde macht sich auf die Suche nach den Geheimnissen des Christusbildes und der Familie Kaminsky. Der Fall führt ihn durch die Jahrhunderte. Die Spur zieht sich um die halbe Welt.

»Ein großer Roman.« *Livres Hebdo*

Vaddey Ratner *Im Schatten des Banyanbaums*

Die Kindheit der siebenjährigen Raami endet jäh, als die Roten Khmer in Kambodscha die Macht übernehmen und sämtliche Bewohner aus der Hauptstadt vertreiben. Die behütete Welt der Adelsfamilie bricht zusammen. Das Mädchen und ihre Angehörigen erleben die Grausamkeit der neuen Machthaber, aber auch die unermessliche Großzügigkeit der Menschen draußen auf dem weiten Land.
Aus der Perspektive eines fantasiebegabten Mädchens, das unbeirrbar und mutig an seinen Träumen festhält, erzählt Vaddey Ratner eine unfassbare Lebensgeschichte, die auch die ihre ist.

»Eine Geschichte über Beharrlichkeit, Hoffnung und den Wunsch zu leben. Der Roman geht unter die Haut.« *The Washington Post*